국경

풀빛

김남일 장편소설

2부

제1권 길을 찾아서

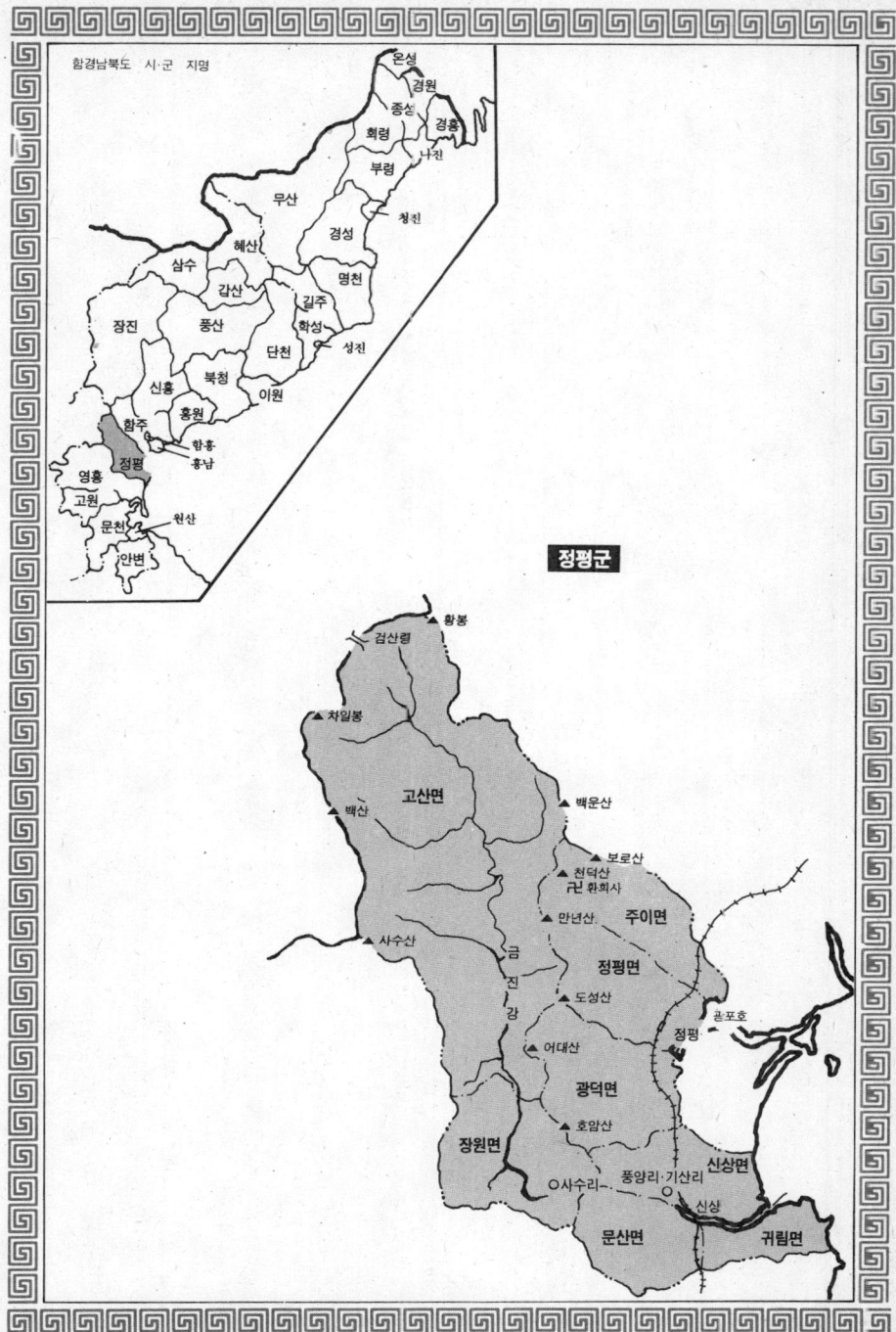

함경남북도 시·군 지명

온성
경원
종성
회령
경흥
부령
나진
무산
청진
경성
혜산
삼수
명천
갑산
길주
장진
풍산
학성
단천
성진
신흥
북청
이원
홍원
함주
정평
함흥
흥남
영흥
고원
원산
문천
안변

정평군

황봉
검산령
차일봉
백운산
백산
고산면
보로산
천덕산 화희사
만년산
주이면
사수산
정평면
금진강
도성산
어대산
곰포호
정평
광덕면
호암산
장원면
사수리
신상면
풍양리·기산리
신상
문산면
귀림면

2부

제1권 길을 찾아서

①부 ● 제2권 겨울매화

②부 ● 제2권 월강곡

1 누명

구룡포(九龍浦) 앞바다에 어둠이 깔리기 시작했다.

작국재 너머로 해가 떨어지기 무섭게 바다는 쪽빛을 잃었다. 검붉은 노을이 번지면서 바다는 더욱 짙푸른 색깔로 변해갔다. 잔광이 쪼개질 때마다 물결이 비늘처럼 희뜩거렸는데, 어느 틈엔가 그 순간적인 하얀 빛조차 사라졌다. 수평선 위에 배들이 까만 점으로 꾹꾹 박혀 있었다. 뭍에서 가까운 쪽 바다에는 머구리배 한 척 떠 있지 않았다.

바람이 벌써 달라졌다.

부두에 매어놓은 배들마다 돛대 높이 깃발이 펄럭거렸다. 뱃전에 부서지는 파도가 제법 거칠어졌다.

선창가를 따라 다닥다닥 붙어 있는 주막들은 진작부터 술냄새를 풍겨내고 있었다. 상주옥 굴뚝에서도 장국 연기가 하얗게 피어올랐다. 비루먹은 개 한 마리가 굴뚝을 쳐다보며 킁킁거리다가 마침 지나던 개구쟁이의 발길에 사정 없이 걷어채었다.

깨갱.

깨개갱.

개는 꼬리를 말 틈도 없이 달아났다.

그러고도 또 얼마나 지났을까.

검푸른 바다 위에 가리비 같은 노을이 비낀다 싶었는데, 그것은 곧 허리띠처럼 가느다랗고 납작하게 찌그러들었다. 바다는 이제 어디고 할 것 없이 어둠에 잠겨버렸다.

상주옥 유리문을 통해 그런 광경을 지켜보던 윤떡바우는 모처럼 맛 있게 빨아댄 궐련 한 개비를 획 내던진 뒤 궁둥이를 떼었다.

"내, 간데이."

"음메, 음메?"

빈 대접에 주전자를 기울이던 춘매가 두 눈을 휘둥그레 떴다. 주인 상주댁은 선창가에 나갔고, 춘매는 부엌에 들어가 장국 솥뚜껑을 열어 놓고 나온 참이었다.

"와 이카노? 갈 때가 됐으이 간다 카는데 와, 머가 잘못됐나?"

"하이고마. 참말로 갈라 카는가베?"

"그라머 와, 내 가머 안 될 일이라도 있드나?"

"하이고, 갈수록 태사이라 카디……보소. 마수걸이 이래 해주고 가 빼도 되능교?"

춘매의 눈꼬리가 살짝 치켜올라갔다.

"믄 사람이 이래요? 빨던 주전자나 다 비왔으믄 또 모를까."

"내사 빨긴 어델 빨았다 말이고?"

윤떡바우의 입가에 금세 미소가 번졌다.

"그라머 안 빨았단 말인교?"

"글치. 안 빨았제. 바라. 내는 이래비도 아무꺼나 막 빠는 놈이 아 이다."

"예?"

"나는 꼭 빨 것만 빤다 말이다."

"믄 허재비 같은 소린교?"

"히히, 안즉도 모리겠나? 그라머 오늘 밤에 내 한번 갈케주까?"

"응?…… 이, 이 양반이!"

어이가 없는지 춘매는 그만 헛웃음을 터뜨리고 말았다.

그런 춘매의 몸에서 분냄새가 싸하게 풍겨나왔다. 저고리 바깥으로 하얗게 드러난 목덜미 살이 더욱 몰캉해 보였다. 윤떡바우는 갑자기 욕심이 일었다. 아랫도리에 불끈 힘이 들어가며 살이 뻑뻑해지는 느낌이 들었다.

"추, 춘매야."

윤떡바우의 입에서 저도 모르게 춘매의 이름이 튀어나왔다. 어린 나이라도 춘매가 눈치 하나는 빤했다. 느닷없이 벌게진 동자를 내비치는 윤떡바우의 두 눈이 무엇을 말하는지 모를 리 없었건만, 이 바닥에서 산전수전 다 겪은 상주댁에게서 배웠을까, 그 당장에는 무조건 몸을 뒤로 빼면서 말을 받는 것이었다.

"잉? 와 이카능교?"

"춘매야!"

"이잉? 남사시럽아라, 남우 이름은 와 자꾸 불러쌓노? 숨 넘어가는 사람매이로……"

"우, 우리……"

윤떡바우가 춘매 쪽으로 엉기작 몸을 옮기며 꺼낸 말이 고작 그것이었다.

"음마!"

춘매가 쟁개비 속에 놋숟가락 떨어지는 소리를 내질렀다. 아랫도리가 뻣뻣하게 고개를 쳐들어 걸음을 옮기기도 힘든 윤떡바우가 용케 달라들었다.

"헤에ㅡ."

윤떡바우의 입에서 똥만지를 본 멧돼지처럼 거친 숨마디가 터져나왔
다.

바로 그때였다. 드르륵 문이 열리면서,

"이눔아야!"

하고 냅다 내지르는 호통소리가 들렸다.

머리에 함지임을 이고 들어오던 상주댁이었다. 윤떡바우는 화들짝
놀라 마악 춘매의 허리에 가 닿았던 손을 물렸다.

"아따마. 귀청 떨어질따."

"문뒤자슥! 남우 눈 보는 데서 이게 무슨 지정머리고?"

"헤헤, 나는 또 누라꼬……"

쪼르르 달려간 춘매가 함지를 받아드는데, 윤떡바우는 까치둥지같이
버성성한 뒤통수를 긁으면서 멋쩍은 미소를 짓는다.

"내사 암 짓도 안했데이. 춘매 야가 등더리가 지그럽다(가렵다) 캐
서……"

"에고, 저, 저 빤한 거짓말 좀 들어보레."

춘매가 혀를 삐죽 내밀었다.

"흥, 이눔아. 누가 저그 아바이 안 닮았다 칼까 봐 이 짓이가? 윤팔
봉이 발길이 요새 잠잠해졌다 카이 인자는 대가리에 소똥도 안 벗겨진
아들놈이 나섰네?"

"죄 없는 울 아부지는 와 들먹이능교?"

"죄가 없긴 와 없노? 외상값 깔아논는 게 을맨지나 아나?"

"엥?"

윤떡바우는 금세 표정이 달라졌다. 상주댁의 말이 아무리 떠보는 소
리라고 해도 자칫 덤터기를 쓸지도 모른다는 생각이 들었다.

"헤헤, 그, 그라머 내사마 인젠 가볼란데이. 집이서들 기다리고 있을 거라. 안녀히 계시소."

윤떡바우가 비호처럼 문턱을 타고 넘었다.

"이, 이눔아야! 오늘 마신 술값이나 내고 가나?"

"히힛, 상주댁 옷고름에나 달아매소."

윤떡바우는 벌써 저만큼 선창가 길을 내달리면서 한마디 보뎄다.

차가운 저녁 바람이 볼을 때렸다.

불그스레한 호미등(虎尾燈) 불빛이 먼 바다로 뻗어나갔다. 번데기 마을 쪽에서 비루먹은 개 한 마리가 어슬렁 다가오고 있었다. 그제서야 춘매의 살탐을 하던 아찔한 순간이 아쉬워진 윤떡바우는 새삼 쩝쩝 입맛을 다시며 속으로 '조놈' 하고 별렀다. 그러나 비루먹은 개는 용케 그런 윤떡바우의 속을 읽어내고 옆 골목으로 황급히 몸을 숨겼다.

"지기미!"

윤떡바우는 덥수룩하게 자란 턱을 가린 수염을 무연히 매만졌다.

얼마 후, 큰길에서 벗어난 윤떡바우는 보리밭 두렁길을 타고 한참을 더 걸어갔다. 이제는 철럭이는 파도소리도, 갯가 모래밭에 심어놓은 시누대 쏘오쏘 하는 소리도 들려오지 않았다. 대신 한 고개 너머 부엉이 울음소리가 들려왔다.

부엉 부엉―.

그 소리가 꼭 배고파 부황 들었다는 소리처럼 처량맞았다.

떡해 묵자 부―황.

양식 없다 부―황.

재수 없게로, 에잇.

윤떡바우는 퉤, 하고 침을 뱉었다.

그믐답게 사방은 칠흑같이 어두웠지만, 눈감고도 훤한 길이었다. 윤떡바우는 옷깃을 파고드는 바람을 거슬러 오르막길로 접어들었다. 솔

가지를 흔들고 지나가는 밤바람이 제법 스산했다. 그렇지만 윤떡바우
의 발걸음은 전에 없이 가볍기만 했다.
　고깃배 탈 때 배운 흥타령 한자락이 절로 나왔다.

　　니리 니히리 니리구절사
　　말 말어라 사람의 섬섬간장
　　에루화 다 녹인다
　　청진바다 정어리도 많고 많네
　　돛대를 달고서
　　에루화 바다로 가자

　　니리 니히리 니리구절사
　　말 말어라 사람의 섬섬간장
　　에루화 다 녹인다
　　성진바다에 고망에도 많고 많네
　　돛대를 달고서
　　에루화 바다로 가자

　윤떡바우가 흥이 난 데는 까닭이 있었다.
　다음번부터는 품삯이 껑충 뛰게 되었기 때문이다. 시모노세키를 떠
난 배가 오늘 구룡포에 닻을 내리자, 하시야가 부르더니 말했다.
　"자네, 다음부터는 30전씩 더 쳐준다. 그렇게 알아라."
　밑도 끝도 없이 그렇게 통보를 받았는데, 처음에는 무슨 꿍꿍이속인
가 싶어 은근히 불안해지기까지 했다. 그도 그럴 것이 하시야가 이따
금 그런 수법을 통하여 선원들을 자기 사람으로 만들곤 하였기 때문이
었다. 하지만 주방에서 함께 일하는 전라도 출신 박만득이도 그만큼

올랐다는 사실을 알았을 때, 윤떡바우는 날 것 같은 기분이었다.

"흥, 내일은 해가 서쪽에서 뜰지도 몰른당께. 것두 다 하시야놈 맴잉께로……우쨌거나 돈 올려준다는데 싫어할 사람 있나? 우리야 그저 주는 대로 받아두는 거지."

하시야의 말은 곧 법이었다.

물론 회사의 주인도 따로 있고 배의 선장도 따로 있었다. 하지만 곤피루마루 안에서 선원들을 감독하고 어획량에 따라 돈을 주무르는 것은 오로지 왜놈 하시야의 몫이었다. 하시야의 직책은 고기 보는 '오끼아이(어선의 선원)'에 불과했지만 실제 그의 힘은 제주(濟州) 사람 배선장보다도 막강했다. 배꾼들 돈을 떼어먹는 것도 그요, 월급을 올려주는 것도 그였다. 여든두 사람이나 타는 곤피루마루의 주방에서 윤떡바우가 손등에서 물 마를 날 없이 열심히 일을 해도 한번 그의 눈 밖에 나면 그 날로 끝장이었다. 볼 때마다 두들겨맞는 것은 물론이거니와 자칫 캄캄한 바다 속에 내던져져 고기밥이 된다 해도 어디 하소연할 데가 없을 정도였다. 그런 하시야가 무슨 바람이 불었는지 돈을 올려준다는 것이니 윤떡바우로서는 무조건 감지덕지 머리를 조아려야 할 판이었다.

배에서 불평이 있는 동료 선원을 고자질하라는 떡밥인지도 몰랐다.

하지만 설사 그렇다 해도 그게 어떻다는 말인가.

윤떡바우는 새삼 고개를 내저었다.

적당히 하면 되는 거야, 남의 말 안 듣게끔만……

윤떡바우는 이제 제법 가파른 고개를 넘어섰다.

저만큼 마을의 불빛들이 한눈에 들어왔다.

동네 어귀 가뜩이나 좁은 길을 가로막다시피 하고서 얼마 전에 들어선 가죽꼴기네 마구간만 아니라면 한달음에 뛰어내려갈 것만 같았다. 동네 여자들이 물질 나갈 때마다 한마디씩 퍼붓는 욕을 고스란히 받아

먹어도 싸다 싶었다.

윤떡바우는 천천히 걸음을 옮기며 가죽꼴기네 집 쪽으로 다가섰다.

니리 니히리 니리구절사
말 말어라 사람의 섬섬간장

그때였다.

어둠 속에서 갑자기 시커먼 그림자들이 뛰쳐나오며 소리쳤다.

"이놈!"

"이놈, 떡바우새끼야!"

"디져랏!"

그림자가 휙 하고 무엇인가 커다란 물체를 휘둘렀다. 그것이 정통으로 윤떡바우의 이마에 내려꽂혔다. 윤떡바우는 피한다는 꿈도 꾸지 못한 채 단 한 방에 나가떨어지고 말았다.

"에쿠!"

윤떡바우는 신음을 삼키며 맨땅바닥에 나뒹굴었다.

"디져라, 이놈아야!"

"니 같은 놈은 디배져도 싸다."

그림자들은 벌써 정신을 잃고 나자빠진 윤떡바우의 몸뚱이 위에 후려치는 매질을 멈추지 않았다.

퍽, 퍽. 뼈가 으스러지며 피가 튀었다.

"이 새끼!"

"어데 두 번 다시 그런 짓을 하나 바라."

부엉이 소리가 사라졌다.

두 개의 그림자는 큼지막한 박달나무 몽둥이를 휘두를 때마다 씩씩 거친 숨마디를 내뿜었다. 동네 개들이 놀라 내지르는 소리가 자지러질 듯 밤공기를 갈랐다.

　김팔배네 주막 사랑에서 뜨개질을 하고 있던 동네 청년들이 낌새를 눈치채고 뛰쳐나온 것은 그러고도 한참 뒤였다.

　"아니, 이, 이게 믄 일이고?"

　청년들은 비릿하게 코를 찌르는 피냄새에 흠칫 놀라 한 걸음씩 물러섰지만, 누군가가 들고 나온 남포 등불이 몽둥이를 들고 있는 두 사람의 얼굴을 비추자 도로 용기를 냈다.

　"덕삼이!"

　"덕구!"

　가죽꼴기네 두 아들이었다.

　그들은 피가 묻은 몽둥이를 든 채 씩씩거리고 있었다. 그 앞에는 한 사람이 나자빠진 채 꼼짝도 하지 않았다.

　"이게 누고?"

　"떡바우다!"

　"주, 죽었는갑다!"

　청년들이 후닥닥 달려들었다.

　불빛을 바짝 갖다 대자 윤떡바우의 깨진 머리에서 피가 흘러나오는 게 보였다. 피는 땅바닥까지 흥건히 적시고 있었다.

　"죽었는갑다!"

　"크일 났데이!"

　대부분의 청년들이 놀라 소리만 내지를 뿐 허둥거리는데, 한 청년이 제가 입은 옷을 부욱 찢더니 그 천으로 윤떡바우의 머리를 감싸기 시작했다. 그러는 사이에도 뒤늦게 사태를 짐작한 마을 사람들이 꾸역꾸역 몰려들었다. 그리고 벌써 겹겹이 둘러싼 사람들 너머로 발돋움을 해서 두 눈 가득히 흰창을 드러낸 채 시뻘겋게 피칠갑을 한 윤떡바우의 모습을 눈에 담았을 때, 비명부터 내질렀다.

"아이고메야!"

"주, 죽어뿌렀다!"

조용하기만 하던 바닷가 마을이 그렇게 한바탕 소란 속에 휘감겼다.

밤이 깊어가면서 기온이 뚝 떨어졌는데, 주재소 앞 빈터는 사람들의 열기로 후끈거리기만 했다. 벌써 소문을 듣고 온 면 사람들이 다 몰려든 것 같았다. 수성(水城), 양포(良浦) 사람들은 물론이고, 심지어 돌개지니를 넘어온 사람까지 있다고 했다. 자다가 봉창 뜯는 소리 말라고 코웃음을 쳤던 어떤 사내는 막상 와서 보고는 제가 먼저 핏대를 올리며 증언을 하고 나섰다.

"피똥까지 쌌데이. 무지막지했는기라. 하이고마, 차마 눈뜨고는 몬 보겠데이."

"피똥은 믄? 나도 봤데이. 똥은 또이지만 그냥 맨또이라. 벌그스름한 게 피똥인가 보일 수도 있겠지만서도……"

"뻘그죽죽한 게 피똥이지 그라믄 뭐고?"

"니가 봤나? 그게 벌그스름하지 어데 뻘그죽죽하더노?"

"그게 그거 아닝교? 기나 고디이나……"

한바탕 웃음이 터져나왔다.

아낙네들은 아낙네들끼리 모여 솔숲 가장자리에서 따로 한자리를 만들고 있었다.

"우야머 사람을 그래 팰 수 있노? 대가리가 다 터져 허연 골까지 보였다카이."

"마, 그만 하이소. 더는 몬 듣겠어예. 참, 근데 사람 목숨이 질기기는 억시게 질긴가 봐예. 그래두 사람이 살아나는 걸 보머……골이 다 삐쳐나오긴 나온 거지예?"

대구(大邱)에서 시집온 새색시가 듣기만 하면 날아갈 듯 살랑살랑한 목소리에 험한 소리를 얹어 물었다.

"아따, 속고만 살았나? 와 남우 말을 그래 못 믿노?"

"가죽끌기네 두 형제가 아주 작심을 하고 나선 모양이라예."

"아이머? 흥, 내라도 그 지경 당했으머 쇠좆맨들 안 들구 나올라 꼬?"

"모리는 소리! 떡바우아가 그럴 인간이 아이다."

"어메메? 무신 소린교? 두 눈으루 보고서도 그카시능교?"

"가죽끌기네 덕샘이 덕구아가 뭘 오해한 거라. 떡바우아가 절대 그 럴 사람이 아이지. 아암."

"음메? 파평 윤가 아이라 칼까 바 편드능교?"

"흥, 즈 애비 윤팔봉이가 아무리 그캐사도 떡바운 다르데이. 아가 좀 덜렁거리기는 캐도 그런 짓 저질를 만치 간디이가 크지도 모한걸? 게다가 떡바운 오늘 밤에 돌아오지 않았나?"

"오매야, 떡바우는 좋겠데이. 여기 이래 알캉살캉 챙겨주는 사람도 다 있고……"

"실데없는 소리 마라, 문뒤가시나야. 내 말은……"

그러는 참에 마악 의원이 도착했다.

사람들은 꽃 본 나비처럼 우르르 주재소 쪽으로 몰려들었다. 동네 청년들이 길을 막았지만 소용이 없었다. 김순사가 휘리릭 호루라기를 불어 사람들을 제지해서야 겨우 홍의원이 들어설 틈이 생겼다.

급한 대로 있는 도구만 가지고 제법 큰 수술을 벌인 홍의원은 땀까 지 뻘뻘 흘리며 달려왔으면서도 그다지 싫지 않은 표정을 짓고 있었 다. 그는 이 기회에 제 솜씨를 한껏 자랑하고픈 욕심이 있는지도 몰랐 다. 그렇지 않다면야 제 손에 묻은 피도 닦지 않은 채 군이 한달음에 허겁지겁 뛰어올 턱이 없었다. 과연 사람들은 홍의원의 손에 묻은 피 를 보고 그것이 곧 의술이 뛰어나다는 증거라도 되는 양 저마다 고개를 끄덕거렸다.

　이제 김순사의 주재로 또다시 가죽꼴기네 두 형제에 대한 심문이 시
작되었다.　순사답지 않게 어깨가 꾸부정해 동네 개들한테도 길비킴을
못 받는다던 김순사의 목소리가 평소와 다르게 크고 또 위엄 있게 들렸
다.

　"그러니까 에 가설라무네⋯⋯자네들이 봤나?"

　"틀림없다카이."

　아우 박덕구가 말했다.

　"아니, 두 눈으루 직접 봤나 이 말이다."

　"그, 그게⋯⋯"

　"묻는 말에 대답만 하그라! 봤나, 몬 봤나?"

　"보지는 몬했니더."

　박덕삼이 한풀 꺾인 목소리로 대답했다.

　"자네는?"

　"직접 보지는 몬해도⋯⋯"

　"그만! 됐데이."

　김순사가 박덕구의 말을 뚝 끊으며 말했다.

　"자, 그라머 그게 우예 윤떡바우 짓이라고 생각했노?"

　"그거야 당연하잖능교?"

　"증거라도 있나?"

　"증거요?"

　형제는 동시에 마주 보았다.

　"가령⋯⋯음, 그러니깐 가설라무네, 에, 또⋯⋯"

　창문을 통해 지켜보던 사람들이 침을 꿀꺽 삼키면서 김순사의 입에
서 나올 다음 말을 기다렸다.

　"에, 가령 말이다. 자네들 누부가 그래 말했나 이 말이다."

"누부가요?"

형제는 다시금 서로의 얼굴을 마주 보았다. 그들의 눈가에 낭패스러운 빛이 스치고 지나갔다.

"김순사님! 말수이느 버버리 아잉교?"

구경꾼들 중에서 누군가가 커다랗게 말했다. 순간, 와하하 하고 폭소가 터졌다.

"빠가야롯! 조용히 해라!"

김순사는 얼굴이 붉어진 채 사람들을 제지한 뒤 다시 심문에 들어가려고 했다. 그때 홍의원이 손을 내저으며 나섰다.

"그만. 길게 얘기할 것두 없소. 아주 간단한 문제이까."

"예?"

"당사자를 불러오소. 그라머 금방 밝혀질 것이오."

"우, 우얀다꼬?"

"아 조사를 해보면 될 기 아이오? 범인이 눈지, 떡바우가 그리 했는지 아닌지……자, 서둘르시오. 더 늦으머 조사를 해두 소용이 없소."

홍의원의 말이 끝나기 무섭게 가죽꼴기네 형제의 얼굴이 제상의 백로지처럼 하얗게 질렸다. 구경꾼들 속에서도 으음 하고 나지막이 신음을 삼키는 소리가 들렸다.

그 무렵, 동네 청년들 중에서 한 사람이 슬쩍 자리를 떠서 솔숲 속으로 사라졌다. 아무도 그를 보지 못했다.

김순사가 가죽꼴기네 벙어리 큰딸 말순이를 데려오게 시킨 것은 그러고도 한참이나 시간이 흐른 뒤였다. 이제 날은 더 추워져서 사람들은 동동 발을 구르기 시작했는데, 그믐밤 파도소리는 한층 처량맞게 철썩거렸다.

2 옛 도읍

　가와라마찌(河原町)를 빠져나오면 막바로 카모천이었다. 교토 제일
의 번화가 시조도리(四條通)도 거기서 끝이 났다. 시영 전철 한 대가
느릿느릿 다리를 건너오고 있었다.

　"자, 제군. 여기서 헤어져야겠소. 가볼 데가 있거든."

　조금 앞서 걷던 시계하라가 무라다(村田) 시계점 앞에서 걸음을 멈
추며 말했다. 그 목소리가 튀는 고무공처럼 경쾌했다.

　"왜, 또 값싼 인도주의를 극복하러 가오?"

　시계하라가 가야 할 시간이라는 것을 알고 있으면서도 홍규는 짐짓
이렇게 물었다. 비꼬자는 뜻은 없었다.

　"응? 하하, 그래그래. 값싼 인도주의를 극복하러!"

　"그런다고 톨스토이가 슬퍼하진 않을 것이오."

　"그럴까? 하긴 톨스토이군은 새 시대가 어떻게 다가올지 몰랐으니
까. 한 사람의 가련한 여성 카츄사를 위해서 자기를 내던질 순 있었으

되, 타락한 사회의 부도덕성을 바로잡기 위해선 양심 이상의 그 무엇이 필요하다는 것을 알지 못했다──그게 바로 톨스토이군의 한계였지."

"아이, 여기 서서 다시 논쟁을 벌이자는 거예요?"

마쯔꼬가 끼어들었다.

"아아, 미안, 미안! 제군, 나는 그럴 뜻이 없소. 아암, 촌음이 아까운 청춘남녀를 위해서 나 같은 불청객은 일찍 사라져야지. 자, 가요. 즐겁게 지내시게, 슬픈 사슴 같은 로맨티시스트여. 마쯔꼬양, 언제고 다시 만납시다. 그럼……"

시계하라가 손을 흔들어 인사를 한 다음 기야마찌(木屋町) 쪽으로 걸어갔다. 산조(三條)교를 건너 학교로 갈 모양이었다. 사각모를 쓴 시계하라의 커다란 머리가 부자연스럽게 덜렁거렸다. 총총히, 부러 내딛는 걸음걸이도 우스꽝스러웠다.

홍규와 마쯔꼬, 두 사람은 잠시 더 그런 모습을 지켜보았다.

"재미있는 사람이에요. 시계하라, 저분."

"재미요? 글쎄, 재미있다면 재미있겠죠."

"슬픈 사슴 같은 로맨티시스트예요, 거기가?"

마쯔꼬가 커다란 두 눈 가득히 장난기를 담고 물었다.

"에이, 그냥 하는 소리예요."

"내가 보기엔 너무나 잘 어울리는 별명인데요?"

"에, 참……"

"왜 그래요? 난 너무 좋은데. 로맨티시스트라, 그것도 슬픈 사슴 같다니……호호."

"에……"

홍규로서는 뭐라고 대꾸할 수도 없었다. 겸연쩍은 표정을 지으며 마쯔꼬의 눈길을 슬쩍 피했다.

"하하, 미안, 미안. 참, 그분, 어디 간다는 거죠?"

마쯔꼬는 얼른 말꼬리를 돌렸다.

"아, 그거……무슨 토론그룹인데, 나도 잘 몰라요. 하지만 뻔하죠. 저 유명했던 에스에스(SS)를 잊지 못해 안달인 사람이니까."

"에스에스? 사회과학연구회?"

"맞소."

"그런데 왜 값싼 인도주의 운운했죠? 그게 암혼가요?"

"암호? 하하. 아니, 그런 건 아니오. 그저 우리끼리만 통하는 말입니다."

"흥, 그게 그거죠."

"그렇게 되나요? 허. 무슨 뜻인고 하면, 값싼 인도주의를 극복하자! 이 구호가 바로 시게하라의 좌우명이죠. 대학에 들어갔을 때부터. 지금은 아예 하숙집 벽에 붙여놨습디다."

"그래서 톨스토이가 또 나온 거구요?"

"그렇소."

"어휴, 어쨌거나 참 독한 사람이에요. 거기 비하면 난 햇병아리구……"

"왜, 그게 그렇게 부럽습니까? 난, 그냥 이대로가 좋은데……"

"이대로? 어떤 이대로?"

"그, 그건……"

홍규는 갑자기 말문이 막혔다. 마쯔꼬는 홍규의 그런 표정을 재미있다는 듯 바라보더니 제 쪽에서 금방 물꼬를 터주었다.

"그냥 해본 소리예요. 자, 가요."

홍규는 다행이다 싶어 얼른 걸음을 떼었다.

살에 닿는 천변의 바람이 제법 쌀쌀했다. 그래도 요 며칠 매섭게 몰아붙이던 때의 기세에 비하면 아무것도 아니었다. 사람들은 쇼와 이래로 이렇게 추운 겨울은 처음이라고 입을 모아 말했다. 좀처럼 얼지 않는 카모천에 얼음이 다 얼었으니 그런 말이 나돌 만도 했을까? 신문에서는 예년에 없던 한파로 가게마다 난방기구가 동이 났고 다께다(竹田)에서는 동사자까지 발생했다고 떠들어댔다. 해도 홍규는 모처럼 겨울다운 날씨를 만난 셈이어서, 그런 말들을 한 귀로 듣고 다른 귀로 흘렸던 것이다. 어쨌거나 요 며칠 기승을 부리던 추위도 이제 끝물이었다. 내일부터는 다시 간사이(關西) 지방 본래의 푸근하고도 비가 많은 겨울 날씨를 되찾을 터였다.

아직 얼음이 풀리지 않은 내 위에는 아이들이 꽤 많이 몰려나와 놀고 있었다. 머리 위를 벗어나는 해가 그런 아이들의 마음을 초조하게 만들었다. 쉬지 않고 팽이를 돌리는 아이, 엉덩이가 물에 젖어 축축한 데도 신나게 뛰어다니는 아이, 썰매를 지치는 아이, 연을 날린답시고 달려가다 앞으로 푹 고꾸라지는 아이——홍규는 저도 몰래 입가에 잔잔한 미소를 머금었다.

녀석들.

"네?"

"응?"

"방금 뭐라고 하셨어요?"

마쯔꼬가 커다란 눈을 더욱 크게 뜨며 물었다.

"아, 아니오. 혼잣말이었소."

"흥, 정말?"

"그, 그럼요, 정말이잖구."

"거짓말! 아무리 조선말이라구 내가 모를 줄 알구?"

"어? 거짓말이 아니래두. 내가 쓸데없이 왜 거짓말을 해요?"

"분명히 흉을 보는 소리였어요. 그렇죠?"

마쯔꼬는 눈가에 주름까지 잡아가며 짐짓 따지듯 분명한 에도벤(東

京弁 : 도쿄 말) 으로 되물었다.

"아, 아니래두."

"내 귀는 못 속여요. 요소꾸 뭐? 흥, 그거 분명히 날 흉보는 소리였죠?"

"아, 아니오. 정말, 그, 그런 게 아니었소. 난 그저……"

"그럼, 맹세할 수 있어요?"

"네? 맹세는 무슨……"

"것 봐요. 맹세도 못하니 분명 내 말이 맞지."

마쯔꼬는 진짜 토라진 듯 갑자기 획 돌아섰다. 그러더니 방금 걸어온 쪽으로 성큼성큼 걸음을 옮겼다. 에도(江戶) 원수를 나가사키(長崎)에서 갚는다더니 지금 마쯔꼬가 꼭 그런 셈이었다. 아까 시게하라에게 당한 분풀이를 엉뚱한 사람 붙잡고 할 작정인가?

밤차를 타고 온 마쯔꼬와 함께 레스토랑 야호마사(八百政)에 들렀다가 거기서 우연히 시게하라를 보았다. 지금 제대 경제학부 3학년생인데, 홍규는 마쯔꼬의 오빠이면서 이과 갑류(甲流 : 영어를 외국어로 하며, 주로 대학 이공계 학부 지망생반)에 다니는 동급생 히다를 통해 그를 알게 되었다. 시게하라는 히다가 참가하는 독서반의 지도를 맡고 있었다.

어쨌든 세 사람은 한자리로 모였고, 그때부터 이런저런 이야기를 나누던 끝에 마침내 예의 그 톨스토이 논쟁으로 접어들었던 것이다. 홍규는 시게하라의 논쟁술을 익히 아는지라 섣불리 끼어들지 않았는데, 그런 사정을 알 리 없는 마쯔꼬가 나름대로의 독서를 바탕으로 덤벼들었지만 고치(高知) 고 시절부터 톨스토이에 미쳤던 시게하라를 당해낼수는 없어 결과는 마쯔꼬의 판정패!──제 딴에는 문학관이 뚜렷하다고 자부하던 마쯔꼬로서도 톨스토이를 옹호하는 홍규라면 또 몰라도 평소의 자기처럼 비판하는 입장에 서 있는 시게하라의 방대한 독서량

과 놀라운 기억력, 그리고 무엇보다도 지극히 공격적인 달변을 당해낼
재간은 없었을 터였다.

홍규는 잠시 멍청하게 서 있다가 황급히 소리쳤다.

"매, 맹세할게요."

"정말?"

마쯔꼬가 다시 몸을 돌리며 묻자, 홍규는 얼굴이 벌게진 채로,

"네, 정말."

하고 사뭇 목소리에 힘을 주어 대답했다.

"하하하."

마쯔꼬가 웃으며 돌아왔다.

"에―."

그제서야 홍규는 제가 속았다는 것을 깨달았다.

"거기는 너무 순진해요, 호호."

"거기는 너무 짓궂고요."

"그럼 우리는 서로 잘 어울리는 셈이네요."

"그, 그런가요?"

홍규는 이렇게 말을 받으면서도 어색함을 감추지 못했다. 마쯔꼬가
그런 홍규의 표정을 금방 읽어내고는 다시 웃음을 터뜨렸다.

"하하."

홍규도 멋쩍은 듯 머리를 긁으며 따라 웃었다.

이제 두 사람은 기온(祇園) 쪽을 향해 다리를 건너기 시작했다. 강
바람이 맨얼굴을 할퀴었다. 홍규는 어깨를 한 번 으쓱하면서 한 걸음
뒤쪽에 처져 따라오는 마쯔꼬를 돌아보았다. 짙은 남색 오버로 단단히
무장한 마쯔꼬는 그래도 추운지 홍규와 눈빛이 마주치자 부르르 몸을
떠는 시늉까지 내었다. 홍규는 그런 마쯔꼬의 모습이 무척 귀엽다고
생각했다. 목에 두른 빨간색 털목도리가 상쾌한 인상을 더욱 짙게 만

들었다.

다리 끝 국수관(菊水館) 앞에서 마쯔꼬가 얼굴을 찌푸리며 말했다.

"아이, 추워."

"그렇게 추워요? 이까짓 게?"

"네? 그럼 안 추워요? 나는 뼛속까지 다 부들부들 떨리는데……"

"조선에는 못 가겠네요?"

"어머, 그렇게 추워요?"

"게다가 내 살던 데는……"

"어휴, 그래요? 아주 추운가 보죠? 얼마나 추운가요? 홋카이도(北海島)만큼? 시베리아만큼?"

"모르겠어요. 홋카이도도 시베리아도 가보지 않았으니……하지만 여기 이런 추위에 비하면 하늘과 땅 차이지요. 아니, 처음부터 비교가 되질 않는다고 해야지. 가령 이맘때 겨울날 새벽에 일어나면……"

홍규는 천천히 걸음을 옮기며 생각나는 대로 고향의 겨울 추위에 대해서 설명하기 시작했다.

낙엽이 미처 다 떨어지기도 전에 강은 벌써 가장자리부터 얼어붙는다. 그러다가 산맥을 타고 넘어온 바람이 하얗게 서릿발이 선 들판을 가로지를 때면, 강은 꽁꽁 얼어붙은 빙판으로 변해버린다. 눈이라도 한두 차례 퍼붓고 나면 완연한 겨울로 접어들어 이제 마을에는 인적마저 뜸해진다. 그런 밤마다 얼음강 위로 사나운 바람이 몰아쳤고, 위잉, 위이잉, 뒤란 나무숲을 때리는 바람소리도 잠을 설치게 만든다.

어린 시절, 저녁내 지핀 아궁이불이 사그라들 즈음이면 어김없이 눈이 떠졌다. 그때쯤이면 단단히 걸어잠근 겹문 틈새로도 얼음처럼 찬 바람이 용케도 후비고 들어왔다. 방바닥은 이미 미적지근하게 식어가는 중이었고, 이불 바깥으로 겨우 내민 코끝에는 냉기가 빨갛게 달라붙었다. 홍규는 두 눈을 꼭 감은 채 새우처럼 몸을 웅송그리고 꼼짝하

지 않았다. 그래, 조금만 참으면……그렇게 어금니를 꽉 깨물고 얼마
간 참다 보면, 밖에서는 마침내 기다리던 목소리가 들려왔다.

"칩지비? 쬐끔 지다립세. 고장(금방) 뜩어질 집메."

그 목소리.

홍규는 소죽을 쑤기 위해 진작 나온 한서방의 목소리를 듣고서야 긴
장을 풀었다. 그리고 잠시 더 기다리면 방바닥은 거짓말처럼 **활활** 달
아오르기 시작했다. 그때쯤 홍규는 얼음이 박인 발가락이 몹시 간지러
워지는 것을 참지 못하고 몸을 뒤척였고, 그러다가 또 얼마 후에는 자
기도 모르는 새 스르륵 달콤한 사탕 같은 새벽잠에 곯아떨어지고 말았
다.

눈이 몹시 오고 난 밤이면 마당을 훑고 지나가는 바람소리가 마치
먼산에서 내려온 여우가 울부짖는 듯싶었다.

우우―.

우우우―.

닭장의 문은 잠갔을까?

잠그면 안 되는데, 여우가 잡아먹을 게 있어야지, 그렇지 않으면 사
흘을 주린 여우가……

아아, 이대로 잠이 들면 안 되는데……

그런 생각을 하다 보면 바람소리는 점점 더 여우의 울음소리를 닮아
가게 마련이었고, 홍규는 더는 버티지 못하고 이불을 꼭 덮어쓴 채 질
끈 두 눈을 감아야 했다.

자면 안 돼.

자면 안 돼.

여우가 잡아간다. 이노옴!

여우가 잡아간다. 이노옴!

여우가, 꼬리 아홉 달린 여우가……

그런 날 아침이면 홍규는 대개 참혹한 절망감에 사로잡혀 쉽게 자리를 벗어날 수 없었다. 아랫도리는 벌써 축축하게 젖어버린 뒤였고, 보지 않아도 요 위에는 큼지막한 강역도(疆域圖)가 그려져 있을 게 뻔했으므로!

홍규는 물론 마쯔꼬에게 어린 시절의 그런 경험담까지 들려주지는 않았다.

"휴, 그만! 듣기만 해도 소름이 오싹 끼쳐요."

"하하, 이제까지 말한 건 그래도 약과입니다. 언젠가 진짜 추웠던 겨울이었는데, 얼마나 추웠냐 하면 숨을 쉴 때마다 코에서는 하얗게 김이 서려 나오고 어쩌다 콧물이라도 흘리면 금방 고드름이 매달려서는……"

"그, 그만! 싫어요."

마쯔꼬는 손까지 휘휘 저어가며 홍규의 말을 막았다.

"왜요? 아직 진짜 추운 게 어떤 건지는 말하지 않았는데?"

"싫어요. 안 들을래요."

"하하."

"홍, 뭐가 좋아서……이제 보니까 홍규씨는 나보다 훨씬 짓궂어요."

"그래요?"

"그럼 아니란 말인가요? 남은 말만 들어도 소름이 돋는대두 자꾸만……"

"하하하, 미안, 미안."

홍규는 얼른 사과하는 흉내를 냈다. 마쯔꼬가 싱끗 미소를 지어 보였다.

다시 걸음을 떼면서 홍규는 한껏 기분이 좋아졌다.

신기한 일이었다.

　모처럼 고향의 겨울 추위를 떠올렸을 뿐인데, 이렇게 기분이 좋아지다니……어린 시절, 그때는 왜 그토록 겨울이 싫었을까? 겨울만 오면 사철 언제나 따뜻하다는 머나먼 남국을 꿈에서조차 그리워했다. 어린 홍규에게 겨울은 늘 음습하고 어두운 그 어떤 동굴 같은 인상으로 남아 있었다. 그 동굴은 한없이 길고 길어서 아무도 그 끝을 알지 못하고 또 섣불리 들어가려고 생각하지도 못하는 그런 데였다. 시커먼 아가리를 크게 벌린 채 누구라도 들어오기만 하면 당장 길고 긴 혓바닥을 쑥 내밀어 홀딱 낚아챌 채비를 하고 있는 동굴. ──그러던 것이 철이 들면서부터 조금씩 달라지기 시작했다. 겨울도 그런 대로 지낼 만하다는 생각이 들었고, 더 커서 요 몇 해 전부터는 일 년 네 계절 중에서 겨울을 가장 기다리게끔 생각이 바뀌어버렸다.

　왜 그랬을까?

　홍규는 자신의 그런 변화가 가을이 가면 겨울이 오고 겨울이 가면 또 봄이 오듯 그저 나이가 들면서 자연스럽게 생겨난 것이라고 생각하면서도, 그런 변화의 한 귀퉁이에 문학이 자리잡고 있다는 생각을 아니할 수 없었다. 그리고 지금, 새삼 추위다운 추위를 떠올리고 또 그래서 기분마저 좋아진 것은 고향에 대한 그리움, 바로 그것 때문이라고 생각했다.

　고향!

　그래, 고향이야말로 문학의 원천이다!

　그것은 동시에 내 삶의 원천이기도 하며……

　"무슨 생각을 하세요?"

　얼마쯤 더 걸었을까, 마쯔꼬가 걸음을 조금 늦구면서 이렇게 물었을 때, 홍규는 비밀한 저만의 생각을 들키기라도 한 것처럼 깜짝 놀라며,

　"아, 아닙니다. 아무것도……"

하고 말끝을 얼버무려야 했다.

마쯔꼬는 더 이상 캐묻지 않았다.

두 사람은 예부터 게이샤(기생) 거리로 유명한 하나미도리(花見通)를 왼쪽으로 낀 채 남쪽으로 방향을 잡고 걸어갔다.

얼마 후, 버스를 잡아탄 그들은 두 정류장을 지나 고조자카(五條坂)에서 내렸다.

오가는 사람들이 부쩍 많아졌다.

홍규는 이제 마쯔꼬와 나란히 서서 걷기 시작했다. 길 양쪽으로 깔끔한 목조 이층집들이 언덕을 따라 주욱 기어오르고 있었다. 얼마쯤 더 올라가자 기념품 가게며 여관, 음식점 따위가 하나 둘 나타나기 시작했다. 사람들도 한층 붐볐다. 휴일을 맞이하여 산책 겸 해서 나온 교토 사람들뿐만 아니라, 멀리서 온 게 분명한 관람객들도 적잖이 눈에 띄었다.

"햐, 정말 멋진 곳이네요."

마쯔꼬도 신기한 듯 여기저기 고개를 돌리며 감탄했다.

"기요미즈데라의 명성 중 상당 부분은 바로 여기서부터 시작되지요. 하지만 아무래도 더 올라가 봐야 참맛을 알 수 있어요."

"그래요?"

"자, 이곳은 이따 내려오는 길에 구경하기로 하고, 우선은 올라갑시다. 외지 사람들이야 모르니까 여기서 시간을 다 잡아먹지만, 교토 사람들은 안 그래요. 반대지요."

홍규는 제법 교토 사람이 다 된 듯이 익숙하게 설명을 덧붙이며 주춤거리는 마쯔꼬를 이끌었다. 그러면서 홍규는 굳이 사촌오빠 히다를 불러내지 말라 했던 마쯔꼬의 속셈을 짚어보았다.

잠시 후, 두 사람은 교토 시내가 한눈에 다 내려다보이는 절 안의 벼랑 난간 앞에 섰다.

기요미즈데라(清水寺).

　무려 2천 개를 헤아린다는 교토의 절 가운데서도 풍광이 수려하고 전망이 으뜸인 곳을 치라면 누구라도 단연 이 곳을 꼽는다. 천년도 훨씬 전에 처음 나라(奈良)에 뿌리를 둔 불교의 한 종파에서 교육을 위해 세웠다는데, 그 후 몇 번의 증축과 개수를 거쳐 지금부터 3백여 년전 에도 시대에 들어와 비로소 현재의 꼴을 갖추었다. 종루도 그때 만들어졌다. 무엇보다도 본당의 커다란 낭하를 수백 개의 대들보가 받쳐주는 웅자가 유명했다.

　"정말 전망이 좋아요. 가슴이 탁 트이는 느낌이에요."

　마쯔꼬가 사뭇 달뜬 목소리로 말했다.

　"춥진 않구요? 이렇게 바람이 부는데?"

　"아니요. 하나도 안 추워요. 아, 기분이 너무 좋아요."

　기다란 머리카락이 바람결에 출렁거렸지만, 마쯔꼬는 난간을 꼭 붙잡고 서서 좀처럼 움직일 줄 몰랐다. 홍규도 어쩔 수 없이 그 곁에 서 있어야 했다.

　멀리 도시 한가운데를 가로지르며 카모천이 흐르고 있었다.

　옛 도읍 교토.

　메이지 유신 이래 비록 지금의 도쿄에 수도 자리를 내주었지만, 교토 사람들은 아직도 과거의 찬란했던 문화유산에 대해 당당한 자부심을 지니고 있었다. 어소와 신사, 봉건시대의 수많은 성과 절. 교토 사람들은 그 하나하나마다 각별한 애정을 쏟으며 소중하게 관리했다. 나아가 일본 최초의 근대적 소학교와 여학교가 생겨난 도시가 교토라는 점에서도 알 수 있듯이, 과거의 유산을 그저 품에 안은 채 지키려고만 하지는 않는다. 교육에 대한 과감한 투자를 통해 언제까지나 그 정신을 이어나가려고 애쓰는 것이다. 지금 홍규가 다니는 제3고등학교나 교토제국대학에 대한 시민들의 애정도 이런 점에서 이해할 수 있다.

　홍규는 이따금 교토 시내에 널려 있는 여러 명소를 찾을 때마다 한

없는 부러움을 느끼곤 했다. 그곳들은 한결같이 잘 보존되어 있으며, 어디를 가도 휴지 한 장 나뒹구는 데가 없었다. 사람들은 자기 집을 가꾸듯 집 근처의 사적들을 정성껏 관리했다. 누가 시키는 것도 아니었다. 그런데도 아침 일찍 일어나 제 집안을 쓸듯 절 앞마당에 비질을 하고 물을 뿌린다.

그 무서운 헌신성.

그리고 보이지 않는 역사를 중심으로 한 그 무서운 응집력.

그런 것들이 결국 오늘의 일본을 있게 한 것이 아닐까?

반면, 조선은 어떤가?

조선의 역사는?

역사!

그런 것이 과연 조선 땅 어디엔들 있기나 하단 말인가?

가령 함흥만 해도 그렇다. 지난 시대의 유적은 하나같이 폐허로 변했고, 거기에는 망국의 한이라는 자조조차 무색하게 개똥과 쓰레기와 잡초만이 나뒹굴지 않던가?

일본 사람들은 하찮은 돌멩이 하나에 담긴 역사마저 소중하게 생각한다. 그리고 그런 낱낱의 정신들이 모여 자원이 부족한 섬나라로서의 약점을 극복하고 바다 건너 대륙에서 생존의 활로를 찾자고 한목소리를 만들어낸다. 그리하여 이제 조선을 삼킨 여력을 몰아 바야흐로 꿈에 그리던 만몽생명선의 확보를 눈앞에 두고 있지 않은가?

지난해 가을 마침내 만주사변이 터졌다.

처음 유조구(柳條溝)에서 시작된 전쟁은 그 경위야 어찌 되었든 호시탐탐 만주 진출을 노리고 있던 일본으로서는 물러서려야 물러설 수 없는 것이었고, 그에 따라 세계는 지금 촉각을 곤두세운 채 만주의 정세 추이를 지켜보고 있는 것이다.

그런데 우리는?

홍규는 다시금 아득한 절망감을 키워내고 말았다.

안 돼.

이제 끝났어.

밥은 물론 중요하다. 하지만 그 구차한 밥을 먹어가며 무엇을 지켜 낸단 말인가? 역사를 챙기지 못하는 민족에겐 미래도 없는 법이다. 제 나라의 찬란했던 문화유산을 제 몸처럼 아끼고 돌보는 사람들이 과연 조선 천지에 몇이나 된단 말인가?

이래서 춘원의 절망이 시작되었을까?

──우리 민족의 성질은 열악합니다. 그러므로 이러한 민족의 장래 는 오직 쇠퇴 또 쇠퇴로 점점 떨어져가다가 마침내 멸망에 빠질 길이 있을 뿐이니 결코 일점의 낙관도 허할 여지가 없습니다. 나는 생각하 기를 삼십 년만 이대로 내버려두면 지금보다 배 이상의 피폐에 달하여 그야말로 다시 일어날 여지가 없이 되리라 합니다. 만일 내 말이 교격 (矯激)하다 하거든 지나간 삼십 년을 돌아보시오!

홍규는 소태를 씹은 듯 씁쓸한 기분으로 힘 없이 고개를 저었다.

"무슨 생각을 하세요?"

마쯔꼬가 물었다.

"역사."

홍규는 짧게 대답했다.

마쯔꼬가 놀란 듯 난간에서 슬쩍 몸을 떼면서 홍규를 바라보았다. 홍규는 마쯔꼬의 그 까만 눈동자에서 문득 불꽃처럼 타오르는 욕정을 느꼈다. 그리고 그렇듯 갑작스럽게 고개를 쳐든 욕정은 산책로를 따라 경내를 한 바퀴 다 돌고 났을 때까지 조금도 식지 않았다.

해는 벌써 아라시야마(嵐山) 너머로 설핏 기울고 있었다.

두 사람이 언덕길을 다 내려왔을 무렵,

"호외요, 호외!"

하고 신문배달부가 소리치며 지나갔다.

마쯔꼬가 얼른 달려가 땅에 떨어진 호외 한 장을 주워들었다. 그리고 잠시 후 마쯔꼬가 그것을 건네주었을 때, 홍규는 어색해하는 그녀의 눈빛을 통해 사건의 내용을 충분히 짐작할 수 있었다.

——육전대(陸戰隊) 상해 점령!

홍규는 제목만 겨우 눈에 담은 호외를 아무렇게나 내던지며 쑥쑥 앞장서 걸어갔다.

3 육체의 명령

어떻게 여기까지 오게 되었을까?

문득 정신을 차린 홍규는 아직도 멍멍한 머리를 흔들며 기억을 되살리고자 애썼다. 그러나 시내에서 술을 퍼마신 기억뿐, 어느 순간 깜빡 정신을 잃은 뒤부터는 하나도 기억나지 않았다.

방 안을 둘러보았다.

땅색 경대가 하나 놓여 있을 뿐, 이렇다 할 장식 하나 없는 평범한 6조 다다미방이었다. 여관이 분명했다.

그렇다면 마쯔꼬는 어디?

갑자기 불안한 감정에 휩쓸렸다. 마치 낯선 고도에 혼자 표류해 온 느낌이었다. 무엇을 어떻게 해야 할지 모른다는 게 그런 느낌을 더욱 부풀렸다.

아직도 뒷골이 지끈거렸다.

홍규는 손가락으로 꾹꾹 뒤통수를 눌러주었다.

그쯤이었다.

미닫이문을 살짝 열며 누군가가 조심스레 들어왔다.

"어머, 깨어나셨군요?"

한 손에 주전자를 든 마쯔꼬였다.

홍규는 얼른 자세를 고치며 몸을 일으키려고 했다.

"아니, 그냥 계세요. 피곤하실 텐데……주무시다가 찾으실까 봐 가져왔어요. 주인을 깨워 시킬 수도 있었지만……"

"고, 고맙소."

홍규는 겨우 윗몸을 일으켜 앉았다.

마쯔꼬는 문을 뒤로 한 채 무릎을 가지런히 모으고 앉아 홍규 쪽으로 가만히 주전자를 밀어놓았다. 바깥에서 만나던 때와는 전혀 다른 느낌을 던져주는 자세. 홍규는 마쯔꼬 또한 일본 여자라는 사실을 새삼 확인한 것 같아 묘한 기분이 들었다.

아직도 코트를 입고 있는 것으로 보아 여관에 들어온 지 그다지 오랜 시간이 흐른 것 같지는 않았다.

"여기가……?"

"모르겠어요. 시내에서 좀 떨어진 것 같은데……"

"어떻게……"

홍규가 얼굴을 붉게 물들이며 말을 꺼냈다.

"너무 취하셨길래, 운전사한테 부탁했지요. 그럴 겨를도 없었지만, 히다 오빠를 찾는 것도 그렇고 해서……"

"미안합니다."

"아니에요. 제가 오히려 미안해요. 괜히 심기를 불편하게 해드려서……용서하세요. 일부러 그런 것은 아닙니다."

"무, 무슨?"

홍규는 당황했다.

무슨 말인가?

지금 여기 이 여관에 함께 있어서 미안하다는 말인가?

"아까 카페에서……"

"카페?"

"기억 안 나세요? 제가 홍규씨를 비판했던 거……거듭 사과할게요. 저는 다만 홍규씨의 분발을 촉구하려는 뜻에서……"

"아!"

홍규는 그제서야 어렴풋한 기억의 실마리를 잡아낼 수 있었다.

그렇구나.

카페에 들어간 뒤의 일들이 점점 또렷한 윤곽으로 잡히기 시작했다. 처음에는 둘 다 말이 없었다. 왜 그렇게 되었는지, 홍규는 즐거웠던 기분이 어디론가 깡그리 사라지고 사레가 들린 듯 가슴속이 답답하기만 했다. 마쯔꼬는 마쯔꼬대로 입을 꼭 다물고 있었다. 자연히 홍규는 평소 주량 이상으로 술을 많이 마셨다. 그러다가 어느 순간, 마쯔꼬가 모처럼 꺼낸 말이 홍규의 가슴에 아프게 다가왔다.

"제가 이제까지 지켜본 바로는, 그래요, 거기는 분명 비겁한 사람이에요. 누구보다도 현실을 깊이 이해하고 있으면서도 그 현실을 개선시키려는 적극적인 의지는 조금도 내보이지 않고 있어요. 말하자면 그건 인생의 도피나 취할 태도겠지요. 홍규씨의 문학이 그렇듯이, 홍규씨는 인생을 살아가는 데 있어서도 너무나 비관적이에요. 왜 그러죠? 왜 한번 거칠게 부닥쳐본다는 생각을 갖지 않는 거죠? 되든 안 되든, 그건 나중 문제가 아닌가요?"

그래, 그런 말이었지.

화가 났다.

가슴속의 말이 저절로 터져나왔다.

"현실을 개선시켜요? 어떻게? 무엇으로? 마쯔꼬, 당신은 아무것도 몰라요. 왜냐하면 당신도 결국 힘을 쥔 쪽이니까. 조선을 먹어치우고, 이제는 다시 만주까지 넘보는 힘. 뿐만인가? 오늘 똑똑히 드러났지만, 이제 대륙 어디라도 안전하지 못해요. 금주(錦州), 상해, 남경(南京) ……그래요, 그 가공할 힘을 쥔 쪽이라면 당연히 그런 말을 할 수 있 겠지요. 하지만 그 반대편이라면? 힘도 없고, 돈도 없고, 그런데다 자 존심마저 없는……"

그렇게 말하는 가슴속에는 차마 드러내지는 못하지만 분명 한 사람 의 이름이 자리잡고 있었을 것이다.

이봉창(李奉昌).

이 달 초에 사쿠라다몬(櫻田門) 경시청 앞에서 폭발탄을 터뜨려 천 황을 암살하려 한 조선 청년.

자기들로서는 감히 상상도 할 수 없는 사건이 터지자 일본인들은 경 악을 금치 못했다. 언론은 연일 대서특필하는 것으로 사건이 준 충격 을 짐작케 했다. 처음 그 소식을 들었을 때, 홍규는 제가 마치 그런 일을 저지르기라도 한 것처럼 눈앞이 아찔했다. 통쾌하다는 생각은 눈 곱만큼도 들지 않았다. 제가 그 일을 한 것처럼 두렵기만 할 뿐이었 다. 그런 감정은 이봉창에 대한 취조 과정이 상세하게 소개되는 신문 을 들여다볼 때마다 차차 허무함으로 꼴을 바꾸어갔다. 이래도 안 되 고 저래도 안 된다는 절망감만, 그리하여 이제는 그 어떤 방법으로도 자기를 둘러싸고 있는 이 단단한 껍질을 뚫지 못하리라는 암담한 생각 만 더 크게 자라났다.

수상 이누카이(犬養)는 책임을 지고 즉시 내각의 총사직서를 제출했 다. 천황은 "내외의 비상시를 맞이하여 더욱 분발하라는 뜻"으로 사직 서를 물렸다. 이제 군부가 더욱 기승을 부릴 것은 불을 보듯 자명한 사실이 되었으니, 홍규의 절망도 거기에 비례하는 것이었다.

홍규의 속을 읽었을까, 마쯔꼬는 목소리를 높여 말했다.

"왜 그렇게만 생각하죠? 바로 그래서 더 씩씩해질 필요가. 그래야 우리 인생의 존재이유가 살아나는 게 아닐까요?"

"존재이유? 그런 게 과연 있기나 합니까? 이 더러운 시대에?"

"더러운 건 사실이지요. 하지만 더 더러운 게 있어요. 그건 바로 아무것도 하지 않은 채 모든 걸 피할 수 없는 숙명으로 받아들이는 태도예요."

그 말이 매우 아리게 가슴에 와 꽂혔다.

홍규는 거칠게 반발했다.

"내가 그렇다는 말인가요?"

"아닌가요?"

"책임질 수 있소?"

"어떤? 책임을 져야 하는 건 오히려 그쪽이 아닌가요?"

마쯔꼬는 마쯔꼬대로 지지 않으려고 애썼다.

두 사람은 그런 식으로 꽤나 오래 말꼬리를 붙들고 다투었다.

그래서 결론은?

홍규는 다시금 얼굴을 붉게 물들이지 않을 수 없었다. 모처럼 제 속을 많이 드러냈다. 마쯔꼬의 말을 그렇게 반박해 본 기억이 별로 없을 정도였다. 어쨌거나 그런 말다툼에 가까운 논쟁을 통해 현실에 한 점 여린 획조차 보태지 못하는 자신의 처지도 더욱 분명하게 드러났다. 마치 드러내고 싶지 않은 치부를 송두리째 드러낸 듯한, 처음에는 짐짓 변명도 달았으나 말을 보태면 보탤수록 빠져나오기 힘든 늪 속으로 가라앉는 듯한 느낌을 받았다. 게다가 그 논쟁의 상대방이 마쯔꼬였다는 사실에 새삼 참담해지는 기분이 들었다.

"아무튼 아까 홍규씨의 생각을 좀더 알 수 있어서 좋았어요."

유리컵에 물을 따르면서 마쯔꼬가 말했다.

"미안합니다."

"아니, 싫어요. 제발 그런 말씀은……"

마쯔꼬의 눈동자에 얼핏 물기가 묻어났다. 그러더니 금방 고개를 푹 수그리며 울먹거리기 시작했다. 터져나오는 울음을 애써 목구멍 아래로 삼키는 것처럼 흐느끼는 마쯔꼬!

홍규는 제 쪽에서 더욱 당혹스러웠다.

무슨 뜻인가, 이 울음은?

자주 만나지는 못했지만 그래도 만날 때마다 그 시원시원한 생각과 태도 때문에 홍규에게는 일종의 경이로움마저 안겨주곤 하던 마쯔꼬였다. 자기에 비긴다면 마쯔꼬는 그야말로 새로운 시대 조류의 당당한 체현자였다. 그것을 굳이 세간의 흔한 표현대로 '모걸(모던걸)'의 특징이라고만 하기도 어려웠지만, 어쨌든 홍규 자신이 쓰러져가는 봉건의 한 귀퉁이에 위태롭게 서 있다면 마쯔꼬는 진재 이후 하루가 다르게 변모하는 대도꾜의 화려한 빌딩군처럼 거침없는 새 사상의 한복판에 서 있었다.

그런 마쯔꼬가 내 앞에서 울다니, 그것도 이처럼 까닭도 모르게……

홍규는 얼른 마쯔꼬 앞으로 다가앉았다.

"마쯔꼬!"

그래도 마쯔꼬는 흐느낌을 멈추지 않았다. 홍규는 이제 더 가까이 다가앉으며 마쯔꼬의 어깨에 떨리는 손을 가만히 얹었다.

"왜, 왜 이래요? 마쯔꼬, 울지 말아요."

순간, 마쯔꼬의 몸이 홍규의 가슴에 안기듯 쓰러져왔다.

"홍규씨!"

"마, 마쯔꼬."

"내가 당신을 이해하지 못한다고 생각하지 마세요. 나, 나는……"

"마쯔꼬!"

홍규는 엉겁결에 마쯔꼬를 껴안았다. 정신이 하나도 없었다. 그러면서도 홍규는 온몸의 감각이란 감각이 일제히 마쯔꼬의 육체로 향하는 것을 분명히 느낄 수 있었다.

아, 안 돼.

하지만 그건 생각뿐이었다.

마쯔꼬의 풍만한 육체에서 한꺼번에 풍겨나오는 살내음은 홍규의 정신을 아득하게 만들었다. 잘 익은 복숭아를 한입 가득 베어물었을 때처럼 농밀한 내음! 홍규는 두 눈을 질끈 감았다. 그렇지만 마쯔꼬를 껴안은 두 팔에는 저도 모르게 한껏 힘이 들어갔다.

"마쯔꼬!"

"홍규씨!"

이제 두 사람은 방바닥에 펴놓은 이불 위로 넘어졌다.

아하, 마쯔꼬의 입에서 새어나온 뜨거운 입김이 홍규의 귓가에 닿았다. 홍규는 전기에 감전이라도 된 듯 아찔한 기분이었다.

"헉."

"아―."

두 사람은 한데 엉겨서 이불 위를 굴렀다.

홍규는 자신이 무슨 짓을 하고 있는지조차 알지 못했다. 한순간 머리 속을 파고들었던 갈등도 어디론가 사라져버리고, 오직 육체의 명령만이 앞으로 나섰다. 홍규는 충실한 노복처럼 불처럼 뜨거운 그 명령을 따랐다.

그렇게 얼마나 지났을까, 홍규는 이제 제 눈앞에 눈부시도록 하얀 알몸 그대로 누워 있는 마쯔꼬를 숨죽인 채 내려다보았다.

마쯔꼬는 두 눈을 꼭 감은 채 미동조차 하지 않았다.

가느다란 목 아래 버선코처럼 부드러운 어깨선이, 그리고 또 그 아래쪽으로 차마 똑바로 보기 힘들 정도로 아름다운 젖가슴이 자리잡고 있었다. 거기에, 어둠 속에서도 봉긋 솟아오른 두 개의 더욱 새까만 젖꼭지!——홍규는 마치 천년의 신비를 간직한 채 한 번도 그 모습을 내보이지 않았던 소중한 유물을 찾아낸 탐험가처럼 저도 몰래 받은 한숨부터 내뱉었다. 그리고 다시 버들가지처럼 휘어진 허리곡선을 따라 눈길을 내리자, 거기, 무성한 숲그늘 아래 마침내 비밀의 정체가 드러났다.

홍규는 저도 모르게 꿀꺽 침 한 덩어리를 삼켰다.

그런 다음 떨리는 손으로 바지 혁대를 풀고 나서 마쯔꼬의 몸 위에 제 몸을 겹쳐 얹었다. 자신도 주체할 수 없는 뜨겁고 강렬한 힘이 홍규의 몸 아래쪽으로 쏠렸다.

"아아—."

홍규는 마쯔꼬의 두 팔이 벗은 제 등허리로 감겨오는 것을 느끼면서 마쯔꼬의 고무공처럼 탱탱한 젖가슴 사이에 얼굴을 파묻었다.

뜨거운 땀방울이 주르르 홍규의 등을 타고 흘러내렸다.

"헉, 허억!"

"아아아—."

"마쯔꼬—."

"아무, 아무 말도……아아."

홍규는 아득해지는 정신 속에서도 자신이 다만 한 마리 사나운 수범일 뿐, 그 이상도 그 이하도 아니라고 생각했다. 아니, 다른 무엇일 필요가 있단 말인가? 번개처럼 스치는 그런 생각 속에서 홍규는 제 몸 한 부분이 쑤욱 어디론가 빨려들어가는 느낌을 받았다. 그 순간, 마쯔꼬의 손톱이 등살을 할퀴면서 굵은 금을 냈지만, 홍규는 조금도 통증을 느끼지 못했다.

"더, 더, 더……윽."

마쯔꼬는 숨마저 제대로 쉬지 못했다.

홍규는 온몸의 힘을 마쯔꼬의 몸 속으로 빨려들어간 그 한 부분에 집중시켰다.

그렇지만 바로 그때, 놀랍게도, 홍규의 귀에는 한 사람의 자지러지는 비명이 화살처럼 와 꽂혔다.

아, 안 돼!

그건 바로 제 형 최홍상이 덮친 경천이의 아내 끝동예가 온 힘을 다해 내지르는 비명이었다.

홍규는 불덩이처럼 뜨겁게 달아오르던 제 몸이 한순간 차디찬 얼음덩이처럼 식어버리는 느낌에 젖어들었다. 하지만 그때는 벌써 모든 일이 끝난 뒤였다.

"으흑!"

마쯔꼬는 짧은 비명을 토해냈다.

그리고 또 얼마나 지났을까.

홍규가 마쯔꼬의 몸에서 힘 없이 굴러 떨어졌을 때, 방 안 가득히 들어찬 어둠을 뚫고 한 가닥 달빛이 소리 없이 스며들었다.

4 골목길 저편

"이거 원 오늘따라 왜 이렇게 허기가 지누. 없는 사돈이 쫓아오는 것두 아닌데, 쩝."

내놓기가 무섭게 한 그릇을 후루룩 비워낸 안경잽이가 너무 빨리 먹은 게 아쉽다는 듯 입맛을 다시자,

"왜, 나쁜(양이 적은) 듯싶은가? 더 들게나. 자, 여기……"

하고 등을 보이고 앉은 손님이 자기 그릇을 쑥 밀어놓는다. 얼핏 보아도 그 뚝배기에는 숟가락이 제대로 가 닿은 흔적이 보이지 않았다.

"어, 아니, 아닐세."

"걱정 말라구. 난 왠지 속이 더부룩한 게 입맛이 없네."

"그, 그래두……"

말은 이렇게 하지만 안경잽이의 눈빛은 갑자기 달라졌다.

"어, 아무래두 어제 밤 너무 과음한 모양일세."

"쯧, 웬 술을……"

"내 직업이라는 게 늘 그렇지 않은가? 이렇게라도 하지 않으면 또 먹구살기두 힘들구……에이, 나두 빨리 이 짓을 그만둬야지. 이러다간 출세구 뭐구 다 소용없게 되지. 아암, 몸 버린 담에야 푹신한 의자에 앉은들 뭣 하겠나? 소 잃구 나서 오양간 고쳐봤자지."

"그래, 자네는 건강에 좀 신경써야 하네."

"하하, 이래서들 사돈 남 말한다지? 누가 누굴 위해주누? 하하."

"그, 그런가?"

안경잽이의 얼굴 한구석이 벌겋게 달아올랐다.

"이보게. 예술두 좋지만 위선 몸이나 보살피게. 대처 이게……쯧. 자, 관두구, 어서 이거나 비우시게. 난 아무래두 이따 약방에나 들러야겠네."

"그럴 정돈가? 할 수 없지. 정 그렇다면……"

그제서야 안경잽이가 못 이기는 척 제 앞으로 그릇을 끌어당겼다. 다복녀는 몇 번이고 걸음을 떼려다가 그만두었다.

양이 적진 않을 텐데……

두 사람이 처음 들어왔을 때, 한눈에도 안경잽이 쪽이 기울어 보였다. 앞서 문을 열고 들어온 낯색 불그스레한 신사는 실팍한 덩지에 차림새도 멀쩡했지만, 머뭇머뭇 따라 들어온 안경잽이는 더부룩한 머리에 수염마저 제대로 깎지 않아 가뜩이나 껑충한 키에 가량가량한 몸피가 더욱 안쓰러워 보였다. 외투라고 하나 걸친 것도 이제는 우미관 옆 다카사키(高崎) 전당포에서도 맡아주지 않을 듯싶게 꾀죄죄하니 낡아 빠진 것이었다. 안경 속으로 십리는 쑥 들어간 것 같은 퀭한 두 눈도 그간의 곤고함을 여실히 드러내고 있었다. 상을 받자, 그는 눈 깜짝할 사이에 제 그릇을 홀쩍 비워버렸다.

다복녀는 그런 모습을 보고 진작부터 국물이라도 더 부어주려고 했다. 하지만 마음뿐, 발길이 쉽게 떨어지지 않았다. 그만큼 힘이 들었다.

아무래도 사람을 써야지……

서너 달 전부터 해온 생각이었다. 그러나 그것도 생각만큼 쉽지 않았다. 너무 힘에 겨워 막상 사람을 구하려고 하면 이왕 이렇게 버텨온 김에 조금만 더 하는 생각이 앞을 가로막았다. 그러다가 마침내 요 며칠 전에는 청주에 한 번 내려갔다 올 계획까지 잡아놓고 그 참에 일 거들 사람을 구해버리자고 발 넓은 명성옥 안주인한테 말을 넣었다. 한데 그렇게 해서 처음 소개받은 여편네가 첫인상이 영 살갑지 않았다. 이럭저럭 묻는 말에 대답은 제법 번듯하게 했지만, 눈초리가 살짝 위로 치켜올라간 것이 같은 여자로서도 받은 것 없이 괜히 밉보이는 얼굴이었다. 아니나 다를까, 망설이던 다복녀가 다음에 보자고 겨우 말을 맺기 무섭게 그 여자의 입에서는 당장 험담이 쏟아져나왔던 것이다.

"뭐야? 기껏 사람을 불러놓구선, 그래, 이건 뭐 수표교(水標橋) 다리 밑에 똥강아지만큼두 안 뵈이나 부지? 흥, 사람 이렇게 무시하면 벌받네, 벌받아. 쇠푼깨나 만진다구 없는 사람 괄시 말라구!"

초저녁 구들이 따뜻해야 새벽 구들이 따뜻한 법이었다.

다복녀는 한 번 그렇게 당하고 나자 영 마음이 내키지 않았다. 사람은 얼마든지 있다는 명성옥 안주인의 말을 믿느니 차라리 제 몸이 조금 더 피곤한 게 낫겠다 싶기까지 했다. 그런 채로 그제 어제 이틀은 아예 문을 걸어잠근 채 마침내 미루고 미루었던 청주행을 결행한 참이었다. 그러고도 오늘 다시 새벽같이 일을 시작한 것이니……

"아주머니, 잘 먹었소."

배가 아프다며 먹지도 않은 사내가 값을 치르며 말했다.

"머어, 아심찮이오."

"응? 아줌마, 함경도였소?"

중절모 사내 곁에서 쭈뼛거리던 안경잽이가 눈을 크게 뜨며 끼어들었다.

"아, 예."

"난 또……처음 주문받을 땐 꼭 서울 사람 같더니만."

"이 사람, 서울 사람이 어디 따로 있나? 서울 와서 살다 보면 다 서울 사람인 게지. 그런 자네는 어디 충청도 티가 남아 있나?"

"그거야……"

다복녀는 괜히 얼굴이 달아올라 슬쩍 고개를 돌렸다. 거의 몸에 붙어버렸다시피 한 버릇이었다. 아직도 고향 말투를 다 버리지는 못한 다복녀에게 간혹 이렇게 묻는 사람들이 있었다. 그때마다 다복녀는 저도 모르게 뒷말 단속에 신경을 쓰곤 했던 것이다.

두 사내는 더 이상 말을 걸지 않고 문을 나섰다.

얼마 후, 다복녀는 난로 가 자리를 골라앉아 창 밖을 내다보고 있었다.

성큼 어둠이 짙어지면서 바람은 더욱 매섭게 몰아쳤다. 이제 사람의 발길은 뚝 끊어졌다. 바람이 빈 골목을 훑고 지나가면서 심술부리듯 어쩌다 한 번씩 문짝을 흔들곤 했는데, 그때마다 창유리가 금방 깨져 내릴 듯 덜커덩거렸다. 문에 달아맨 붉은 헝겊이 마구잡이로 춤을 추었다. 가게 안 따뜻한 운김이 찬 유리문에 가 닿으며 오종총총 물방울로 돋아났다.

다복녀는 훨훨 타오르는 난로 가에서도 으스스 몸을 한 번 떨었다. 그것도 잠시─.

어느 순간, 다복녀는 두 눈꺼풀에 무겁게 내려앉는 잠 기운을 이기지 못하여 깜빡 졸고 말았다.

걸쭉한 목소리가 들려왔다.

이년, 왜 이제 왔어? 그래, 배부르고 등 따시니까 내 생각은 까마득히 잊었겠지? 흥, 내가 이 꼴 보자고 네년한테 적선한 줄 알아? 나쁜 년! 오라질 년! 육실헐 년! 오냐, 네년이나 잘 처먹구 잘살아라.

눈보라가 휘몰아치는 벌판을 걸어가는데 귓전에는 그런 목소리만 뱅뱅 감돌았다.

아입메, 아입메.

아니긴 뭐가 아녀! 네년 낯판때기에 뻔히 그렇게 써 있는 걸……

앙이오. 그건 오햅메다.

오해? 흥, 오해두 좋구 육해두 좋아. 그래, 장사는 어때? 날름 들어처먹진 않았어? 난, 그게 젤 걱정야. 미친년! 그래, 내가 하던 만큼은 하구선 살어?

그, 그럼요. 심새 마시오.

오냐. 됐다, 그럼! 난, 믿어. 네년이 그래두 날 실망시키지 않을 줄 알았어. 암, 내 눈깔이 어디 그냥 해태눈깔뺀 줄 알어?

입가에 절로 미소를 머금었다.

모처럼 푸지게 욕을 얻어먹은 기분을 느끼자, 잘 왔다는 생각이 들었다. 발걸음이 저절로 가벼워졌다. 그 동안 얼마나 그리웠던가? 하루도 빼놓지 않고 들어오던 할머니의 그 욕! 처음에는 새벽같이 나와 가게 문을 열 때마다 "이년, 왜 이렇게 늦게 와! 서방 붙여줬더니 그새 날 잊었어? 흥, 그 짓두 너무 밝히면 못써!" 하는 목소리가 귓전을 때렸다. 그렇게 하루를 시작하면 뼛국물을 우려낼 때도, 열무를 다듬을 때도, 뚝배기를 가실 때도, 김치를 담글 때도 꼭 곁에 서서 욕을 퍼붓는 것 같아 저도 몰래 화들짝 놀라 고개를 돌리곤 하였다. 그러던 것이 차츰 잦아들기 시작하더니, 어느 때부턴가는 아예 들리지도 않았다.

동지 무렵이었다.

다복녀는 까막이한테 잠깐 가게를 맡기고 시장에 다니러 가면서 문득 거기에 생각이 미쳤다.

아, 할머니!

욕쟁이할머니가 저만큼 골목 어귀를 힘 없이 걸어가고 있었다.

꼬부라진 허리. 힐끗 돌아보는데 전처럼 자신만만하던 눈빛도 아니었다. 그런 얼굴에 주름은 또 어찌 그리 늘었을까!

다복녀가 깜짝 놀라 부르려는데, 할머니는 아지랑이처럼 사라지고 말았다.

그제서야 다복녀는 자기가 사람의 도리를 잊어버리고 있었다는 데심한 부끄러움을 느꼈다. 그렇게 해서 걸음을 하게 된 청주. 다복녀는이제 욕쟁이할머니가 묻혀 있는 산을 향해 부지런히 걸음을 옮기는 중이었다.

가요, 내가. 부끄럽소. 이제야 찾아오다니……

흥, 알면? 그래, 아는 년이 고작 이따위야? 요, 요, 배라먹을 년!

다복녀는 다시금 미소를 지었다.

미친 듯한 눈보라가 맨살을 때렸지만, 하나도 춥지 않았다. 그렇게자꾸 걸어, 이제 마악 산길로 접어드는데,

"아줌마!"

하고 부르는 소리가 들렸다.

다복녀는 깜짝 놀라 눈을 떴다. 꿈이었다. 그리고 눈앞에는 까막이가 빙그레 웃으며 서 있었다.

"뭐, 재밌는 꿈을 꾸셨어요?"

"아, 앙이다."

"얼굴에 그렇다구 적혀 있는데두요?"

"앙이래두……내가 기양 깜빡한 모양이구나."

다복녀는 멋쩍은 표정을 숨기려고 얼른 자리에서 일어났다.

"헤헤."

"그래, 너 지금 왔니?"

"아니요."

"그라무?"

"아까 왔어요."

"그래? 근데두 앙이 깨웠다니?"

"어떻게 깨워요? 업어가도 모를 만치 곤히 주무시는데……하하."

까막이는 입가에 절로 솟는 웃음기를 감추지 않으며 대답했다.

"그, 그랬어? 내가 피곤하긴 했던 모양이다."

다복녀는 더욱 머쓱해져서 얼른 발명을 하고 들었다.

"왜 아니겠어요? 모처럼 먼길 댕겨오셨는데?"

"그래, 멀긴 멀더라. 게다가 날이 워낙 칩었어야지……"

"가신 일은 잘 되셨어요?"

"오냐. 다행히……"

"잘됐네요. 담에 저두 한번 데리구 가주세요."

"응?"

"왜, 제가 가면 아니 되오? 저두 욕쟁이할머니한테 빚진 게 많은걸
요?"

다복녀는 그렇게 말하는 까막이를 새삼스러운 눈길로 바라보았다.
멀쩡한 녀석. 설을 쇠면 이제 겨우 열다섯 살이 되는 녀석이 벌써 다
자란 듯 어른스럽게 말하는 게 대견스러웠다.

하긴 열다섯이면 적은 나이두 아니지. 그 나이면 벌써……

다복녀는 깜짝 놀랐다.

그러면서 얼른 머리 속에 떠오르는 생각을 털어낼 듯 고개를 흔들었
다.

"그래, 가게 문은 닫구 왔니?"

"예. 날이 추우니까 손님이 있어야쥬. 아저씨는 바루 들어가셨어

요.”

까막이가 설렁설렁 받아내는 말에서도 이제 제법 한몫 거드는 점원 티가 났다. 뿐만인가. 목물전 일을 마치면 시키지 않아도 이 곳으로 달려와 일을 거들어주는 것도 다복녀에게는 적지 않은 힘이 되었다.

녀석.

다복녀는 다시금 그런 까막이를 대견스럽다는 듯이 쳐다보았다.

언제던가, 처음 봤던 그 날이 생각났다.

그 날도 오늘처럼 된추위에 박달나무도 얼어터질 듯싶었는데, 새벽에 나가보니 굴뚝 밑에서 쭈그린 채 잠들어 있는 아이가 있었다. 위에 걸친 것이라고는 누더기가 다 된 홑저고리 하나뿐, 바람도 차마 건드리지 못할 만큼 가엾은 차림이었다. 굴뚝의 온기를 이불 삼아 밤새 그렇게 잠을 잤을까? 깨워서 데리고 들어오는데 그제서야 아편쟁이처럼 덜덜덜 몸을 떨었다. 뜨거운 장국 한 뚝배기를 말아줬더니 마파람에 게눈 감추듯 순식간에 해치워버렸다.

서너 차례 그런 일이 있었다.

그런 뒤 한동안 보이지 않던 까막이는 몇 달 전, 욕쟁이할머니가 아직 살아 있을 때 다시 찾아왔다. 그러더니 이제는 부끄러움도 타지 않고 제 쪽에서 먼저 말을 꺼냈다.

“저, 밥만 멕여주시면 아무 일이나 시키는 대로 할게요.”

다복녀는 욕쟁이할머니의 눈치를 살피지 않을 수 없었다. 그런데 할머니는 의외로 선선하게 받아주는 게 아닌가?

“이놈! 까마구새끼야! 빨랑 목간옥에 가서 씻구 오지 못하겠니? 그러구서 일할겨? 빡빡 씻어! 네놈 때 벗겨낼려면 아마 목간옥이 문을 닫아야 할 게다.”

후후.

까막이.

　그래, 너두 네게 그 이름을 지어준 욕쟁이할머니한테 한번 찾아가봐
야지.

　다복녀는 능숙하게 가게 안을 정리하는 까막이를 새삼스러운 눈길로
바라보았다.

　그런 다복녀의 머리 속에 문득 남편 이씨의 얼굴이 겹쳐졌다. 그러
자 다복녀는 애써 되찾은 기운이 한꺼번에 도로 빠져나가는 듯한 기분
에 휩싸였다. 가슴이 바닥도 없는 우물 속으로 폭 잠겨버리는 것 같았
다. 늘 하던 대로 힘껏 도리질을 쳐보지만, 허사였다.

　내 죄여, 내 업보고······

　다복녀는 저도 모르게 또 그렇게 혼자 속으로 중얼거렸다.

　생활이 어느 정도 안정되어 가면서 언제부턴가 싹튼 일이 감당하기
힘들 만큼 자꾸만 뒤엉클어지고 있었다. 그리고 그것이 욕쟁이할머니
의 중매 아닌 중매로 연을 맺게 되었을 처음과 비교하면 얼마나 달라진
것인지, 다복녀는 모든 게 다 제 잘못이요 업보라고 생각했다. 사실
다른 무엇을 바라서 함께 살게 된 것은 아니었다. 그럴 만한 처지가
아니라는 것은 다복녀 스스로 누구보다도 잘 알았기 때문이다. 그렇지
만 사람의 일이란 게, 그리고 사람의 한 길 마음속이란 게 그만큼 기묘
하고 복잡스러워서 다복녀는 제가 그런 생각을 다 하게 되었다는 사실
자체에 소스라치게 놀랐다. 상처받은 사람끼리 아무것도 바라지 않고
그저 서로 기댈 수만 있다면 그것 이상 무엇을 더 바랄까 싶었는데,
이제는 다른 이도 아닌 다복녀 제 쪽에서도 그런 생각을 하게 되었으니
······물론 그것이 굳이 불결하다고 이름 붙일 만한 생각은 아니었다.
하지만 아무리 그런 생각을 머리 속에서 지운다고 해도 허전해지는 것
만큼은 어쩔 수 없었다.

　정식으로 선을 보던 날 그때까지 몰랐던 남편 이씨의 비밀을 듣고는
솔직히 큰 충격을 받았다. 어린 시절의 실수로 불구가 되었다니 ! ──

하지만 그때는 모든 것을 덮어버릴 수 있을 것 같았다. 중요한 것은 사람의 마음이지 행여 그런 걸 문제 삼는다는 것은 제 스스로도 결코 받아들일 수 없다고 생각했다. 그렇게 언약을 맺었다. 그리고 처음의 그런 마음이 자연스럽게 이어져왔다.

그런데 얼마 전부턴가 두 사람 사이에 알게 모르게 금이 가기 시작했다. 남편 이씨가 술을 마시고 들어와 뜬금없이 화를 냈을 때부터였을까.

"요즘 왜 그렇게 늦게 문을 닫지?"

따지고 보면 그것조차 별말은 아니었을 텐데 다복녀가 웬일인가 싶어 나름대로 설명을 하자 이씨는 자꾸만 어렵게 일을 풀어갔다. 그래 결국 둘 사이에 결코 있어서는 안 될 이야기마저 남편 이씨의 입에서 터져나왔다.

"그래, 내가 병신이다 이거지? 병신이라서, 응?"

다복녀는 하늘이 무너지는 것 같은 충격을 받았다.

며칠을 두고 그 날 남편의 입에서 터져나온 말이 가슴을 아프게 했다. 그러면서도 다복녀는 제 나름대로 문제를 풀기 위해 무진 애를 쓰노라고 썼다. 술김에 속에 없는 말을 했겠거니 생각했다. 하지만 한번 어그러지기 시작한 일은 두 사람의 의지와 상관없이 마구 엉클어지기 시작했다. 다복녀는 남편이 불구라는 사실이 그렇게 큰 문제가 되는 것인지 처음 느꼈다. 놀랍게도 한번 그런 생각이 떠오르자 다복녀의 가슴은 쉽게 전처럼 돌아가지도 않았다. 드러내지는 못해도 가슴속은 늘 허전하기만 했다. 남편은 남편대로 술이 늘었고 집에서 하는 말수도 줄어들었다. 그리하여 이제는 다복녀 제 쪽에서도 어떻게 손을 써야 좋을지 모를 만큼 둘의 관계는 아주 딴판이 되고 말았다.

까막이마저 두 사람 사이의 그런 관계를 눈치챘다.

그래서일까, 전보다 더 열심히 양쪽 가게 일을 도와주는 등으로 제

깐에도 애를 쓰는 기색이 역력했는데, 그러나 결국 문제는 까막이가 아니라 두 당사자가 풀 일이었다.

휴우.

다복녀는 한숨을 내쉬었다.

까막이가 슬쩍 돌아봤는데, 못 본 척 금방 제 일로 돌아갔다.

얼마 후, 두 사람은 나란히 서서 골목을 빠져나왔다.

바람은 기다렸다는 듯이 더욱 사납게 몰아쳤다. 거리에는 가로등 몇 개가 차가운 불빛을 뿌리고 있을 뿐, 오가는 사람들은 거의 눈에 띄지 않았다. 더 늦은 시각에도 풍뎅이처럼 생긴 까만 자동차가 여봐란 듯 달리던 거리가 오늘따라 파장한 장터처럼 텅 비어버린 것이다.

위 위이잉—.

전선줄이 비명을 내지르듯 바람에 떨었다.

낮에 그토록 눈부신 위용을 자랑하던 화신백화점도 차디찬 어둠에 눌려 금방이라도 신음을 토해낼 듯 초라한 모습이었다. 두 사람은 훌쩍 길을 건너 금방 종각을 지나쳤다. 한때 한문 글씨를 잘 쓴대서 유명했던 동상전(東床廛) 앞 동일당(東一堂) 간판이 저만큼 레토구리무 (크림)를 선전하는 커다란 전기광고판과 비교가 되면서 한결 홀쭉해 보였다. 이제는 간판점까지 일본 사람들의 진출로 생계를 걱정해야 하는 처지가 된 것이다. 일본인촌에서는 천수당(天壽堂), 토끼당이 유명했고, 명치정(明治町 : 명동)에서는 또 가노(狩野)라는 사람이 금박 간판을 해준다고 해서 조선 점포들을 몰아냈다.

어디까지 갈 테인지……

다복녀는 새삼 쓸쓸함을 느끼지 않을 수 없었다.

큰길을 다시 건너는데,

"으, 추워."

하고 까막이가 부르르 몸을 떨었다.

"그래, 참말루 칩지비? 하지만 이 정도야 아무것두 아이지."

"네?"

"아, 아무것도 아이다."

다복녀는 저도 모르게 말꼬리를 말았다.

"아줌마, 오늘 참 이상해요."

"응? 내가?"

"그러믄이요. 주무시다가 헤헤 웃으시질 않나 또 시방 뭐라구 말씀을 꺼내놓구서두 무조건 아니라시니……헤."

"녀석두……자, 서둘룹세."

다복녀는 실없는 웃음을 지어 보이는 까막이를 다그치며 걸음을 재게 놀렸다.

이윽고 두 사람은 집 앞 골목까지 왔다.

까막이는 춥다면서 먼저 뛰어들어갔다. 다복녀는 천천히 걸어갔다. 그렇게 마악 대문 앞에 이르렀을 때, 다복녀는 자기가 방금 지나온 골목 저편 어귀를 획 돌아보았다. 꼭 누군가가 거기 서 있을 것만 같아서였다. 하지만 거기엔 갈기를 세운 바람만 사납게 스칠 뿐, 아무도 없었다.

다복녀는 문득 그 자리에서 주저앉을 듯 말할 수 없는 허전함을 느꼈다.

그래, 그 사람……

벌써 언제던가?

가게 앞 거리에서 본 게 바로 그 사람이었지.

다복녀는 그 동안 자신이 제 눈으로 똑똑히 본 엄연한 그 사실을 애써 외면해 왔다는 데 생각이 미쳤다. 그러다가 느닷없이 오늘 이렇게 생각이 나다니……

아, 그렇게 또 한 해가 지났구나.

그 사람, 서울엔 어쩐 일이었을까?

곁엣사람은 얼핏 눈길에도 낮이 익은 사람이었는데, 나중에서야 그 무렵 제법 술국집에 들르곤 하던 잡지쟁이라는 것을 알게 되었다. 그렇지만 물어볼 수도 없는 일이었고, 그러다가 이번에는 그 기자라는 이마저 발길이 뚝 끊어지고 말았다.

결국 모든 건 하나도 바뀌지 않았다.

시장을 오갈 때마다 혹시나 해서 이리저리 눈을 돌리곤 하였지만, 그 사람의 자취는 어디에서도 찾을 길 없었다. 찾는단들 또 어쩐단 말인가? 이미 인연이 끊어진 사람, 만나봐야 서로의 가슴팍에 상채기만 더 그을 게 뻔하였다.

그래, 세월이 말을 할 것이다.

언젠가, 그 날이 오면……

"아줌마, 빨리 들어오세요."

까막이가 소리쳤다.

그제서야 다복녀는 황급히 몸을 돌렸다.

이제 그녀의 눈앞에는 그녀가 들어가야 할 집, 새 인생의 터전만이 놓여 있었다.

5 검은 복면

제비가 찾아와야 할 들판에 눈이 내렸다.

심상치 않았다. 오래 묵혀두었던 가대기를 끌어내던 농부들은 가쁜 숨을 몰아쉴 짬도 없이 걱정스러운 눈으로 하늘을 쳐다보았다.

얼마나 오시려나.

마당에 쌓인 눈은 담배 한 대 빨고 나면 한 자가 올라갔고, 뒷간에 갔다 오면 허리가 잠겼다. 그러고도 더 내릴 눈은 하늘을 까맣게 덮고 있었다.

애기 주먹만한 눈발이 쏟아졌다.

눈 무게를 이기지 못한 나뭇가지가 뚝뚝 부러졌다. 길 잃은 고라니가 마을로 내려오다 지쳐 쓰러졌고, 그 위에 눈은 또 소리 없이 내려 쌓였다. 길을 낸다고 눈을 찧으며 삐걱거리던 수레 소리도 잦아들었고, 벌판을 가로질러 힘차게 내달리던 북행열차도 끊어졌다. 여기저기 고랑에서 눈무지가 푹푹 꺼져내렸다.

밤이 왔다.

쏘오오 쏘오오ㅡ.

눈길을 헤매는 바람이 미친 듯이 울부짖었다. 이 산 저 골, 눈보라
는 무섭게 몰아쳤다. 폭풍인들 그럴까. 겁에 질린 닭들은 새벽이 와도
울지 않았다.

연사흘 그렇게 눈이 왔다.

그리고 어느 순간, 거짓말처럼 눈발이 뚝 그쳤다.

다시 밤이 찾아왔을 때, 달은 뜨지 않았다.

본궁평야는 짙게 내려깔린 어둠 속에서도 신비로운 광채를 뿜어냈
다. 세상의 그 어떤 밤인들 이보다 장엄할 수 있으랴, 고 이소가야는
생각했다.

무쇠는 그의 왼쪽켠에서 묵묵히 걸어갔다.

저녁 무렵 무쇠는 정장원(鄭壯源)으로부터 연락을 받았다. 그리고
지금 이소가야와 함께 그의 집을 찾아가는 길이었다. 그의 집은 주선
규네 집에서 엎드리면 코 닿을 데 붙어 있었다. 그게 이상했다. 주선
규가 왜 자기 집 대신 정장원의 집을 모임 장소로 정했는지 알 수 없었
다. 한 번도 그런 적이 없었기 때문이었다. 이소가야도 그 점을 궁금
하게 여겼다.

지하실 때문인가?

무쇠는 아마 그럴 가능성이 크다고 생각했지만, 그 부분에 관한 한
모든 것은 철저히 비밀이었다. 알 필요도 없고, 알아서도 안 된다, 그
뿐. ──주선규가 지하실 작업에 대해 말한 것이 있다면 오직 그 말뿐
이었다.

지난해 이맘때 전국을 떠들썩하게 만든 함남공산당 사건 이후에도
함흥, 흥남 일대에는 쉬지 않고 검거 선풍이 불어닥쳤다. 비료공장에
서도 매일같이 끌려가는 사람이 속출했다. 그 사건이 태로(太勞), 즉

태평양노동조합이라는 이름으로 전모를 드러낼 때까지는 그러고도 한참이나 시간이 흐른 뒤였다. 7월 말 흥남에서 다시 대대적인 검거의 회오리가 일었고, 그 무렵 상해 공동조계에서는 태평양노조 서기장 이루렌시 부처가 체포당했다. 그때부터 신문에서는 함흥, 흥남의 적색사건을 해삼위에 본부를 둔 태평양노조와 꿰맞추어 보도하기 시작했다.

주모자는 막부 공산대학 출신의 김호반(金鎬盤).

이제껏 알려진 바에 따르면, 그는 재작년 막부에서 열린 프로핀테른(적색노동조합 인터내셔널) 제5차 대회에 통역으로 참가한 뒤, 해삼위에서 이이규(李利奎)와 함께 조선에 혁명적 노동조합을 결성할 방안을 논의한다. 그 후 아내와 함께 함흥으로 돌아온 김호반은 생선장사를 하면서 동지를 규합하기 위한 본격적인 활동에 들어간다. 지난해 2월 중순, 기존의 함흥노동연맹을 좌익화할 목적으로 '함흥위원회'를 조직해서 총책임을 맡는다. 그 이하 드러난 조직은,

목공부 한병류(韓炳硫)

화학부 내 일본인부 바바 마사오

화학부 내 조선인부 주영하(朱寧河)

금속부 방치규(方致規)

철도부 김황일(金黃一)

등이었다.

동시에 그는 전 조선 차원에서 혁명적 노동조합을 건설하기 위한 준비작업으로서 이이규를 서울에, 이주하(李舟河)를 평양에, 한지복(韓址福)을 부산에, 장희건(張會建)을 인천에 각각 파견하기도 한다. 어쨌든 그들의 활동은 실패로 끝났다. 김호반을 비롯 상당수의 활동가들이 속속 체포당했기 때문이다.

날이 갈수록 상황이 나빠지고 있다는 것을 무쇠라고 모르지 않았다. 그렇다고 해서 달라질 것도 없었다. 어차피 허가장을 받아내고 하는

일은 아니었고, 합법적 노조 결성이 불가능한 만큼 가능한 한 모든 수
단과 방법을 통해 굳건한 토대를 구축하는 일이 중요했다. 이소가야가
조질 내 일본인 동료 마에다(前田金作)와 함께 소비조합을 꾸려나가기
시작한 것도 하나의 전술이었다. 물론 이소가야들은 '조합'이라는 이
름을 내걸 만큼 어리석지 않았다. 조질 내 노동자들의 움직임을 핏발
선 눈으로 지켜보고 있는 감시자들에게 그것은 곧 나 여기 있소, 그러
니 어서 잡아가슈 하는 셈이겠기 때문이다.

얼마 전, 이소가야가 그런 고민을 털어놓았다.

"무새씨, 이름을 하나 지어주세요."

"이름? 아니, 나 모르는 새 어디 가서 애라도 낳았단 말이오?"

"하하, 그러기만 하면……"

"에? 이소가야씨두 많이 달라졌소."

"왜요?"

"농담이라두 그런 소릴 한 적이 없었거든."

"하하. 만물은 변화한다. 유물변증법 불변의 테제!"

"흥, 아무 데나 편리한 데 갖다 붙이려구 배웠소, 그걸?"

"하하, 이거 말 한번 잘못 꺼냈다가 단단히 교양을 받스무니다."

"그래, 그건 그렇고, 대체 무슨 이름 말이오?"

"소비조합 이름."

"아, 그거……그래, 아직도 짓지 못했소?"

"글쎄 그게 원……"

"흥, 시인두 소용이 없구려. 그딴 이름 하나 못 지어서 쩔쩔매니
……"

"네? 그딴 거라니? 소비조합이 어째서 그딴 것이무니까? 우리 사업
에서 얼마나 중요한 비중을 차지하는데……"

"아, 미안. 그런 뜻이 아니라……에, 나야말로 말 한번 잘못 꺼냈다

가 내 오라를 내가 졌소."

"오라?"

"본전도 못 건졌다는 말이오. 그래, 무슨 원(園)자로 끝나는 이름을 짓는다고 하잖았소?"

"그렇스무니다."

"그런데 아직도?"

"네."

"에이, 좋소. 내가 한번 지어보지요. 으음, 원이라, 원……무슨 원이 좋을까? 자칫하면 청요리점 냄새가 날 테구……응? 가만있자. 원이라……정장원! 옳지, 정장원이가 있지."

"정장원?"

"그렇소. 우리 동지 정장원이……하, 그거'어때요?"

"정장원?"

"부르기 쉽고 잊어먹지도 않을 테고……하하."

"에끼, 순!"

이소가야는 눈을 흘겼지만, 결국 소비조합의 명칭은 그렇게 정해졌다. 물론 한문은 달리해서 정장원(靜莊園)이라고 하였다.

그 일을 생각하던 무쇠는 저도 몰래 피식 미소를 흘렸다.

이소가야가 무쇠의 그런 표정을 본 것처럼 갑자기 걸음을 멈추었다. 그렇지만 이소가야의 입에서 나온 말은 전연 엉뚱한 것이었다.

"무새씨, 만일 말이무니다. 만일 먼훗날 조선이 해방되고 우리가 늙어서 할아버지가 되었다면, 그대 무슨 일이 생각날까요, 제일 먼저?"

"네?"

"아마도 난 빠욜린을 제일 먼저 떠올릴 것 같아요. 주선규씨의, 그리고 김원보씨의 빠욜린……"

"에구, 이 눈밭 속에서 기껏 생각했다는 게 그거였소?"

"하하. 또 있소."

"응?"

"빠올린 다음으로 떠올릴 추억은 아마도 이 밤, 무새씨와 이렇게 이 눈벌판을 걸어가는 것이겠지요. 아, 밤새 나는 추억처럼 쌓인 눈 속을 걸어갔다. 사방은 칠흑같이 캄캄한데 오직 갈 길만은 하얗게 빛났다. 어디서 길 잃은 멧짐승이 울부짖어도 무섭지 않았다. 외롭지도 않았다. 왜냐하면 그때 내 곁에는 함께 가던, 함께 먼길을 가던 동지가 있었기에……"

"젠장! 그놈의 추억, 두 번만 꺼냈다간 눈사람이 되겠소."

"하하, 아무리 그래도……무새씨도 아마 같은 생각이겠지요?"

"흥, 제발 그때까지 살았으면 좋겠소."

"네?"

"내 말은……"

무쇠는 제 말에 제가 놀랐다.

이소가야도 적잖이 놀란 표정이었다. 어둠 속에서도 그의 눈빛이 그렇게 말하고 있었다. 무쇠는 선뜻 말매듭을 지을 수 없었다. 어떤, 딱히 무어라고 이름 붙이기 어려운 감정의 소용돌이가 가슴속을 흔들고 지나갔다.

그렇구나!

죽을 수도 있다.

죽는다.

죽을 것이다, 이 길에서!

소름이 쫙 끼쳐왔다.

무쇠는 거칠게 고개를 흔들었다. 그런 다음 성큼 걸음을 떼었다. 이소가야가 황급히 뒤를 쫓았다.

두 사람은 더 이상 아무 말도 나누지 않았다. 그저 앞만 보고 걸을 뿐이었다. 그렇게 또 얼마나 걸었을까, 허벅지까지 차오르는 눈길을 헤쳐가며 걷던 두 사람 앞에 불쑥 검은 그림자가 나타났다.

사내가 말했다.

"달이 없습메."

"아, 그믐인가요?"

무쇠가 미리 짜맞춘 대로 대답했다.

"수고했소. 어서 오시오들."

삐께를 보고 있던 정장원이었다.

"하, 추운데 고생이 많소."

"그러게요."

"일없소. 자, 날래 갑세다. 다들 지다리고 있소다."

"그러지요."

정장원이 앞장을 섰다.

이제 세 사람은 저만큼 어둠 속에서도 더욱 선명하게 윤곽을 드러내는 초가집을 향하여 쑥쑥 앞으로 나아갔다.

이윽고 정장원의 집 앞에서 누군가가 다시 모습을 드러냈다. 무쇠는 한눈에도 그가 주선규라는 것을 알아챘다.

"욕봤소."

"뭘……"

"자, 시간이 없소. 들어갑세."

"그럽시다."

"참, 오는 도중 삘한(이상한) 기미느 없었소?"

"물론."

무쇠가 짤막하게 대답했다.

"일이 일인지라……한 가지, 명심해야 할 일이 있소. 인제부터 안에 들어가서 보는 일, 절대루 비밀이오다."

주선규가 평소의 그답지 않은 표정으로 말했다.

무쇠와 이소가야는 동시에 고개를 끄덕거렸다.

"한 사램으 보게 될 텐데, 그 사램, 없는 사램이오. 아시겠소, 내 말뜻?"

무쇠는 다시금 고개를 끄덕거렸다.

"이름도 알려고 하지 마시오. 자, 그라무……"

주선규가 무쇠와 이소가야 두 사람만을 데리고 안으로 들어갔다. 정 장원은 다시 바깥으로 나갔다. 오늘 밤의 삐께는 그가 처음부터 끝까 지 담당하기로 한 모양이었다.

집 안에 정장원의 식구들은 없는 것 같았다. 아마 저녁 일찍 주선규 의 집으로 마실이라도 보낸 모양이었다.

방 안에 들어가자 희미한 등잔불빛 속에 몇 사람이 앉아 있는 모습 이 보였다. 한눈에도 낯익은 얼굴들이었다. 무쇠는 고갯짓으로 슬쩍 인사를 건넸다.

한쪽 벽 앞에 보기 드문 외다리 탁자가 놓여 있고, 거기, 낯선 사람 이 따로 서 있었다. 낯설다는 것은 그의 얼굴을 보아서 그런 것이 아니 었다. 무쇠는 얼핏 그가 사람들의 그림자인 줄 착각했다. 그럴 만도 한 것이, 그는 머리부터 턱끝까지 시커먼 방한모를 뒤집어쓰고 있었기 때문이다.

검은 복면 사내!

무쇠는 흠칫 놀라 하마터면 뒤로 물러설 뻔했다.

빠끔하게 뚫린 눈 주위 구멍으로 방금 들어서는 무쇠를 바라보는 그 눈빛이 너무나 형형했다. 그것은 마치 어둠 속에서 쥐를 찾아낸 고양 이의 그것처럼 예리하게 번뜩거렸다. 게다가 키는 천장에 닿을 듯 얼 마나 큰지!

무쇠는 그제서야 지난번 모임에서 박세영(朴世榮)이 하던 말이 떠올랐다.

"이제 곧 소련에서 딴 인물이 들어올 것이오. 그가 새 지도자요."

새 지도자.

그렇구나.

무쇠는 비밀의 문을 찾아낸 사람처럼 저도 몰래 아래턱을 까딱거렸다.

이윽고 복면의 사내가 회중시계를 꺼내 책상 앞에 놓으며 입을 열었다.

"오늘 모임은 정확히 아홉시까지 갖겠소. 1분도 어김이 있어서는 아니 되오. 동지들은 이 점을 명심하기 바라오."

무쇠는 목구멍 아래로 꿀꺽 침 한 덩어리를 삼켜야 했다.

방바닥에서 뜨거운 불기운이 확 끼쳐오는 듯싶었다.

"오늘 모임의 중요성에 대해서는 다시 말하지 않겠소. 당연히, 비밀을 지켜야 한다는 사실도……자, 오늘 모임은 그 정식 명칭을 태평양 노동조합 흥남좌익, 그 대표자 회의로 하겠소. 이의 있습니까?"

아무도 대답하지 않았다.

태로 흥남좌익.

그랬구나.

무쇠는 복면 사내의 입에서 나온 말이 무엇을 뜻하는지 충분히 이해할 수 있었다. 그것은 그 명칭만으로도 이제까지와는 비교할 수도 없을 만큼 위험이 수반된다는 사실을 뜻했다. 결국 이렇게 되는 일이었구나, 하는 생각이 번개처럼 뇌리를 스쳤다. 그와 동시에 아까 눈길에서 떠올랐던 죽음에 대한 단상이 새삼 더 예리해진 송곳처럼 무쇠의 머리 속을 파고들었다. 그러자 방 안의 풍경이 한없이 낯설게만 느껴지기 시작했다. 옆에 앉아 있는 동지들도, 서 있는 복면 사내도, 일부러 심지를 돋우지 않은 흐릿한 등잔불도, 외다리 탁자도, 나아가 방

안 가득히 들어찬 침묵, 그 완벽한 침묵까지!

이것이 바로 죽음의 냄새일까?

그럴까?

문득 콩점이의 얼굴이 떠올랐다.

그이라면 이때 무슨 생각을 할까?

복면 사내가 그렇게 이어지는 무쇠의 생각을 중동에서 뚝 끊어내며 말했다. 그의 목소리는 의외로 잔잔했다.

"좋소. 이의가 없으므로 그렇게 결정합니다. 당연히 우리는 태로의 재건사업에 착수해야 할 것이오. 아시다시피 흥남은 혁로(革勞 : 혁명적 노동조합)를 건설하기 위한 가장 유리한 조건들을 갖추고 있소. 무엇보다도 대공장에 결집되어 있는 노동자들의 엄청난 숫자가 그렇고, 힘든 가운데서도 일찍부터 전개해 온 우리의 투쟁과 그 결과물이라 할 수 있는 선진적 노동자계급의 존재, 이 또한 그런 조건의 하나요. 쉽게 말해, 여기서 우리가 성공하지 못하면 조선 그 어디서도 우리는 우리 목표인 혁로를 꾸려낼 수 없을 것이오. 해삼위에서도 그만큼 거는 기대가 큽니다. 오늘 이 모임, 태로 흥남좌익 대표자 회의는 이 지역 혁로가 건설될 때까지 잠정적 지도기관이 될 것이오."

누군가가 으음 하고 나지막이 신음을 삼켰다.

이어 복면 사내는 방 안에 모인 '대표'들에게 그간의 활동을 간략히 보고하도록 '지시'했다.

이소가야가 첫번째로 보고했다. 그는 일본어로 말했다.

"공장 내에는 이왕부터 친목회가 존재하고 있었습니다. 그렇지만 그것은 물론 회사측에서 주도하여 생긴 것으로 당연히 그 관리도 회사측이 맡고 있습니다. 우리는 합법적 활동의 필요성을 절감하고 그 친목회들에 신경을 쓰기 시작했지요. 금후 친목회의 관리를 우리 노동자들이 직접 맡아내자, 이런 취지로 여러 사람들을 접촉했는데, 예상외로 반응이 좋았습니다. 그 결과 제가 속해 있는 제3유산계에서는 얼마 전부터 친목회를 우리가 직접 꾸려가기 시작했습니다. 물론 아직까지 두드러진 활동, 이렇다 할 표현활동을 하고 있지는 못합니다. 아무래도 좀더 시간이 필요하겠지요. 나아가 우리는 공장 내에 소비조합을 조직하기로 결정했습니다. 물론 그 명칭에서 조합이라는 말은 뺐습니다. 중요한 것은 실질적인 조합 활동이니까요. 그것 또한 이제 겨우 첫사업에 들어가서, 땔나무를 첫번째 취급품목으로 잡아 여기저기 그 구입선을 알아보고 있는 중입니다."

"개들이 냄새를 맡지 못했소?"

"네."

이소가야가 자신 있게 대답했다.

"자신할 수 있소?"

"네, 아직까지는……"

"좋소. 하지만 안심해서는 안 됩니다. 개들이 그렇게 만만하지는 않습니다. 물론 보고한 내용의 두 사업은 매우 중요하다고 생각합니다. 그러므로 반드시 좋은 성과를 거두도록 노력해야 할 것이오."

"열심히 하겠습니다."

"다만, 표면에 나서는 일만큼은 철저히 조심해야 합니다. 친목회 자주관리사업이든 소비조합 운영사업이든……아시겠소?"

"네."

이소가야의 목소리에서 왠지 자신감이 떨어지는 느낌을 받은 것은 비단 무쇠만은 아니었다.

이소가야의 뒤를 이어 보고는 계속되었다. 무쇠는 그 차례에 끼지 않았다. 따로 보고할 사항이 없었기 때문이었다. 보고 순서가 끝나자, 잠시 침묵이 흘렀다.

시간은 그새 꽤나 많이 흐른 것 같았다.

복면 사내가 손목시계를 들여다보더니, 이윽고 입을 열었다.

"이제 몇 사람의 동지에게 중요한 임무를 부여하겠소."

무쇠는 다시금 마른침을 삼켰다.

"송 동지."

"야."

송성관이 대답했다.

"동지는 조선질소비료 흥남공장 조선인부를 책임집니다."

"알겠습메다."

"이소가야 스에지 동지."

"네."

"동지는 동 공장 일본인부."

"알겠스무니다."

"마지막으로 중국인 노동자, 조선인 인부들, 그리고 임시고용노동
자들 전체, 즉 자유노동자를 책임질 사람은 주선규 동지."

"알았소."

주선규가 짧고 굵은 목소리로 대답했다.

복면 사내가 다시 시계를 들여다보더니,

"자, 이상으로 오늘 모임을 마치겠소. 다음번 모임은 추후 연락하겠
소. 다들 맡은 바 과업을 책임 있게 수행하기 바라오."
하고 말하면서 앞으로 나왔다.

방바닥에 앉아 있던 사람들이 일제히 일어섰다.

"수고하시오."

복면 사내는 사람들에게 악수를 청했다. 무쇠도 악수를 나누었다.

"동지들, 그럼 나는 먼저 갑니다."

그 말과 함께 복면 사내는 훌쩍 문을 열고 비호처럼 사라졌다. 방에
서도 그는 줄곧 신발을 신고 있었던 것이다. 무쇠가 미처 손을 통해

전달된 그의 체온을 느끼기도 전, 순식간의 일이었다.

곧이어 방 안에 있던 사람들이 밖으로 나왔을 때, 어디에서도 복면 사내의 자취를 찾을 수 없었다. 그는 그렇듯 홀연히 사라져버린 것이었다. 마치 처음부터 없었던 사람처럼……

"몇 신가?"

"물어 무시기 하게? 척하무 땡이지비."

주선규가 송성관에게 묻자, 송성관의 대답이 그렇게 걸작이었다.

"제길, 고물딱지 시계 하나 갖구서리 되우 잰다."

"어째? 고물딱지?"

"흥, 그런 거 내르 줘봐라. 내사 갖나."

"헤, 쇠천엿국(미꾸라짓국)에 용트림한다더이……"

한바탕 웃음이 터졌다.

찬바람이 휑하니 불어왔다. 그 결에 지붕에 쌓인 눈이 후두두 비 온 뒤 매화 꽃잎처럼 날렸다. 어디선가 컹컹, 개가 짖었다.

무쇠는 으스스 몰아치는 한기에 휩싸여 부르르 몸을 떨었다. 눈앞에, 오는 봄의 발목을 낚아챈 가는 겨울의 마지막 손님이 하야스름 눈부신 광채를 내쏘고 있었다.

"무섭게 왔습메."

누군가가 조용히 말을 꺼냈다. 무쇠는 그의 말에 동조하여 고개를 끄덕거리면서도 벌써 한 걸음 눈길을 내짚었다.

6 동경 비가(悲歌)

앙꼬우(鮫鱇 : 날품노동자)에게 예절이라든지 품위를 바라는 것은 우물에 가서 숭늉을 찾는 것처럼 처음부터 무망한 일이다. 아무리 선량한 사람일지라도 한번 그 세계에 발을 들여놓으면 그 순간부터 생각이며 행동이 완전히 달라진다. 앙꼬우는 그런 따위 거추장스러운 인생의 의복일랑 훌훌 벗어던지고, 하루하루 비린내 나는 날것 그대로의 인생을 살아가게 마련이다. 가령 혀에 올리는 말 한마디 한마디에서도 그들의 인생이 어떤 것인지 금방 알아차릴 수 있는데, 지금 시나가와(品川)의 한 허름한 여인숙 방에서 들려오는 '대화'란 게 꼭 그러했다.

"뭐야? 화투패에 표실 해놨어?"

"왜 그래? 누가 뭘 어쨌다구?"

"안 돼! 사기야!"

"뭐, 사기?"

"아니면? 이게 말이나 돼?"

"허, 이젠 아주 찍자를 붙자는데? 이봐, 괜히 엉치지 말구 돈 없으면 떨어져. 이번 것은 안 받을 테니까."

"뭐야? 사기꾼이 선심을 쓰는 거야?"

"뭐? 이 자식이.!"

"야야, 관둬, 관둬. 잘들 놀다가 쌈박질은 왜 해?"

목소리만 들어서는 진작 일이 나도 났을 것 같은 분위기였지만, 그렇게 얼마가 더 지났어도 싸움이 벌어진 기척은 없었다. 노름판에 끼어들지도 못하는 경천이는 차라리 한바탕 먹살잡이라도 벌어졌으면 하고 은근히 바랐지만, 늘 그렇듯이 화투패들은 입만 가지고 티격태격하고 마는 것이다.

하긴 이렇게라도 불만을 터뜨리지 않으면 어떻게 버틸 텐가?

경천이는 부두에서 날품팔이 생활을 시작한 지 겨우 보름 남짓한 기간에 벌써·이 바닥의 돌아가는 생리를 속속들이 알게 되었다. 사람다운 생활을 한다는 게 도무지 불가능했다. 하루 벌어 하루 먹고살기에도 버거운 것이야 어디라고 다르지 않았지만, 가령 담배라도 떨어지면 손에 집히는 대로 아무 풀이나 뜯어서 질겅질겅 씹는 버릇이 밴 사람들이었다. 일을 하다 어디 한 군데 찢어지면 소독약 대신 그 자리에서 얼른 오줌을 찍어 바르는 따위의 행동이 오히려 자연스럽게 느껴졌다. 입에 달고 사는 욕설이나 상말도 그런 것이었다. 말하자면 입만 열면 '모던'을 구가하는 이 화려한 대동경의 한구석에서 아직도 원시인처럼 살아가는 무리가 바로 앙꼬우였다.

외눈박이 다니구치.

홋카이도에서 건너온 구마모또.

스물두 살 나이에 벌써 별을 셋씩이나 단 지바(千葉) 출신의 사가끼.

나이 쉰이 넘어서도 이 바닥을 한 번도 벗어나지 못한 하라다 영감.

그리고 경상도 기장(機張)에서 왔다는 '보꾸상' 박팽무.

옆방에서 아침부터 화투패를 만지고 있는 이들은 현재 경천이와 마찬가지로 조선소 일에 매달리고 있는 오끼나까시(沖仲士 : 부두노동자)들이었다. 물론 한 오야지(親方 : 우두머리) 밑에서 일하는 나까마(仲間 : 한패)와는 달리 어디 얽매여 있는 것은 아니었으나, 여인숙에 터를 잡고 일감을 기다리는 것은 다를 바 없었다.

밖에는 이른 새벽부터 비가 내리고 있었다.

경천이는 때에 절 대로 전 이불을 돌돌 말아 몸을 감싼 그 자세로 다시 한 개비 담배에 불을 댕겼다. 그러는 순간에도 다다미 바닥에서는 쉴 새 없이 냉기가 스며나왔다. 온몸이 덜덜 떨렸다.

온돌방이 그리웠다.

이런 날 따뜻한 온돌방에 누워 실컷 등을 지졌으면……

하지만 포르르 말아올라간 담배연기가 공중에 흩어질 때쯤 해서는 경천이도 금방 현실로 돌아왔다. 따뜻한 온돌방은 이제 되돌아갈 수 없는 추억 속에나 존재했고, 현실은 언제나 이렇듯 차디찬 다다미방이었다.

일본에 건너온 지 벌써 일 년.

그 동안 경천이는 안해본 일이 없을 정도였다. 신문 배달부터 시작하여 여러 음식점 종업원, 서양사람 가정의 하인 노릇에 현미빵장사, 제본소 공원, 그리고 얼마 전에는 메리야스공장에서 부엌일까지 했다. 물론 무엇 크게 호강하려고 생각하지도 않았고, 그럴 수도 없는 처지였다. 그렇더라도 어느 하루인들 고향에서 농사일을 지을 때 생각을 아니해본 적이 없을 만큼 일본에서의 생활은 견디기 어려웠다. 무엇보다도 남의 눈을 의식해야 하는 것이 고역이었다. 하루 한 끼나마 배불리 먹은 적이 없는 것은 어디나 마찬가지였다. 그러나 일은 달랐다. 농사일은 그것이 아무리 힘들어도, 그리고 훗날 추수 뒤에 어떤 결과로 마감하든지 간에 들에 나가 일을 할 때만큼은 누구의 간섭도 받지 않았다. 오로지 계절과 날씨에 맞춰 씨오쟁이를 풀 때 풀고 보삽을 접을 때 접으면 그만이었다. 일을 하다가도 힘이 들면 논두렁 밭둔덕에 앉아 땀을 씻고, 그러다가도 또다시 소매를 걷어붙이고 텀벙텀벙 무논에 발을 딛는 것도 누가 시켜서 하는 일은 결코 아니었다. 하지만 일본에 와서는 하다 못해 아프다고 쉬는 것조차 마음대로 할 수가 없었다. 하루를 쉬면 당장 그 몇 배로 생활에 주름이 가는 데야, 이제는 쉬라고 해도 제 쪽에서 먼저 아니 쉬겠다고 나설 만큼 상황이 달라진 것이었다.

오죽하면 아침저녁으로 하늘 쳐다보기 무서워하는 사람한테는 딸 주지 말라는 말까지 생겼을까? 아닌게 아니라 앙꼬우들은 당장 제 몸에 떨어지는 감독의 매보다도 비가 와서 하루 쉬게 되는 일을 더 무서워했다.

　　막노동꾼 죽지 않으면
　　돈이야 필요치 않고
　　비는 사흘을 내려도 까짓 것 좋아

앙꼬우 생활을 하면서 처음 배운 노래가 저절로 혀에 얹혔다. 노래 내용이야 비 따위는 우습게 보는 것처럼 되어 있지만, 그것이 오히려 하루 벌어 하루 먹고사는 잇봉다찌(독립) 막노동꾼에게 비가 얼마나 끔찍한 고통인가 하는 것을 말해 주고도 남음이 있었다.

며칠 전의 일이 생각났다.

그 날 새벽녘부터 하늘은 끄물끄물한 게 당장이라도 한줄금 비를 뿌릴 것 같은 날씨였는데, 아직 일 나선 지 며칠 되지 않은 경천이는 들은 풍월이 있어 한방지기 하라다 영감에게,

"아무래도 오늘은 안 되겠지요?"

하고 물었다.

그러자 하라다 영감이 대뜸 손가락으로 입을 가리키며 한다는 말이,

"부정 타. 행여라도 그런 말일랑 말어."

였다.

사실 그 전날 밤에도 하라다 영감은 하늘을 자꾸 올려다보며 몸이 달았었다. 비육지탄(脾肉之嘆)이라고 했던가, 한겨울 내내 솜씨를 보일 수 없는 게 한이었다가 이제 겨우 손을 놀릴 만하니까 비 걱정이 시작이라며 자못 우울한 얼굴이었다.

어쨌거나 경천이는 하라다 영감을 따라 요세바(寄場 : 일용인부들의 집합처. 인력시장)로 갔는데, 웬걸, 사람들이 얼추 다 모였을 때 기다렸다는 듯이 비가 뚝뚝 떨어지기 시작했다. 그러자 사람들은 비를 그을 생각도 없이 하나같이 하얗게 질린 얼굴로 멍하니 하늘만 쳐다보던 것이었다.

그러거나 말거나——

옆방에서는 이제 노름판이 단단히 벌어진 모양이었다.

점심때가 다 되었는데도 누구 하나 밥 먹자는 소리가 없었다.

혼죠(本所) 생각이 든 것은 그 즈음이었다.

그래, 너무 오랫동안 들르지 않았어.

경천이는 꾸물거리다가는 모처럼의 결심마저 흔들릴까 봐 문간방 동료 히라이에게 돈 1원을 빌려 주머니에 넣고는 우산도 없이 서둘러 길을 나섰다.

진재(동경대지진) 후 부흥계획에 따라 새로 지었다는 지요다(千代田) 소학교 근처까지 갈 동안에는 빗줄기가 그다지 굵지 않았다. 그러던 것이 이제는 바람도 제법 거칠어지기 시작했다.

경천이는 어느 집 처마 아래서 잠시 비를 긋다가 걸음을 다시 떼었

다. 쉽게 그칠 비가 아니라는 판단이 들어서였다.

까짓······

이왕 젖을 몸 급히 뛰어갈 것은 없다고 생각해서 산책나온 사람처럼 천천히 걸음을 옮겼다.

수미다(隅田) 강을 가로질러 혼죠와 아사쿠사를 잇는 료고쿠(兩國) 다리 아래로 검푸른 물결이 일렁거렸다. 쇠난간에 부딪친 차가운 빗줄기가 아무렇게나 흩어졌다. 총무선(總武線) 철교 저 멀리 쿠라마에(藏前) 교가 뿌연 비안개 속에 거룻배처럼 흔들거렸다. 북쪽 하늘을 무겁게 내리누르고 있는 먹구름은 쉽게 걷힐 것 같지 않았다. 그 아래 칙칙하게 솟아오른 공장 굴뚝들은 신음을 내지르듯 검은 연기를 뿜어댔다.

땡땡땡.

전차가 경적을 울리며 다리를 지났다.

강 건너가 바로 웅장한 둥근 지붕으로 유명한 국기관(國技館)이었다. 일본 최초로 자전거를 만들어낸 미야다(宮田) 공업소는 그 아래 기쿠가와(菊川)에 터를 잡고 있었다. 한길 맞은쪽 긴시(錦絲) 지구에는 붉은 벽돌집 공장들이 몇 채 나타났다.

바야흐로 혼죠가 시작되는 것이었다.

공장과 공장 사이에는 사람 하나 겨우 지나다닐 만큼 비좁은 골목길이 나 있었고, 처마가 나지막한 판잣집들은 그런 골목길 양쪽으로 따개비처럼 따닥따닥 붙어 있었다. 거기서부터는 어떤 쪽으로 빠져나가더라도 이내 철길을 만나게 되고, 그 철길을 따라가다 보면 어느 순간 머리 위로 육중한 고가도로가 지나간다. 그리고 이제 그 아래 판잣집들이 기둥을 바글바글 파먹어 들어가는 생쥐 떼처럼 느껴질 무렵, 어디선가 나타난 화물 열차는 판자지붕을 날려버릴 듯 요란한 소리를 내며 달려가는 것이다.

경천이는 귀를 막고 돌아섰다.

빠아아아—.

"뭬!"

목구멍을 그르렁거려 굵은 가래 한 덩어리를 내뱉었다.

잠시 후 기차 소리가 잦아드는가 싶자, 이번에는 한층 굵어진 빗방울이 맨목덜미를 따갑게 후둘기기 시작했다. 경천이는 고개를 들어 앞을 바라보았다. 어디 한 군데 비 그이를 할 데도 없었다. 땅은 쇠지랑물 가득한 외양간처럼 질척거렸다. 하수도를 차고 넘친 오물들이 집집마다 문턱을 넘어 도로 흘러 들어갔다. 구질구질하게 내리는 봄비는 가뜩이나 허술한 동네를 더욱 몰풍경으로 만들었다.

시궁창 가에 쥐새끼 한 마리가 털이 젖은 채 죽어 있었다.

한줄기 시커먼 기름띠가 돼지창자처럼 떠갔다.

철로 아래 짜부라질 대로 짜부라진 어느 판잣집 앞에서 걸음을 멈춘 것은 그러고도 한참 뒤였다. 경천이는 그제서야 한기를 느낀 것처럼 부르르 몸을 한 번 편 다음,

"계십메까?"

하고 사람을 불렀다.

"응? 누구시오?"

안에서 금방 목소리가 들려왔다.

"접메다, 하뭉 총각."

"응? 함흥 총각? 에쿠, 심샘, 어서 들오오."

경천이는 자칫 잘못 건드리기라도 하면 금세 떨어져 나갈 것 같은 판자문을 조심스레 밀치고 안으로 들어갔다.

얼마 후 경천이는 주인 권씨 내외와 상을 앞에 놓고 마주 앉았다. 그들 내외에게는 아직 코흘리개 아이들이 셋이나 있었는데, 경천이가 들어오자 인사만 하고 곧바로 이웃집으로 놀러 나갔다. 사실 남으라고

해도 어디 비비적거리고 있을 구석이 없을 만큼 방은 비좁았다.

경천이는 서너 차례 찾아와 제법 눈에 익은 방 안 풍경에 건성으로 눈길을 주었다.

한치도 달라진 게 없구나!

굴속처럼 어둠침침한 방 안에는 사진틀 하나 걸려 있지 않았다. 그런 판이니 한쪽 벽을 차지하고 있는 이불장이 오히려 어색한 느낌마저 안겨주었다. 그래도 비가 새지 않는 게 다행이랄까.

경천이가 새삼 권씨네를 옥죄는 궁핍에 대해 속생각을 하고 있을 때,

"심샘예, 참말로 부두일을 나가시능교?"

하고, 권씨 아내 봉화(奉化)댁이 다시 말문을 트자고 물었다.

경천이는 지난해 시모노세키에 발을 디딘 이래 심의언(沈宜彦)이라는 변성명으로 통했다. 그러기를 한 해가 지났으니 이제 그 이름에도 어지간히 익숙해져 있었다.

"웅? 이 에펜네야, 말귀를 우째 그리 몬 알아처묵노? 몇 번이나 말해야 귓구녕이 뚫빌끼고, 웅?"

권씨가 답답하다는 듯 대답을 가로챘다.

"홍, 누가 이녁한테 물었능교?"

"하도 답답하게 구이까는 이카잖나?"

"하모, 내는 답답하지 안해서 이라요?"

"닌, 답답하긴 모가 답답하노? 샘이 그카다문 그칸가 부다 하모 그만이제."

"홍, 아침 내두룩 구들장 베구 자빠져 잠만 자는 줄 알았더이, 그래, 화통은 은제 삶아묵었스니껴? 빽빽 소리만 내질르구……"

"시끄럽다마. 니는 얼른 나가봐라. 나가서 사람들 불러모기나 해라. 샘이 모처럼 오셨으이 밀린 일 볼 사람들이 많을 기다."

"하하. 이러다 두 분, 저 때문에 도투시겠소."

경천이가 웃으면서 끼어들었다.

"흥, 내사 머 할 일 없다구 저런 에펜네하구 싸우겠심껴? 내 입만 아프제."

"흥, 내 부를 노래 사둔 집서 하오그려."

"하이고, 우리 에펜네, 말 하나만큼은 이 죽이듯 잘해."

"이제 알았수, 그걸?"

"이제 알았기 망정이제 진즉 알았어봐?"

"어째요, 그때 알았쯤, 누가 더 득 봤게예?"

"에, 내 졌다. 잘못했으니 어여 가본나."

"하하하."

경천이는 마침내 폭소를 터뜨렸다.

잠시 후, 봉화댁은 빙긋웃음만 남겨놓고 밖으로 나갔다.

"에, 저눔의 에펜네. 얼른 갈아쳐야제. 이거 원, 불알 달린 사내로 허구한 날 할 짓이 아이라."

"제가 보기에느 아조 부럽기만 한데, 하하."

"흥, 건 심형이 몰라두 한참 몰르넌 소리라요. 저 에펜네, 비만 오문 저래 더 난리라 아잉겨?"

"예?"

"당연하제. 우리 같은 인생들이야 비 오넌 날이 공치넌 날이요, 그러니 비만 오면 자연 집구석에 틀어박혀 있을 끼고, 그라이 자연 또 ……에구, 옆구리 쿡쿡 찔르넌 것두 하뤼틀이라, 에구마 이번 겨울은 생각만 해두, 에구, 골치가 다 아프고마."

"하하. 오늘 같은 날, 오순도순 이애기두 노누시구 얼매나 좋소?"

"에, 고마 하이소. 마누라쟁이 얘기 더 해봐야 술맛만 달아나제. 자, 한잔 드이소."

권씨가 경천이의 잔에 술병을 기울였다.

경천이도 얼른 자세를 고치며 술을 받았다. 두 사람은 그렇게 한 잔씩을 사이 좋게 나눠 마셨다.

"커어—. 좋다. 역시 술만한 동무가 없제. 안 그렇소, 심형?"

경천이는 빙그레 웃는 것으로 대답을 대신했다.

"자, 어서 드입시더. 비 오시년 날엔 뭐니 뭐니 캐두 이래 집 안에 들앉아서 똥창요리를 먹는 게 제격이우. 글않소?"

"하하, 그렇쏨메. 요 얼매간 이거르 먹지 못했더이 입이 다 궁걸궁걸하젦이오?"

"하하. 글치, 그렇구말구. 우리 조선 사람들 이런 낙이라두 없으무우애 살꼬?"

권씨가 뗴꾼한 두 눈을 크게 뜨며 한바탕 웃음을 터뜨렸다.

사실 혼죠로 올 생각을 하자, 경천이는 제일 먼저 이 똥창요리가 떠올랐던 것이다. 비가 오는 날이면 어김없었다. 막노동을 나가는 남편들이 집 안에서 뒹구는 꼴을 보다 못한 아낙네들은 삼삼오오 짝을 이루어 가까운 도축장을 찾아가는데, 일본 사람들은 살코기만 먹는지 소돼지의 내장은 온전히 조선 사람 몫으로 남았다. 아낙네들은 갖고 간 보자기에 그런 내장들을 담아와서는 핏물이 다 빠질 때까지 박박 문질러 빨아댔다. 그런 다음 숭덩숭덩 잘라서 끓이면 별스런 양념이 따로 없이 훌륭한 곱창찌개가 되는 것이다.

일본 사람들 속에서 늘 싱겁고 밍밍한 음식맛만 보던 경천이는 언젠가 혼죠에서 처음 이 똥창요리를 먹었을 때의 혀에 짜르르 닿던 그 맛을 두고두고 잊지 못했다. 조선 사람은 역시 이렇게 먹어야 한다는 생각이 절로 났다. 권씨 말마따나 혼죠와 후카가와(深川) 일대에 모여 사는 조선 사람들에게 똥창요리마저 없더라면 그만큼 더 하루하루 버텨내는 일이 팍팍했을 것이다. 다만 한 가지, 일본 사람 도축장에서 처음에는 그냥 내버리던 내장을 이제 조선 사람들이 우르르 몰려가 너도나도 거두어가니 어느 때부턴가 돈을 받고 팔기 시작했고, 그것이 또 이제는 제법 흘흘찮은 가격으로 뛰었으니 그게 안타까울 따름이었다.

권씨가 숟가락으로 국물을 떠서 후루룩 소리내며 먹었다.

경천이도 열심히 먹었다.

그러는 동안에도 권커니 잣거니 술잔이 서너 차례 더 돌았다. 이제 권씨의 얼굴은 표가 날 만큼 빨갛게 달아올랐다. 경천이는 권씨의 노래가 나올 때가 되었다고 생각했다. 아니나 다를까, 권씨는 잔 돌아올 때까지 기다릴 수 없다는 듯 제 손으로 술병을 기울여 훌쩍 한달음에 술잔을 또 비워내더니,

"아나, 심샘? 내, 노래 한자락 할까나? 제길, 비는 우째 내려 이 가심을 폭폭 적시능교? 에라, 내사마 모르겠다. 기분도 그렇잖은데 노래 한자락 없을 수 없제!"

하면서 금방 젓가락 장단을 시작했다.

타향살이 몇 해더냐
손꼽아 헤어보니
고향 떠난 십여 년에
청춘만 늙어──

엉겅퀴처럼 꺼칠한 목소리였다.
그게 또 경천이의 가슴을 축축하게 적셨다.

부평 같은 내 신세가
혼자도 기막혀서

창문 열고 바라보니
하늘은 저쪽——

두 눈을 지그시 감은 권씨의 젓가락 장단이 차츰 느려졌다.
벌써 열다섯 해가 되는 셈인가?
경천이는 그 햇수만큼이나 더 깊게 패었을 권씨의 주름살을 바라보
았다.
말 그대로 무지렁이였다. 일본에 오기 전까지 기차 한 번 구경하지
못했다. 천 날을 하루같이 흙만 파면서 살았다. 그러고도 하루 세 끼
니를 제대로 찾아먹은 적이 없었다. 제 땅 한 뙈기 없는 집에서 오글오
글한 11남매 중 일곱째로 태어났으니 그 이상 호사를 바랄 수도 없었
다. 피, 마, 칡, 흙. 침 말아 삼킬 수 있는 건 다 긁어먹으며 자랐다.
어떤 해 봄에는 솔잎만 줄창 먹어댔다. 온몸에 종기가 돋았는데, 폭포
수 갓편에 요동치지 않고 가만히 가라앉아 있는 흙을 갖다 바르니 효험
을 보았다.
살 사람은 어떻게든 살아 남는다. ——말하자면 이것이 권씨의 인생
철학이었는데, 스물일곱 살 때 그는 메고 지고 할 짐보따리 하나 없이
오직 그런 생각만으로 마침내 고향땅 의령(宜寧)군 묵방(墨方)을 떠났
던 것이다.
권씨는 무작정 걸어서 부산으로 갔다. 앞뒤가 산으로 꽉 막힌 깡촌
에서만 자라난 권씨도 부산이 일본으로 가는 길목이라는 것쯤은 알고
있었기 때문이다. 거기서 그는 어느 조선인 소개업자를 만났다. 그는
권씨에게 지까다비(발가락이 갈라진 일본식 신발)를 사주더니 다대포
(多大浦)로 데리고 갔다. 나중에 알았지만 그 지까다비가 권씨의 몸값
25원짜리였다. 희미한 초사흘 달빛이 캄캄한 밤바다에 비늘처럼 쪼개
지는데, 권씨는 다른 백여 명의 장정들과 함께 화륜선에 올라탔다. 먼

바다로 나가자 파도가 높아지기 시작했다. 그 커다란 배가 나뭇잎처럼
건들거렸다. 사람들은 아무 데고 멀미를 해댔다. 짐칸에 따로 실은 소
들은 쉴 새 없이 울부짖고, 소똥 냄새가 사람들이 토해놓은 오물 냄새
와 섞여 코를 찔렀다. 권씨도 뱃속에 든 콩나물대가리 하나까지 다 게
워냈다. 그렇게 가기를 열 시간쯤, 선창으로 아침이 환하게 밝아왔을
때 권씨의 얼굴은 납빛으로 변해 있었다.

오사카 축항(築港)에 후들거리는 발을 내려놓은 것은 그러고도 꼬박
하루가 더 지난 뒤였다. 이튿날부터 권씨의 일본 생활이 시작되었다.
길비(吉備) 조선소. ──거기서 권씨는 소개업자가 경영하는 조선인
함바에 기거하면서 일급 85전짜리 노동자가 되었다. 합숙소 생활은 필
설로 설명하기 어려울 정도였다. 매일같이 입에 맞지도 않는 안남미
(安南米) 밥에 반찬이라고는 단무지 몇 조각, 그리고 소금물국이 전부
였다. 그러고도 식비는 하루 50전, 한 달에 15원을 받았다. 한 달 내
도록 일을 해도 밥값을 치르고 나면 손에 쥐어지는 게 거의 없는 생활
이었다. 게다가 밀선 승선비, 소개알선료, 취업 선불금 등 소개업자에
게 진 빚과 나머지 일용 잡비를 제하면 저축은커녕 다달이 빚만 눈덩이
처럼 쌓여갈 뿐이었다.

권씨는 배의 골격에 철판을 붙여나가는 작업을 했다. 배 모양이 이
루어지는 대로 비계가 올라가는데, 대개 그 비계 위에서 아슬아슬하게
몸의 균형을 잡아가며 일을 해야 했다. 권씨는 들고 올라간 풀무의 콕
스볼에 보드를 알맞게 달구어주는 일을 맡았다. 그러면 두 사람의 일
본인 숙련공이 철판 양쪽에서 보드를 해머로 쳐서, 선체 골격 앵글에
총총히 세운 살에다 붙여나갔다. 그런데 보드를 달구는 일이 말처럼
쉬운 게 아니었다. 만약 조금이라도 덜 달구어지면 해머로 때려 박는
과정에서 터져버린다. 반대로 너무 달구어지면 보드가 뭉크러진다. 그
어떤 경우든 성질 사나운 숙련공의 해머 세례를 피할 수 없다.

빠가야로!

그 순간, 등짝이든 골통이든 어디 한 군데가 부서지게 마련이었다. 뿐만인가.

하루가 멀다 않고 비계에서 떨어져 죽는 사람이 나왔다. 사람들이 그렇게 만들어내는 배를 일러 지옥선이라고 부르는 것도 전혀 과장이 아니었다.

그렇게 한 일 년을 일하고 났을 때, 권씨는 더 이상 버틸 수 없다고 생각했다. 그는 동료 한 명과 탈출을 모의했고, 몇 차례의 실패 끝에 마침내 그 지옥 같은 조선소를 빠져나오는 데 성공했다. 그 뒤 권씨의 행로는 일본 내 다른 대부분의 조선인들과 크게 다르지 않았다. 그는 도쿄로 와서 닥치는 대로 일을 했다. 그러는 과정에서 지금의 아내 봉화댁을 만나 결혼을 하고 아이도 낳았던 것이다.

권씨의 노래가 끝날 무렵 우르르 사람들이 들이닥쳤다.

"에고, 대빡이 아배 또 한판 벌리셨구만예."

"하모, 심샘이 오셨는데 우째 가만있었겠노?"

"떡 본 김에 제사 지낸다고, 심선생 평계대구 목청 자랑하신 거다."

"돼지 멱따는 것두 목청이고?"

한 떼의 아낙네들을 몰고 온 봉화댁이 한마디 거들자 와하하하 한바탕 폭소가 터졌다. 가뜩이나 불쾌한 권씨의 얼굴이 찬 서리 맞은 홍시처럼 새빨개졌다.

경천이는 술상을 치우고 어느새 한구석으로 내몰린 권씨를 보고 슬쩍 웃음을 흘렸다. 문득 일본에 온 조선 여자들이 목욕탕 주인한테 푸대접을 받는다는 말이 생각났다. 조선 여자들이 워낙 부끄러움을 많이 타서 어쩌다 목욕탕에 가더라도 도대체 마지막 속고쟁이를 벗지 않고 탕에 들어간다는 것이었다. 기가 막힌 목욕탕 주인이 아무리 야단을 치고 해도 한결같이 못 들은 척한다고 했다. 그렇게 수줍어하는 여자들이 또 이렇게 억센 모습도 지니고 있는 것이다.

경천이는 낯익은 아낙네들과 인사를 나누었다.

아낙네들은 씩씩한 목소리로 이것저것 물어보기 시작했다. 무엇보다도 경천이가 제본소를 그만둔 뒤 어떻게 지내는지가 제일 궁금한 모양이었다. 경천이는 부두 일을 나간다고만 간단히 대답했다. 설명을 덧붙였다가는 형편없는 생활거지가 들통날까 봐서라도 서둘러 말매듭을 짓고 말았다.

잠시 후 아낙네들은 저마다 갖고 온 편지를 경천이에게 건네주었다. 이번에는 모처럼 찾아와서 그런지 양이 꽤 많았다. 경천이는 꼬깃꼬깃해진 편지를 건네주고 자기만 바라보는 아낙네들에게 부쩍 미안한 생각이 들었다.

진작에 찾아올 것을……

경천이는 이런 생각을 하며 손에 집히는 대로 편지를 펴들었다.

──아자마님 전 상서

問安 알외오며 엄동일긔 춥사온데 긔후萬安하시고 內舅主께서도 못지 아니하시고 諸節이 均安하시닛가 伏慕부리압지 못하노이다. 生姪婦는 省率이 무고하오며 어마님 兩位 긔력이 安康하시고 제절이 균안하오니 伏幸이로이다. 알외올 말슴은……

──寄舍妹

너를 한번 보내고 주야로 생각하난 회포를 금치 못하더니 금일에 너의 생각이 더욱 간절하야 갈매산에 한 번 올나 멀리 바다를 바라보니 전일 너를 보내던 때가 생각나 심사 더욱 산란하다. 근처 물건을 보면 오늘 나의 회포와 갓흐리로다. 그러나 너난 각별이 친정일을 잇고 尊舅를 잘 봉양하야 그 집안에 모범이 되게 하라. 가내 별고 업고 여러

동생덜도 잘 자라니 私幸일다. 바라나니……

——녀식 간난이 보아라

너를 강보에 어린아해로만 알고 지내다가 어느덧 일가를 이루어 내 품을 훌쳐 떠나더니 쥬야로 생각함이 잠들기 젼 잇치지 못하매 매사에 듯을 두지 못하던 즁 의외로 바다 건너온 네 글시를 대하니 너를 대함 갓치 깃부기 측량업노라. 이때에 일긔가 고르지 못하매……

대개 비슷한 내용의 문안 편지들이었다.

뻔히 들여다보이는 살림에도 생활의 곤고함을 내비치지 않으려 애쓴 흔적이 고루한 어투 행간마다에 묻어났다. 그렇지만 경천이의 목소리에 귀를 기울이던 아낙네들의 표정은 진작에 달라졌다. 편지를 받은 당사자들은 어느새 눈물을 찍어대고 있었고, 아직 차례가 오지 않은 아낙네들도 불그스레 충혈된 눈으로 허공만 쳐다보았다.

경천이는 하나하나 편지를 읽어가면서 새삼 기가 막혔다.

도대체 어떻게 이런 일이 있을 수 있는가?

이 많은 사람들이 모여 사는 동네에 글을 깨친 사람이 한 사람도 없다는 게 말이나 되는가!

경천이는 저도 몰래 비감해지는 심정을 애써 누르며 마지막 한 통까지 읽기를 마쳤다. 방구석에 돌아앉아 뻐끔뻐끔 담배만 태우던 권씨가 슬그머니 일어나 밖으로 나갔다. 경천이는 그의 심정을 능히 짐작할 수 있었다. 한결같이 훌쩍거리고 있는 아낙네들을 더는 볼 수 없겠기 때문이리라.

경천이도 그런 아낙네들의 모습을 차마 똑바로 바라볼 수는 없었다. 멍하니 천장을 쳐다보는데, 문득 한 목소리가 귓전을 때렸다.

심의언!

너는 도대체 누구냐?

거기 그렇게 앉아서 허공만 쳐다보는……

많은 일들이 있었다. 그러나 정작 아무 일도 없었다. 세월만 흘러왔을 뿐이었다. 육신의 빈 껍데기만 그 세월의 물결 위에 한 잎·나뭇잎사귀로 떠서 출렁출렁 물길 흐르는 대로 흘러왔을 뿐. ——무엇을 이루었는가? 아니, 아직도 그 무엇에 미련이 남아 거기 그렇게 존재하는가? 그것이 정녕 네가 바라던 모습인가? 그것이 정녕 네가 찾고자 했던 희망인가? 캄캄한 현해탄을 건너올 때 너는 너의 이런 모습을 그리고 있었단 말인가?

경천이는 저도 모르게 고개를 가로 저었다.

그때였다.

지그시 감은 경천이의 눈꺼풀 속으로 한 사람의 얼굴이 또렷하게 파고들었다. 그리고 그 순간, 경천이는 누가 보기라도 한 것처럼 소스라치게 놀랐다. 그건 다름 아닌 철금이의 얼굴이었다.

이철금!

아아.

경천이는 입 속으로 나지막이 신음을 삼켰다. 그러면서 가슴속으로 거세게 도리질을 쳤는데, 그러면 그럴수록 한번 떠오른 철금이의 얼굴은 끈끈한 거미줄처럼 경천이의 마음을 더욱 끈끈하게 옭아매는 것이었다.

소복을 입어 더욱 하얀 철금이의 얼굴!

그리고 그 얼굴은 어느새 가지런히 하얀 이빨을 드러내며 살포시 웃고 있는 게 아닌가!

아아!

화륜선의 발동기 소리처럼 경천이의 가슴은 쿵쾅거리며 뛰기 시작했다. 목구멍 속으로 꿀꺽 침을 삼켜보았지만 아무 소용이 없었다. 가슴이, 차라리 가슴이 통째로 없어져버렸으면 하는 생각이 굴뚝같이 치밀어올랐다.

그런 경천이에게 마침 들려온 봉화댁의 목소리는 하나의 구원이었다.

"심샘, 고맙습니더."

그러자 다른 아낙네들도 일제히 입을 열었다.

"고맙습니더."

"뭐, 제가……"

"어데예, 샘이 아니시모……"

"제가 쪼금 더 일쯔거니 왔어야 했는데……"

"아입메다. 이렇게 와주시기만 한 것두 어데예? 우리 같언 까막눈덜에게 샘은 마 등불 한가지라예."

"맞다. 얼룩이 어매가 모처럼 쓸 만한 말 한 번 똑 뿌러지게 해뿌렀다."

"그래, 옛말에 안 그라노? 굽은 남기(나무) 넌 질매(길마) 가지가 된다꼬……"

"하하하."

방 안은 금방 환한 웃음바다로 바껴었다.

경천이는 그런 아낙네들이 너무나 고마웠다.

잠시 후 경천이는 봉화댁이 미리 준비해 둔 편지지에 아낙네들이 불러주는 사연을 받아 적기 시작했다. 그 일은 편지를 읽을 때보다 몇곱절 더 시간이 걸렸다.

7 변모

　따스한 봄볕이 내리쬐는 길을 걸어가면서도 심형섭은 조금도 즐겁지
못했다.
　이런 봄이라니!
　심형섭의 머리 속에는 어제 읽은 김기림의 수필 한 대목이 자꾸 떠
올랐다.

　――오늘도 봄을 찾기에 실패한 나는 아주 기운이 없어져서 동대문
행 전차에 올라탔다. 손잡이에 매달린 나를 사정 없이 뒤흔들며 전차
는 마치 냉혹한 집행인인 것처럼 두 줄기의 검은 궤도의 규정 위를 달
린다.

　그런 눈으로 바라보니 겨울의 낡은 껍질을 홀랑 벗어제낀 도회도 어
딘가 사개가 맞지 않는 것처럼 느껴질 뿐이다. 마치 화려하게 성장한

여인이 애써 건넨 말뜻을 도무지 이해하지 못하고서 백치 웃음에 새살을 떠는 모습이라고나 할까?

저만큼 반룡산 산머리가 오늘따라 주머니를 뚫고 나온 송곳처럼 아프게 눈을 찌른다.

세상은 이제 아무 희망도 없다!

봄이라고 해서 다 봄은 아니다. 그 봄의 향내를 맡을 사람들이 없어지고 말았는데, 도대체 개나리는 무엇 때문에 피고 종달새는 무슨 까닭으로 하늘 높이 날 것인가!

심형섭은 마른 먼지를 피워올리는 길바닥에 퉤, 하고 침을 내뱉었다.

합비(종업원이 상호를 등에 박아 입는 일본식 겉옷)를 걸친 신문배달원이 그런 심형섭의 속도 모른 채 요령을 울리며 달음박질로 지나갔다.

아서라, 그렇게 바삐 뛰어본들!

심형섭은 우울한 여정이 아직 끝나지 않았다는 사실을 너무나 잘 아는 사람처럼 힘 없이 걸음을 옮겼다.

지난밤 심형섭은 잠을 설쳤다.

오전에 사람 편으로 급한 전갈이 오기를, 먼 친척뻘 되는 이 중 한 사람이 절도 혐의로 흥남서에 체포되었다는 것이었다. 말이 친척이지 평소 거의 왕래조차 없던 이라 나 몰라라 하면 그뿐이었을 텐데, 마침 부친과 함께 있어 그 자리에서 딱 잘라 거절할 수는 없었다. 짜증스럽기는 하였으되, 어쨌든 흥남으로 달려가면서는 생각이 조금씩 바뀌었다. 얼마나 급했으면 생전 얼굴 한 번 볼까 말까 한 자기까지 불러야 했을까 싶었다.

흥남서에 이르러 전갈을 보낸 당자를 만나본 심형섭은 너무나 어이없는 설명에 한동안 아무런 말도 할 수 없었다. 도대체 그런 일이 다 있단 말인가! 그리고 그것이 이렇게 엄중한 죄가 된다는 달인가!

사흘을 굶으면 양식 지고 오는 놈 있다지만, 둘러봐야 어디나 뻔한 춘궁기였다. 그이는 너무나 주린 나머지 근처 대농가에 들어가 마당에 쌓아둔 쓰레기 더미나마 뒤져 허기를 달랠 거리를 찾고 있었다. 때마침 외출했다 돌아오던 주인이 그 광경을 목격했다. 주인은 그 길로 경찰에 달려가 '가택침입죄'로 고발했고, 경찰에서는 그러잖아도 비슷한 일이 빈발하여 골치를 앓고 있던 차라 정상 참작도 없이 '절도죄'를 적용하여 구속하기에 이르렀던 것이다.

실로 어이없는 사건이었다.

먹다 버린 쓰레기 더미를 뒤진 것이 죄가 된다면 이 세상에 죄 아니 될 것이 도대체 무엇이란 말인가!

경찰은 요지부동이었다.

결국 심형섭은 그 대단한 기자의 위세로도 아무런 소득을 보지 못한 채 발길을 돌려야 했다. 그런데 마악 서를 빠져나오려는데, 얼핏 귀에 닿는 소리가 있었다.

"뭐라구? 부녀자들이 채석장에?"

순간, 번개처럼 머리 속을 스치는 것이 있었다.

아니나 다를까, 전통을 받은 서원들은 부리나케 무장을 하고 뛰쳐나갔다. 심형섭도 황급히 그들 뒤를 쫓았다. 그렇게 해서 당도한 현장에서는 과연 난리가 벌어지고 있었다. 한눈에도 천여 명이나 되어 보이는 군중——그 대부분이 부녀자들이었다!——이 채석장 함바를 둘러싸고 이른바 데모를 하고 있는 것이 아닌가.

"우리에게도 일자리르 달라!"

"부녀자들두 일하게 하라!"

심형섭은 몇 사람을 붙잡고 취재를 하였는데, 소동의 원인은 지극히 간단한 것이었다.

먹을 것이 떨어진 기민(飢民)들의 몸부림!

니시마쓰(西松)조 구로타니(黑谷) 관할의 채석장에서 남자들만 겨우 몇 사람 채용하자 나머지 주민들이 자기들도 먹고살게 해달라며 떼지어 몰려든 것이었다.

심형섭은 친척의 일이 있고 난 직후라 사건이 남의 일처럼 여겨지지 않았다. 그리하여 정작 취재고 뭐고 할 것도 없었지만, 밤늦도록 현장에 머물면서 사람들로부터 여러 가지 이야기를 들었다. 그런 다음 집에 돌아와 대강 기사를 써놓고 잠을 청하는데, 도대체 그 광경이 아른거려 잠을 쉽게 이룰 수 없었다.

가도가도 끝이 보이지 않는 사막!

오아시스는 어디에도 없고, 하다 못해 신기루조차 보이지 않는다. 있다면 오직 아득한 모래언덕뿐!

이것이 곧 조선의 운명이란 말인가!

심형섭은 그런 생각을 잊고자 읽기 시작한 잡지 속에서 또 김기림의 맥빠지는 수필을 읽게 되어 이래저래 뜬눈으로 새벽을 맞이했던 것이다.

그래, 희망이란 게 아조 없단 말인가? 이 화사한 조선의 봄날……

심형섭은 저도 모르게 담배를 찾으러 호주머니 속으로 들어가는 손을 확 빼내며 고개를 흔들었다. 그런 다음, 물에 빠졌다가 새삼 정신을 차린 사람처럼 긴 숨을 한 차례 몰아쉬고는 큰길로 나섰다. 사람들의 왕래가 부쩍 많아졌다.

시계를 보았다.

9시 50분.

심형섭은 서둘러 주길정(住吉町) 소재 함흥지방법원으로 달려갔다. 법원 건물 앞에는 이미 수많은 사람들이 나와 있었다. 사건이 사건인지라 경찰 쪽에서도 삼엄한 경비를 서고 있었는데, 낯익은 함흥서 경찰부장이 직접 나와 지휘하는 모습이 선뜻 눈에 들어왔다.

당연히 방청객 수를 제한했다.

가족들 중에도 출입을 제한받는 이들이 속속 생겨났다. 여기저기서 항의하는 소리가 들려왔다. 그렇지만 경찰의 태도는 전에 없이 강경했다.

"절대 안 된다. 못 들어가는 사람은 집으로 돌아가라!"

심형섭은 함흥 지국 기자들 틈에 섞여 쉽게 들어갈 수 있었다. 수도 없이 들락거린 법정이었지만, 오늘따라 유난히 긴장이 되는 심형섭이었다. 법정 안을 발 디딜 틈도 없이 가득 메우고 있는 방청객들도 하나같이 상기된 표정을 감추지 못했다.

"제길, 이따위 취재두 인전 지겹다네."

모 신문 기자가 심형섭의 귓가에 대고 투덜거렸다.

"흥, 그래? 자네 말은 어딘가 구석이 비네그려."

심형섭이 자기 속도 다르지 않으면서도 우선 이렇게 말을 받았다.

"응? 어째서?"

"지겹다는 사램이 아칙부터 나섰습메?"

"쳇, 먹구는 살아얄 기 앵요?"

두 사람은 마주 보며 가벼운 웃음을 나누었다.

이윽고 쪽문이 열리며 피고인들이 들어오기 시작했다.

순간, 방청객들의 입에서는 짧은 한탄의 소리가 스며나왔다. 심망갗을 쓴 그들의 모습이 마치 딴 세상 사람들 같아 보였다.

하나 둘 셋 넷……

피고인들은 끝없이 들어왔다. 각기 손목에 수갑을 채운 뒤 그들을 다시 열 사람 한 줄로 포박했는데, 그런 줄이 넷──그러니까 피고인 수만 모두 마흔 명이었다.

"기립!"

피고인들이 다 들어서기 무섭게 정리가 큰 소리로 외쳤다.

검은색 법복을 입은 재판장 이와시로(岩城)가 들어왔다.

잠시 후 세상을 떠들썩하게 한 함남공산당 사건 박원병(朴元秉) 등에 대한 제1회 공판이 시작되었다. 피고인들의 이름을 열거하는 데에만도 꽤 오랜 시간이 걸렸다. 그리고 곧바로 아무도 예상하지 못한 사태가 벌어졌다.

"……등 피고인들에 대한 인정 심문을 시작한다. 피고 박원병!"

그때였다.

피고인석에서 누군가가 커다랗게 외쳤다.

"자, 동지 여러분! 우리 다 같이 먼저 간 동지를 생각하며 묵념합시다! 묵념!"

순간, 정리와 호송 교도관들이 자리에서 벌떡 일어섰다. 방청객들도 전혀 생각하지 못한 사태에 무척 놀라는 표정들이었다. 피고인들은 이미 계획을 짠 듯 일제히 고개를 숙이고 묵념을 시작했다.

"이, 이게 뭔가!"

얼굴이 똥빛으로 바뀐 이와시로 재판장이 떨리는 목소리로 외쳤다.

"그만! 그만!"

당황한 교도관들이 이리저리 뛰면서 소리 질렀다. 피고인들은 꼼짝도 하지 않았다. 더욱 놀라운 일이 벌어졌다. 누군가가 나지막이 노래를 시작한 것이다. 금방 모든 피고인들이 따라 불렀다.

아하— 혁명은 가까워온다

오늘내일 시—기는 박—두했다

일어나라 만국의 노—동자야

깨달아라 소작인들 동맹을 하자

심형섭은 너무나 급작스러운 상황 전개에 정신이 하나도 없었지만, 그 노래가 「혁명가」라는 것쯤은 알았다. 비장한 음조에 실려 법정 안을 울리는 그 노래는 심형섭처럼 단지 직업적 차원에서 들어온 사람의 가슴마저 흔들어놓는 무엇인가 뜨거운 감정을 담고 있었다. 저도 몰래 눈시울이 뜨거워졌다. 방청객들 중 상당수의 여자들이 눈물을 흘리기 시작했다.

"중지! 중지!"

"빠가야로!"

"그만 해라! 퇴정시킨다!"

법정 안은 일대 혼란에 빠졌다.

교도관들이 아우성을 치며 뛰어다녔다. 재판장은 너무 놀란 나머지 재판봉을 두드려 휴정을 선언하는 것도 잊었다.

그렇게 노래 2절이 끝날 즈음, 피고인들 속에서 누군가가 다시 소리쳤다.

"나갑세! 우리는 이 재판을 받을 것 없소! 우리는 오직 조선이 독립되기를 바랄 뿐이니, 구태여 제국주의 일본의 재판을 받지 맙시다!"

"옳소!"

"나가자!"

"우리는 잘못한 게 없다!"

"옥중에서 죽은 동지들을 살려내라!"

"살려내라!"

"최영춘 동지를 내놔라!"

"배현택(裵絃澤) 동지를 내놔라!"

재판장은 그제서야 방망이를 두들겨대기 시작했다.

"그만 해라! 정리! 경관대를 불러! 어서!"

그때였다.

심형섭이 서 있는 쪽 뒷문이 열리더니 경관들이 우르르 몰려들어 왔다. 호루라기 소리가 귀청을 울렸다.

——삐익! 삐익!

법원 밖에서도 일대 소동이 벌어졌다.

보기 드문 사건이 일어났다는 소문이 퍼지면서 미처 방청을 하지 못한 사람들이 더러는 법정에 들어가려고 또 더러는 지레 겁을 집어먹고 달아나는 둥 그야말로 법석판을 이루었다. 경관들은 경관들대로 사람들을 밀치고 윽박지르면서 사태를 진정시키려고 안간힘을 쓰고 있었다.

심형섭은 법정 안으로 쏟아져 들어온 경관들에게 떠밀려 할 수 없이 밖으로 나왔다.

그때까지도 가슴은 쿵쾅거리며 뛰고 있었다.

"이, 이눔! 가마이 있는 사램으 어째 떠다밀어?"

안마당 정원수 옆에서 실랑이가 벌어졌다.

갓을 쓴 노인이 경관에게 떠밀려 넘어질 뻔했던 것이다.

"영감! 좋은 말 할 때 얼른 돌아가시오! 얼쩡대다가 괜히 다치지 말고."

조선인 경관이었다.

"무시기? 얼쩡대? 이, 이놈아! 네놈으느 에미 애비두 없쑴메?"

"흥, 나는 당신같이 전중이 자식 둔 부모는 없소."

"무, 무시기? 이, 이놈이 참말……"

노인이 경관에게 달려들어 멱살을 잡았다.

"이거 놔요! 이 못된 영감태기야!"

"오냐, 네놈이 순사질으 하무 단 주 아는 모앵인데, 좋다, 어디메 한번 해보자!"

주변 사람들이 그제야 두 사람을 뜯어말리기 시작했다. 노인의 손이 힘 없이 풀어졌다. 경관은 분에 차서 씩씩거렸다.

"자식 간수나 잘하시오. 국기를 위반하는 대역죄인 소리 듣지 말구!"

"뭐야? 대역죄인? 이노옴! 그래, 내 아들으느 대역죄인이다. 그런 네놈으느 무스겁메? 왜눔 뒤꽁대이나 졸졸 따라댕기며 똥구녕이나 핥아주느 개애지 같으이라구."

"이, 이놈의 영감이? 치도곤이 나봐야 정신이 들 텐가?"

"오냐, 네놈 맘대루 해봐라!"

"안 되겠군! 요시, 이 영감태기를 잡아 가둘 테다!"

그때였다.

몰려든 사람들 속에서 한 사람이 불쑥 나서며 소리쳤다. 여자였다.

"이보우다! 아무리 위세 높은 순사나리라구 해두 이거느 너무한 거 아입메? 여기느 엄연히 조선땅이구 또 조선에서느 아적까지 위아래가 분명한데……"

순간, 심형섭은 자신의 눈을 의심했다.

그렇게 소리치며 나선 여자가 놀랍게도 죽은 김두흠의 처 철금이였기 때문이다. 까만 치마에 하얀 저고리가 곁엣사람들하고 다르지 않았지만, 첫눈에도 확 눈에 띄는 얼굴이었다.

"웅? 너는 또 뭐야?"

"사과하시오!"

"뭐? 사과?"

"그렇쏩메."

철금이는 당당하게 말했다.

경관은 갑자기 뛰어든 여자 때문에 어처구니가 없다는 표정을 지었

지만, 곧 정신을 되찾은 듯,

"오냐, 네년두 한통속인가? 좋다, 너두 가자!"

하고 소리쳤다.

심형섭은 졸지에 벌어진 사태에 너무나 놀랐다. 하지만 이대로 두면 자칫 큰일이 날지 모르겠다는 생각이 들어 자기도 모르게 후닥닥 뛰어들었다.

"이보우, 순사양반. 참으시오. 서루들 한 발짝씩 물러섭시다. 자자, 주변에 여러분들두 도와주시오. 노인양반으 뫼시구 날래 가시오."

그러자 마침 그 광경을 지켜보고 있던 다른 기자들이 합세했다.

"자자, 우리 쬐끔씩 참읍세다. 진정들 하시오."

"자, 귀경들만 하지 말구 도와줍세."

함흥 지국 기자 한 사람이 경관을 껴안다시피 하며 끌고 갔다. 주변의 몇 사람이 거기에 힘을 보탰다. 경관은 붉으락푸르락 화를 참지 못하면서도 어쩔 수 없이 끌려가고 말았다. 노인도 다른 사람들에게 둘러싸여 다른 곳으로 옮겨갔다. 법정 안의 소동이 어느 정도 진정되었는지 몇 사람의 경관이 밖으로 나온 것도 그쯤에서였다.

심형섭은 다행이구나 싶었다.

"오늘 공판은 중지되었소. 다들 집으루 돌아들 가시오."

경관 한 사람이 소리쳤다.

사람들은 그래도 쉽게 움직일 줄 몰랐다.

얼마 후 심형섭과 철금이는 근처에 있는 다방을 찾아 들어갔다.

차를 시키고 나서도 두 사람은 누구라 먼저 말을 꺼내지 못했다. 심형섭은 어색한 듯 시선을 돌려 화사한 분위기의 벽그림만 바라보았다. 푸른 바닷가에 야자수가 두 그루 서 있는 그림이었다. 거기에 두 마리의 갈매기. ──심형섭은 다만 이글거리는 태양이 빠진 게 아쉬웠다.

음악은 모차르트의 소야곡(小夜曲).

딴 딴 따안 따다단ㅡ.

주의자 머리의 한 청년이 구석자리에 앉아 두 눈을 지그시 감은 채 음악을 감상하고 있었다. 심형섭들이 처음 들어왔을 때부터 줄곧 그런 자세였다.

심형섭은 문득 저 청년에게는 안나 파블로바의 「빈사의 백조」가 가장 잘 어울릴 것이라고 생각했다. 아니면 보리스 라스의 읊조리는 듯한 멜로디, 「스완」이든지……

파마 머리에 부사(富士) 주단으로 옷을 해 입은 마담이 직접 커피를 날라왔다.

시대의 첨단을 가는 신여성이로구나, 하고 심형섭은 흘낏 곁눈질로 마담을 훔쳐보았다. 그래, 이제 서서히 봉건의 굴레를 벗어던지는 여성들이 많아지고 있지. 그런 면에서는 내 앞에 앉아 있는 한 사람의 미망인도 예외가 아닐 테고……물론 철금이의 옷차림이며 머리 모양이 그렇다는 뜻은 아니었다. 철금이는 아직도 유행과는 상관없는 다른 무수한 조선 부인네와 조금도 구별되지 않는 모습이었다. 그렇지만 심형섭은 아까 법원 밖에서 목격한 그녀의 태도에 아직도 놀라움을 금하지 못하고 있었던 것이다.

대체 저 여자의 어디서 그런 용기가 나왔을까?

철금이는 심형섭이 그런 관찰을 하고 있다는 사실을 아는지 모르는지 제 앞에 놓인 커피잔을 슬쩍 들어올렸다.

이윽고 심형섭이 처음으로 말을 꺼냈다.

"요즘 어디메서……"

"하문에 있습메다."

"네? 하문?"

"그렇습메다. 벌써 오래 되었습메."

철금이는 조금도 머뭇거리지 않고 또박또박 대답했다.

심형섭은 철금이의 그런 대꾸가 또한 낯설어서 **깜빡** 뒷말을 챙기지 못했다. 뭐라고 할까, 왠지 자기 앞에 앉아 있는 여성이 과거에 제가 알고 있던 바로 그 여성은 결코 아니라는 느낌이 들었다.

이 사람이 정말 김두흠의 아내 그 여자란 말인가?

그 동안 도대체 무슨 일이 있었기에 이토록 달라졌을까?

심형섭은 머리 속을 빠르게 스쳐가는 과거의 기억 속에서 그녀의 모습을 되찾으려 애썼다. 그 날 병석에 누운 김두흠을 찾아갔을 때의 일이며, 눈이 엄청나게 퍼붓는 날의 장례식, 눈처럼 하얀 소복. ──심형섭의 기억은 거기에서 한 걸음도 더 나아가지 못했다.

그러고 보니 벌써 시간이 이렇게 흘렀구나.

심형섭은 저도 모르게 으음, 하고 나지막한 신음을 삼켜야 했다. 잠시 후 심형섭은 가까스로 다음 말을 꺼낼 수 있었다.

"저, 오늘으느 어쩐 일루?"

"공판으 보러 갔습메다."

"공판?"

심형섭은 또 한 번 놀랐다.

"그렇습메."

"뉘기레 거기 관련된 사램이라두?"

"앙이오. 없습메다."

"그런데……"

"기양 관심이 있어서리……"

관심?

심형섭은 그 말이 무슨 뜻인지 쉽게 이해되지 않았다.

함남공산당 사건으로 불리는 그 사건이 세간을 놀라게 한 것은 사실이었다. 규모로 보나 그 조직의 대담함으로나 거의 매일같이 지면에 오르내리는 사상 사건들 속에서도 단연 우뚝한 면모를 보였다. 주모자

최영춘은 이미 고광수 사건 때 탈출한 일로 유명한 인사였는데 일찍부터 조선공산당 재건운동에 깊숙이 발을 들여놓고 있었다. 그 최영춘이 이번 사건으로 체포되어 취조를 받던 중 가혹한 고문 끝에 죽고 말았다. 그 때문에라도 사건은 더욱 비중 있게 다루어지기 시작했는데, 심형섭도 여러 차례 취재하여 본사에 송고하였던 것이다. 그러나 자기야 기자로서 당연히 관심을 보일 수밖에 없다손 치더라도 철금이의 입에서 그런 대답이 나오리라곤 꿈에도 생각한 바 없었다.

무엇보다도 심형섭이 놀란 것은 아까 그 소동의 복판에서 철금이가 불쑥 나서서 외치던 그 일 때문이었다. 경관을 상대로 사과하라고 외치던 그 당당함!

도대체 그 용기의 정체는 무엇인가?

심형섭은 새삼 철금이의 근황이 궁금해졌다.

그렇지만 커피를 훌쩍 다 마신 철금이는 심형섭의 그런 궁금증에 답할 여유를 주지 않았다.

"죄송합메다만, 저느 이만 가봐야겠습메다. 거기서 만날 사램이 있쏩메."

"네? 벌써?"

"죄송합메다."

철금이는 그 말과 함께 일어섰다.

심형섭은 그저 멍하니 쳐다볼 수밖에 없었다.

다방 안에는 이제 파블로 카잘스의 첼로 선율에 얹혀 바흐의 「무반주 조곡」이 흘러나오고 있었다.

8 사라진 매화

아까부터 철금이는 이상한 느낌에 휩싸여 있었다.

무엇인가 비었다!

대체 무얼까?

제 손으로 두 분 점심상을 차려드리고 나서 부엌에 나왔는데, 그 느낌은 마치 떨궈내려고 하면 할수록 더욱더 끈끈하게 달라붙는 거미줄처럼 머리 속을 어지럽히는 것이었다. 그래 혹시 상에 올려야 할 것을 올리지 않았나 곰곰이 생각도 해보았지만, 숭늉만 빼놓고는 준비한 것 중 어느 하나도 빠뜨린 것이 없었다. 공연히 이러는가 싶어 거칠게 도리질을 쳐보기도 했다. 하지만 가슴이 벌렁벌렁 뛰면서 이제는 손끝마저 가볍게 떨려오기 시작하는 것이었다.

철금이는 손에 집히는 대로 바가지째 찬물을 꿀꺽 들이켰다.

요 근래 없던 일이었다. 모처럼 집에 와서 그런가?

그렇다면 왜 전에는 이런 느낌이 들지 않았을까?

최근 들어 함흥에서 하는 일 때문에 전만큼 발길을 하지 못한 것은 사실이었지만, 그래도 나름대로 찾아뵙고자 애는 썼다. 두 분 부모님도 그런 자기에게 딱히 시큰둥한 태도를 보이지 않았다.

그런데 오늘은 처음 안마당에 들어설 때부터 낯설었다. 전혀 딴 집에 들어온 느낌이었다. 그리고 그런 느낌은 함흥에서 미리 봐온 해물 장거리로 상을 차려 올리고 난 지금까지 더하면 더했지 조금도 수그러들지 않는 것이었다.

철금이는 숨을 크게 들이쉰 다음 슬쩍 고개를 돌렸다.

그때였다.

철금이는 깜짝 놀랐다. 열린 정지문 밖으로 빤히 내다보이는 담장가에 거기, 있어야 할 것이 없지 않은가!

아! 철금이는 비로소 깨달았다.

매화나무!

늘 그 자리에, 자기가 김씨 가문으로 시집오기 전부터도 한결같이 그 자리에 서 있던 매화가 거짓말처럼 사라져버린 것이었다.

철금이는 너무나 놀라 하마터면 휘청 쓰러질 뻔했다. 등뒤 흙벽을 잡고 가까스로 몸을 지탱할 수 있었다. 다시 물을 들이켰다. 그런 다음 가쁘게 숨을 톺았다.

마당 뜨락에 다른 것들은 거의 전과 다름없이 제자리를 차지하고 있었다. 그러나 매화가 서 있던 자리는 텅 빈 채 맨흙바닥으로 눈에 들어오는 것이었다. 밑동조차 남아 있지 않았다.

울컥, 가슴속 저 깊은 데서 뜨거운 감정의 덩어리가 치밀어올랐다. 그와 동시에 핑 눈물이 돋았다. 바닥을 밟고 선 제 두 발이 붕 들리면서 몸이 송두리째 공중으로 솟구쳐오르는 느낌이 들었다. 그리고 아득함. ──곧 이어 이제는 모든 게 끝났다는 생각이 걷잡을 수 없는 슬픔으로 휘몰아쳤다.

그때 안에서 부르는 소리가 들려왔다.

"악아."

시어머니였다. 철금이는 퍼뜩 정신을 차렸다.

"네, 어마이."

철금이는 옷소매로 황급히 눈가를 찍어댄 다음 가마솥을 열고 숭늉을 폈다.

방에 들어갔을 때 두 분은 이미 식사를 다 마친 뒤였다.

"잘 먹었구마."

"그래, 나두 모처름 겸심을 이렇게 잘 먹는구나."

"찬두 벤벤찮은데……"

철금이는 숭늉 두 그릇을 가만히 상 위에 올려놓았다. 그러는데도 저도 모르게 손끝이 파르르 떨렸다.

김진삼은 철금이의 그런 모습을 놓치지 않았다.

마음고생이 크구나.

그래, 이제 때가 된 거야, 때가……

김진삼은 얼마 전부터 생각해 온 바를 오늘은 꼭 이야기해야겠다고 다시 한 번 속으로 다짐했다.

"그래, 집에느 댕게왔니?"

시어머니의 물음에 철금이는 가볍게 고개를 저으며 대답했다.

"아, 앙이……이따 한번 들를까 하구서리……"

"꼭 들르거랑이. 여기 왔다 가면서리 기양 간 거르 알무 얼매나 섭섭하시겠쏨?"

철금이는 대답 대신 고개를 끄덕였다.

"참, 봉그이가 올해 멫입메?"

"열다섯입메다."

"그래? 그래 됐구마, 벌써. 세월이 쌔기(몹시) 빨라야지비."

"그 아 무시기 소식으느 없씀둥?"

김진삼이 물었다.

"네? 아, 그거느 아직……"

"열다섯이무 적은 나이가 아임메. 그래, 핵교느 잘 댕기겠지비?"

"예."

거기서 말이 뚝 끊겼다.

사실 철금이도 봉근이가 학교에 잘 다니는지 어떤지 잘 알지 못했다. 어쩌다 집에 들르면 그때마다 뼘만큼씩 훌쩍 커버린 느낌은 받았지만, 봉근이가 말수가 적어진 탓에 누나라도 쉽게 이야기를 얻어듣기는 어려웠다. 동네 형들이 농조 사건으로 한꺼번에 사라진 뒤부터였을 것이다. 봉근이는 하루아침에 말이 줄어들었는데, 그때부터는 제 또래 동무들하고도 잘 어울리지 못하는 것 같았다. 제딴에는 농조 일에 한 몫 거든다고 열심이었다가 갑자기 일이 그렇게 되면서 아마 기델 언덕이 무너진 느낌을 받았는지도 몰랐다. 철금이는 봉근이가 제 매부의 원수를 갚는다고 이를 앙다물던 때의 모습이 생각나 또 한 번 마음이 쓸쓸해졌다.

김진삼은 다소곳이 고개를 수그린 며느리의 모습을 가만히 지켜보았다.

경년생(庚年生)에 고진(孤辰)이니 고독지상(孤獨之狀)이요, 상부(喪夫)에 타향지객(他鄕之客)을 피할 길이 없구나.

결국 이렇게 될 운명이었나? 이렇게?

지난 겨울 문재언이 찾아왔다.

이런저런 얘기 끝에 하는 말이, 다른 세상에서 살 자부(子婦)를 매어두지 말라고 했다. 그때 그 말이 왜 그토록 시쁘게 들렸는지 모른다. 벌컥 화를 냈고, 망아지도 아닌 며느리를 매어둔 적 없노라, 지금도 따로 나가 살지 않느냐고 쏘아주었다.

문재언이 또 말했다.

"망아지라면 차라리 낫지. 사람일세. 그리고 젊은 나이에 더없이 큰 고통을 겪은 여자일세. 보지 않는다고 인연이 끊어질까? 자네, 솔직히 대답할 수 있는가? 자부를 묶어 놓지 않았노라 말이야. 마음으로……"

그런데 지금, 마음을 정리하고 나니 그 동안 며느리가 겪었을 마음의 고초가 새삼 가슴에 와 닿는 것이다. 자기들 부부로서는 할 수 있는 만큼 했노라고 해도 돌이켜 생각하면 그건 어디까지나 자기들 생각이었다. 그것이 오히려 며느리를 더욱 옥죄는 끈이 될 수도 있다는 건 한 번도 생각하지 못했다. 차라리 모질게 연을 끊느니만 못할지도 모른다는 생각이 든 것은 문재언이 돌아가고 난 뒤로도 훨씬 시간이 흐른 다음이었다.

그래, 보이지 않는 끈이 저애의 인생을 얼마나 칭칭 동아매고 있었을까?

물론 그게 지금 와서 끊자고 해서 무 자르듯 쏙떡 끊어지는 것은 아닐 터였다. 그렇다고 이대로 있으면 과연 어떤 길이 있을 것인가?

문재언은 아들 김두흠이 그러했듯 며느리도 이미 다른 세상을 살고 있는 사람이라고 거듭 강조했다. 그 말이 마침내 결단을 내리게 했다. 아비 된 저로서는 아비보다 먼저 죽은 자식의 죽음이 불효 중의 불효이겠으나, 만일 자식의 혼이 있다면 그도 과연 그렇게 생각했을까? 아니다. 사내로 태어나 그것이 무엇이든 한번 뜻을 품었으면 그것을 제 목숨까지 바쳐가며 실행에 옮긴 자식이야말로 따지고 보면 행복한 인생을 산 것인지도 몰랐다. 그렇다면 며느리도 마찬가지일 터! 과거의 잣대로 저들의 삶을 잴 수는 없다. 물은 흐르게 마련이고, 고인 물은 썩게 마련이지 않는가.

김진삼은 며느리를 보이지 않는 조롱에서 풀어주어야 한다고 다짐했다. 새는 어차피 하늘을 날아다녀야 하는 법. 조롱 속에서 아무리 안전하다고 해도 그게 어디 산 생물의 본디 타고난 뜻이겠는가. 그리고 그건 자기가 개화를 해서가 아니라, 며느리의 운명이 바로 그렇기 때문이라고 생각했다.

며칠 전 밤에 꿈을 꾸었다.

한없이 너른 벌판을 허적허적 가는데, 저만큼 거리에서 난데없이 형 진구가 나타났다. 김진삼은 소스라치게 놀랐다. 그도 그럴 것이 형 진구는 사지가 다 잘린 채 몸뚱이와 머리만 달린 모습이었고, 그나마 산발한 머리 때문에 더욱 기괴한 느낌을 던져주었다.

김진구가 외쳤다.

"너 잘사느냐?"

무슨 말을 할 것인가.

김진삼은 부들부들 떨며 제 형을 바라보았다.

"너 잘사느냐?"

김진구는 거듭 그렇게 물었는데, 김진삼은 그제서야 고개를 저었다.

"그럼 나처럼 사느냐?"

형이 또 물었다.

그 목소리가 차가운 얼음으로 만든 칼날처럼 가슴속을 아리게 파고들었다. 김진삼은 다시 고개를 저었다.

그러자 김진구는 실망한 듯 제 쪽에서 체머리를 흔들더니 금방 사라져버렸다.

도대체 무슨 뜻이었을까.

땀으로 목욕한 채 잠이 깨어서는 줄곧 생각해 보았지만 알 길이 없었다. 하지만 꿈에라도 새삼 죽은 형이 나타났다는 사실만으로도 김진삼은 이제 제 인생도 매듭을 지어야 할 때라고 아니 생각할 수 없었다.

김진삼은 그 뒤 며칠 밤을 지새우며 궁리에 궁리를 거듭했고, 이제 그 기억을 되새기며 다시금 숨을 골랐다.

"악아."

"네, 아버님."

철금이는 고개를 들어 시아버지를 바라보았다.

"내가 오늘 네게 할말이 있구마."

"네?"

철금이는 왠지 겁부터 났다.

평소에도 아주 없던 일이 아니었으되, 오늘은 다르다는 느낌이 들어서였다. 그리고 그런 느낌의 바탕에는 사라진 매화나무가 자리 잡고 있었다. 지난번 시어머니의 생신에 다니러 왔을 때만 해도 분명히 있었으니 그로부터 두어 달 안쪽에 없어진 것이다.

그렇다면 왜?

설사 나무를 없앨 이유가 있더라도 왜 군이 마지막 꽃이 한창일 때를 고르셨을까? 연분홍 꽃잎이 아직 차가운 바람에 하나 둘 떨어지는 것을 차마 볼 수 없으셨을까?

김진삼은 철금이의 그런 속을 읽어내기라도 한 듯 자기가 꺼낸 말의 뒤꽁무니를 쉽게 잇지 못했다.

시어머니가 나섰다.

"악아, 인젠 어떻게 하겠니?"

"네?"

시어머니의 목소리가 또 예사롭지 않아 철금이는 우선 이렇게 되물을 수밖에 없었다.

분명, 무슨 일이 있다!

철금이는 침 한 덩어리를 꿀꺽 삼켰다.

"내 말으느, 그래, 기양 이대루 살겠습메? 하뭉서 일 댕기문서리?"

"……"

대답할 수 없었다.

122

무슨 뜻인지 알지 못했기에, 그저 가만히 듣기만 했다.

"쯔, 모리겠다. 내두 내가 무시기 말으 하는 건지……"

"악아."

다시 김진삼이 입을 열었다.

"잘 들어라. 우리, 떠나기로 했다."

"네?"

철금이는 무슨 말을 들었는가 싶어 고개를 번쩍 들고 시아버지를 쳐다보았다. 곁에서 시어머니가 가볍게 고개를 끄덕거렸다. 얼핏 그녀의 눈에서 물기가 내비친 듯도 싶었다.

"무, 무시기 말씀이신지……"

"벌써 말하려구 했다."

"그래, 간도루 간다."

"네? 간도?"

철금이는 너무나 놀라 두 분 시부모가 자기를 두고 꼭 거짓말로 놀려대는 게 아닌가 싶었다. 그러나 그런 시부모의 표정이 저렇듯 쓸쓸할까.

"심새할 거느 없다. 거게두 아는 사램들이 마이 있으이까데. 너두 알지비? 너 아바이 동무 되시는 문목사님……"

"예. 하지만……"

"그래, 심새할 거 없다. 제리(미리) 다 연락으 취해뒀씀둥. 아매 어저느 준비가 다 되었을 기구마. 그랑이……"

"에구."

철금이는 마침내 눈물을 쏟기 시작했다.

"어떻게……흐."

"울지 맙소세. 울 일이 아입메."

"그래, 악아, 울지 말거라."

그렇지만 한번 폭발한 울음은 철금이 저로서도 어쩔 수가 없었다.

"그 동안 너 마음고새이 심했다. 진지리 풀어줬어야는 긴데……"

"어마이!"

"너느 네가 할 만큼으느 다했다. 우리느 너르 메느리루 맞아 행복했구……그 동안 우리가 혹시라두 네게 잘못한 일이 있더라두 인젠 다 잊으라이. 속마음이사 어디메 그러구 싶었겠슴?"

"어마이! 그런 일 막바히(전혀) 없었습메다."

"그렇다무 다행이다. 개겁운(가벼운) 마음으루 떠날 쉬 있게 되었으이까데……"

"어마이! 자꾸 그런 말씀으……"

철금이는 울음을 애써 참으려다가 말매듭을 짓지 못하고 말았다.

김진삼이 나섰다.

"생각 같아서느 너르 다려가고 싶쟎겠니? 지마느, 너느 딴 세상 딴 물에서 놀 사램이다. 우리 같은 노토리덜하고느 딴 인생으 살아야 한다, 이 말이꼬마. 물른 그기 어디메 쉽겠니? 싸이(몹시) 힘든 일들이 지다리구 있을 기다. 네 앞에……그러나 우리느 믿는다. 너느 어저까지 잘해왔듯이 앞으루두 잘 헤쳐나갈 기구마."

"아바이!"

"두홈이, 그래, 그 아두 아매 그러기르 바라겠지비."

철금이는 더 이상 앉아 있을 수 없었다.

가슴이 터질 것 같은 서러움이 한꺼번에 몰아닥쳤던 것이다.

김진삼은 바깥으로 뛰쳐나가는 철금이를 붙잡지 않았다.

그래, 실컷 울어라

어차피 매듭을 지어야 하지 않겠느냐?

김진삼은 문득 아쉬운 느낌이 들었다.

저 아이들 사이에 좀더 시간이 있었더라면……

그것은 곧 자기 품에서 재롱을 부리며 놀고 있을 손주를 뜻했다. 그랬다면, 만일 그랬다면 분명히 달랐을 것이다. 오늘과 같은 결단을 내릴 이유도 없었을 테고, 며느리 또한 그 아이한테 마음을 붙이고 살아갈 수 있었을 테니까.

문재언.

자네라면 이럴 때 어떻게 버티겠는가?

자네의 구주란 자가 나타나서 길을 인도해 주었을 텐가?

김진삼은 그 길이 아들 김두흠이 걸었던 길과 얼마나 많이 떨어져 있는지 짐작할 수 없었다. 새삼, 아들도 할 만큼은 했다는 생각이 들었다.

그렇다면 이제 남은 것은 나뿐이로구나.

나는 어떤 길을 가야 하는가.

그런 생각에 접어드는 김진삼의 눈앞에 황량한 만주벌판이 아른거렸다. 저도 몰래 눈시울이 시큰거렸다. 결국 이 땅에는 묻히지 못하겠구나, 하는 예감이 황모필 굵은 획처럼 가슴에 와 찍혔다. 그러면서도 이제 그런 호사를 바랄 처지도 아니라는 생각으로 흐트러지려는 마음을 다잡았다.

그러고도 한참 후에야 김진삼은 겨우 몸을 일으킬 수 있었다.

밖으로 나온 철금이는 부엌문 앞에 쪼그리고 앉아 아직도 훌쩍이고 있었다.

"남기, 내가 버혀버렸다."

김진삼은 이렇게 한마디 던지고는 별채 의원을 향해 총총히 걸음을 옮겼다.

철금이의 고개가 한층 더 꺾였다.

9 충동

들판에는 아지랑이가 몽실몽실 피어오르고 있었다. 아직 갈지 않은 논두렁에는 뚝새풀이 뿌숭숭 솟아올랐고, 물오른 뻴기나무는 아이들이 베어낼 때만을 기다렸다. 푸릇푸릇한 산허리 풀밭에서는 부지런한 소년들이 소를 뜯기고 있었다. 겨우내 보리가 웃자라 애를 먹인 밭에도 종달새가 날아들었다. 동네 개골창 물소리는 봄바람만큼이나 살살거렸고, 바다로 빠지는 개천에는 황어 떼가 거슬러오기 시작했다.

어디를 둘러봐도 봄빛은 완연했다.

하지만 세 끼를 굶은 윤떡바우는 그만큼 더 쓸쓸할 뿐이었다.

우선, 일어나 앉을 힘이 없었다. 문지방을 짚고 억지로 용을 쓰면서 몸을 일으키자니 절로 신음부터 새어나왔다.

에구구.

허리가 욱신욱신 결렸고, 머리 한쪽이 송곳으로 찌르는 듯 쑤셨다.

많이 나아졌다고는 하지만, 후유증은 이렇듯 끈질기게 남아 있는 것이다.

무엇보다도 일을 못하게 된 데서 오는 피해가 컸다. 이런 것도 호사다마라고 하는 것인가 싶게, 일이 터진 것이 공교롭게도 그 날이었다. 월급이 올랐다고 흥얼거리며 집으로 돌아오는 길에 난데없는 불벼락을 맞은 셈이니, 윤떡바우로서는 터진 머리통보다도 그게 두고두고 아팠다.

똥구멍이 찢어지는 생활에 당장 골주름이 팬 것은 말할 나위도 없었다.

밤마다 호롱불 밑에서 삯바느질을 하며 아쉬운 아침 땟거리를 마련하곤 하던 어머니는 언제부턴가 다시 동냥에 나섰는데, 윤떡바우는 그 모습을 뻔히 보고도 말리고 자시고 할 수도 없었다. 줄줄이 달린 입을 도대체 어찌할 도리가 없었던 것이다. 평소에도 굶기를 밥 먹듯 해오던 살림이었으나 윤떡바우가 뱃일을 나가지 못하게 되면서부터는 아예 굴뚝에서 연기가 사라지고 말았다. 처음에는 박가죽꼴기네서 보상 겸 두 아들이 일찍 풀려나게 도와주어 고맙다는 사례로 윤떡바우가 몸을 추슬러 바다로 나갈 때까지 뒤를 봐준다고 했고, 또 며칠간은 정말 그렇게 하는 것 같았다. 하지만 그쪽이라고 크게 다르지 않은 살림이었으니, 지난가을에 거둬들인 양식이 감자 한 톨까지 다 떨어지자 그것으로 뚝 그만이었다. 그 뒤 윤떡바우를 이렇게 만든 두 형제마저 자기들이 힘 닿는 데까지 어떻게 해보마는 말만 남긴 채 떠나버리고 말았다.

이제 집에서 일이라고 할 수 있는 사람은 목병에 걸렸지만 그나마 다리품을 팔 수 있는 어머니와 열여덟 살짜리 큰여동생 난옥이, 열여섯 살짜리 둘째 여동생 옥자뿐이었다. 옥자 밑으로도 셋이나 되는 동생들은 그중 큰 애가 열두 살배기 왕배니 도무지 말할 건덕지조차 없었다. 그래도 그것들이 집 안에서 투정만 부리지 않고 아침이면 눈뜨기 무섭게 쪼르르 들이며 산으로 달려나가 흙을 파먹든 칡을 캐먹든 하니 그게 기특하다고 해야 할까.

윤떡바우는 생각할수록 기가 막혔다.

등창이 난 아버지는 벌써 이태째 널을 짜놓고 날만 기다리는 신세였고, 장남인 자기는 또 이렇게 어이없이 구들장을 지고 눕게 되었으니……

속은 둘째 치고 입이 궁금했다.

담배라도 한 대 태우면 싶었지만, 언감생심 엽초 한 장 남아 있을 리 없었다.

"난옥아."

윤떡바우는 바짝 마른 목구멍 안으로 침을 삼켜 넣으며 동생을 불렀다.

대답이 없다.

다시 한 번, 이번에는 좀더 큰 목소리로 불렀다.

"난옥아."

잠시 후 난옥이가 나타났다.

"일어났능교?"

손에 파릇한 물이 든 게 뒤란 우물가에서 마악 무슨 나물이라도 씻고 있었던 모양 같았다.

"내, 물 한 바가지 도."

"쪼매 있으며 내 남새잇국이라두 끓여줄라 카는데……"

난옥이는 제 오빠 윤떡바우가 밥 대신 물부터 찾는 게 걸리는지 하지 않아도 뻔한 말을 안쓰러운 목소리에 얹어 말했다. 그러는 난옥이의 얼굴은 핏기가 하나도 없이 하야스름한 게 오히려 더 곱게만 보였다.

"아이다, 물."

윤떡바우는 여동생의 얼굴에서 시선을 돌리며 짤막하게 말했다.

난옥이는 얼른 물바가지를 들고 왔다.

윤떡바우는 어혈 든 도깨비 개골창물 마시듯 허겁지겁 바가지를 비웠다.

"아부지는?"

"미음 쪼매 잡샀니더."

"어무이는?"

"아이 안 돌아왔니더."

"응?"

"몰랐딩교? 어제 옥자하고 같이 나가 외갓집에나 댕게오신다 캤는데……"

"그래?"

윤떡바우는 물 먹은 가슴이 도로 꽉 막혀오는 느낌이었다.

말이 좋아 외가댁이지 거기도 뻔한 살림이었다. 옥자하고 같이 갔다면 그애 한 입이나마 거기서 하루 끼니를 때우게 하려는 속셈일 터였다. 그런 채로 보나마나 동냥 얻는 일이 힘들어서 어디 먼 데까지 나갔을 게 틀림없었다.

마을에서 도와주는 것도 하루 이틀이었다.

번데기동네 황부자가 동냥을 주지 않아서 한밤중에 불벼락을 맞은 것도 벌써 몇 달 전 일이고 보면, 이제 어머니가 가까운 데서 찬밥덩이나마 얻어올 기회는 많지 않았다. 게다가 집집마다 쌀독에는 거미줄이 슬기 시작하는 때가 아니던가.

"걱정 마이소. 곧 돌아올께시더."

난옥이가 그렇게 말은 건넸지만, 얼굴에는 수심이 가득했다.

윤떡바우가 그런 동생을 무어라고 위로해야 할지 어지러운 머리 속을 가다듬는데,

"계시우?"

하는 목소리와 함께 누군가의 그림자가 쑥 나타났다.

삿갓을 쓰고 등에는 바랑을 멘 중이었다.

"스임, 어서 오시소."

난옥이가 얼른 인사를 건넸지만, 눈가에는 난처한 기색이 스치고 지나갔다.

"공양 좀 얻으러 왔소이다. 나무관세음보살."

"아이구, 우야꼬?"

난옥이가 얼굴이 발그레해지며 어쩔 줄을 몰라했다.

그러거나 말거나 중은 여기저기 두리번거리며 입으로는 나무관세음보살을 되뇌었다.

"쪼, 쪼매만 기다리고 계시소. 국이라도 한 사발 대접해 올리끼요."

"응? 필요 없소. 보아하니 아침도 자시지들 못한 모양인데, 정성만으로도 고맙소. 자, 내 물이나 한 바가지 주구려. 오래 걸었더니 목구멍이 컬컬해서……"

그 말을 듣고 난옥이가 훌쩍 달음질하여 물 한 바가지를 가져왔다.

중은 맛 좋게 물을 마셨다.

물을 마시느라고 삿갓을 슬쩍 치켜올리는데 보니 쉬흔은 좋이 들어 보이는 중이었다.

"잘 마셨소."

중이 바가지를 도로 난옥이에게 건네주며 말했다.

"아이고마, 스임께 이래 대접해서 우야지요? 고마 스임께 드릴 게 없아가……"

"괜찮소. 물 한 바가지면 족하오. 근데……"

중은 툇마루에 겨우 나와 앉은 윤떡바우에게 눈길을 주었다.

"죄송합니다, 스님. 보다시피……"

윤떡바우는 당황해서 얼른 이렇게 발명을 했다.

"아니오. 편찮으신 모양인데……가만있자. 집안에 어째 수심이 그득하오."

"예, 쪼매."

"기둥 두 개가 한꺼번에 흔들리니 집 전체가 위태롭소. 누구 또 편찮은 사람이 있나 보오?"

중이 제법 위엄 있는 목소리로 물었다.

"예. 저그 아부지가……"

"그렇소? 어디가?"

"오래 전에 등창이 나셔서……"

윤떡바우 대신 난옥이가 대답했다.

"등창?"

"예. 어무이는 목병이 나셨고."

"쯔쯧."

중이 혀를 차더니,

"자, 어디 한번 뵐까요? 내가 다른 건 몰라도 등창은 쪼끔 아는데."
했다.

그 말에 난옥이가 중을 뒷방 쪽으로 데려갔다.

윤떡바우로서는 아는 체하는 중이 마뜩치 않았지만, 가만 내버려두었다.

얼마 후 중이 돌아와서 하는 말이,

"쯔쯧. 등창에 낮거미줄이 좋긴 하지만, 댁의 부친처럼 심한 데는 그걸로 아니 되오."
하고 말했다.

"예? 그, 그라머?"

심드렁하게 앉아 있던 윤떡바우는 귀가 번쩍 뜨였다.

동네 누군가가 등창에는 상두간에서 떼온 낮거미줄이 최고라고 해서 집안 식구들은 틈만 나면 돌아다니며 낮거미줄을 뜯어왔다. 그렇지만 효험은 없었다. 달리 할 수 있는 방도가 없으니 그저 그렇게만 해왔을 뿐이었다.

"이제부터 내 말대로 해보시겠소?"

"야? 그라이시더, 스님."

윤떡바우는 지푸라기라도 잡는 심정으로 고개를 끄덕거렸다.

"비누, 사탕가루, 초, 송진, 참기름, 이 다섯 가지로 고약을 만들어 붙이시오."

"그, 그라머?"

"반년만 그렇게 하면 효험을 보리다. 물론 인명이야 재천이랬지만서두……어쨌든 해보시겠으면, 비누, 사탕가루, 초, 송진, 참기름, 이 다섯 가지요."

"예. 안 잊어뿌끼요."

"청년은 걱정하지 않아도 될 것이오. 금방 일어나게 될 터이니."

"그, 그런교?"

"문제는……쯧. 관둡시다. 나라 없는 백성이 누군들 아니 힘들겠소?"

알 듯 모를 말을 남긴 채 중은 곧 돌아갔다.

얼마 후, 냉잇국을 겨우 떠먹은 윤떡바우는 난옥이의 부축을 받고 집 밖으로 나왔다.

두엄자리 옆에 쭈그리고 앉았다.

햇볕이 따갑게 비추는데, 동네는 물에 잠긴 듯 조용했다.

들에도 사람의 모습은 보이지 않았다.

윤떡바우는 손 앞의 풀포기를 뽑아 이빨로 질경질경 씹었다.

그렇게 하릴없이 시간을 보내고 있는데, 문득 저만큼 가죽꼴기네 집에서 누군가가 쑥 나왔다. 말순이였다. 빨래하러 가려는지 머리에 한 광주리 임을 이고 있었다. 말순이가 슬쩍 고개를 돌렸다. 졸지에 두 사람의 눈이 마주쳤다.

순간, 윤떡바우는 가슴이 덜컹 주저앉았다.

말순이의 얼굴도 금세 당근처럼 발갛게 물들었다. 그러더니 금방 고개를 돌리고 집 뒤로 사라졌다.

윤떡바우의 가슴은 한참 동안 벌렁벌렁 뛰었다.

그 날 일이 터진 뒤, 말순이를 처음 보는 윤떡바우였다. 물론 말순이가 윤떡바우에게도 누나뻘이 되었다. 그렇지만 아래윗집으로 나뉘어 살면서 어렸을 때부터 허물 없이 지낸 사이여서 딱히 나이 대접을 주고받지는 않았다.

하지만 웬일일까.

윤떡바우는 말순이가 아주 낯설게 느껴졌는데, 그것은 금방 마치 자기가 말순이에게 크나큰 잘못을 저지른 것 같은 느낌으로 이어졌다.

터무니없는 생각이었다.

아직 범인은 잡히지 않았지만, 윤떡바우가 범인이 아니라는 사실은 증명되었다.

그 날 저녁 어스름녘에 누군가가 말순이를 깜깜한 외양간으로 밀어넣고 덮친 것이었다. 그런 다음 욕심을 채운 현장에다 윤떡바우가 일본에서 사가지고 왔던 성냥을 슬쩍 흘려놓았다. 말순이는 빈집을 지키다가 졸지에 그런 봉변을 당해 누군지 얼굴조차 보지 못했는데, 나중에 돌아온 두 동생이 그 성냥을 찾아내서는 다짜고짜 윤떡바우를 범인이라고 단정했던 것이다.

주재소 김순사가 의원을 불러왔고, 의원은 다시 말순이를 데려와 검사를 했다고 한다. 그 결과 윤떡바우는 혐의를 벗을 수 있었다.

윤떡바우는 그렇다고 치더라도, 말순이는 이번 일로 무척 큰 상처를 받았다. 일을 당한 것만도 억울한데, 범인을 잡아야 한다며 데려가서 는 가랑이를 벌린 채 의원이 검사를 했다니 그 수모야 어찌 말로 설명 할 수 있을 것인가. 따지고 보면 참으로 기구한 게 말순이의 인생이었 다. 벙어리로 태어나서 온갖 서러움을 다 당하다가 보경사(寶鏡寺) 아 랫동네 꼽추한테 시집을 갔는데, 그 꼽추 남편이 재작년에 죽었다. 과 부가 된 말순이는 이제 집으로 돌아와서 새로운 생활을 시작했는데, 마침내 그런 봉욕까지 당하고 만 것이었다.

나쁜 놈!

윤떡바우는 새삼 울화가 치밀었다.

어떤 놈인지 붙잡히기만 하면 제 손으로 찢어죽이리라, 독하게 마음 먹기도 해보는 것이었다. 그것은 비단 제게 누명을 씌우고 난데없는 몽둥이 찜질을 당하게 한 것 때문만은 아니었다. 불쌍하기 짝이 없는 말순이에게 또다시 평생 지울 수 없는 상처를 안겨준 범인을 도저히 용서할 수 없다는 생각도 큰 이유였다.

그나저나 범인이 도대체 누군지 찾을 길이 없었다.

집 안에 드러누워 있으면서 윤떡바우는 수도 없이 생각에 생각을 거 듭했다. 그 결과, 범인이 분명 윤떡바우 저를 잘 아는, 그리고 가죽꼴 기네 사정도 잘 아는 놈이라고 단정했다. 그렇다면 동네 청년들 중 하 나일 터인데, 그 많은 청년들 중에서 누가 감히 그런 짓을 한단 말인 가. 하나하나 얼굴을 떠올리며 가능성을 짚어봤지만, 도무지 그런 비 열한 짓을 저지를 만큼 나쁜 사람은 없었다.

흥, 우쨌든……

윤떡바우는 다시금 깜깜해지는 범인의 정체에 대해서 생각하기를 포 기하면서 퉤, 하고 침을 내뱉었다.

저녁 무렵, 이제 허기에 지칠 대로 지친 윤떡바우가 눈앞이 까물까 물해져서 멍하니 바깥을 내다보는데, 어디선가 갑자기 곡성이 터져나왔다.

윤떡바우는 깜짝 놀랐다.

난옥이와 밑엣동생들이 우르르 뛰쳐나갔다.

"어무이!"

"어무이요!"

어머니 죽변(竹邊)댁이었다.

윤떡바우는 어머니가 집에 들어서자마자 울음부터 터뜨리는 게 보나 마나 동냥 나간 집에서 문전박대를 당했기 때문이라고 생각했다. 가슴이 물먹은 솜처럼 무엇인가 쓰라린 감정에 젖어들었다. 한달음에 달려나가고 싶었다. 그렇지만 그건 어디까지나 마음뿐이었다.

난옥이가 제 어머니를 곁에서 부축하고 들어왔다.

"아이고오 아이고오."

죽변댁은 무작정 땅바닥에 주저앉으며 목놓아 울었다.

"보소, 어무이요. 와카능교?"

"어무이요, 우지 마소."

"어무이, 어무이요."

윤떡바우의 어린 동생마저 따라 우니 집 안에는 갑자기 상갓집처럼 곡성이 그득했다.

"어무이, 무슨 일인지 말좀 해보소. 우얀 일인지 나도 알아야 할 거 아인교."

윤떡바우가 애가 달아 물었다.

그래도 죽변댁은 울음을 그치지 않았다.

"에고 에고."

"어무이, 옥자는요? 와 같이 안 왔능교?"

난옥이가 물었다.

윤떡바우도 그제서야 어머니가 혼자 돌아왔다는 사실을 깨달았다.

"에고! 내가 쥑일 년이제."

"어무이요. 제발 울지 좀 마이소."

윤떡바우가 버럭 소리를 질렀다.

그러자 죽변댁은 더욱 큰 소리로 울기 시작했다.

"에고, 내가 쥑일 년이네, 쥑일 년!"

"어무이! 울지만 말고 얘기 좀 해보소. 대체 우짠 일인교, 예? 옥자는 어데 있능교?"

"에고, 에고. 내가 쥑일 년이여, 쥑일 년!"

마을 사람들이 몰려들기 시작했다.

죽변댁은 더욱 서럽게 울었다.

윤떡바우는 넋이 나가 이제 더는 소리를 지를 수도 없었다.

그런 머리 속에 갑자기 죽어버리고 싶다는 충동이 비수처럼 와 꽂혔다.

땅거미가 짙게 깔려 이제 사위를 분간하기 어려울 만큼 어두워졌는데, 영문도 모르는 곡성은 그러고도 한참이나 더 계속되었다.

10 시인의 운명

무쇠는 양과자처럼 아주 부드러운 목소리를 들었다.

──우체국 창구에서
나는 고향에 보내는 편지를 썼다.
까마귀처럼 영락해서
구두도 운명도 닳아 떨어졌다.
매연은 하늘에 어둑하고
오늘도 또 취직 자리는 없었다.

번쩍 눈을 떴다.
　아직 어두컴컴한 방문 바로 앞에 누군가가 앉아 있었는데, 무쇠는
그가 누군지 단번에 알아차렸다.
　"이소가야!"

"하하, 이제 일어났소?"

"도깨비같이!"

무쇠는 허둥지둥 몸을 일으켜 앉으며 내쏘듯 한마디를 던졌다.

"해가 저만큼 떴는데 아직도 잠을 자오? 게으름뱅이!"

"해가 어디 떴다고 이러오? 오늘은 또 무슨 바람이 불어서, 쳇."

이소가야는 평소에도 엉뚱한 짓을 즐겨 했다. 그렇지만 이렇게 꼭두
새벽같이 찾아와서 남의 단잠을 깨운 적은 드물었다.

몇 시나 됐을까?

동쪽으로 난 벽창에는 희미한 햇살 조각이 빛 바랜 봉숭아 꽃물처럼
겨우 묻어나고 있었다. 그러면서도 무쇠는 저도 모르는 새 이소가야가
일본어로 읊었던 시 한 구절을 혀에 얹었다.

"까마귀처럼 영락? 영락해서 구두도 운명도 닳아 떨어졌다?"

"햐! 아주 훌륭하무니다. 이제 긴자(銀座) 거리에 가도 제법 행세
할 수 있겠스무니다. 브라보!"

이소가야가 박수까지 치며 즐거워했다.

"흥, 행세할 생각 눈곱만큼도 없소. 그나저나 영락이 맞소?"

"하이."

"그게 무슨 뜻이오?"

"영락? 으음, 아주 몰락해서 그러니까, 으음, 볼품 없이 된다?"

"그건 그렇고……무슨 일이오? 이렇게 새벽같이……"

"뭐……아무 일도 없스무니다."

이소가야가 태연하게 대답했다.

"쳇! 까마귀처럼 영락해서 구두도 운명도 다 닳아버렸다면서?"

"하하."

이소가야가 웃음을 터뜨렸다.

"그거, 이소가야씨가 쓴 시요?"

"응? 아니, 아니."

"그럼 누구? 내가 듣기론 이제까지 이소가야씨가 읊은 시 중에서 제일 좋던데? 거 뭐랄까, 으음, 잘은 모르겠지만 그게 꼭 내 신세 같다이 말이오. 올 데 갈 데 없는 까마귀처럼 돼버린 신세, 신발이 떨어진것까지……빌어먹을!"

"아주 훌륭하무니다, 훌륭해. 하지만 조금 섭섭하기도 해요."

"응? 어째서요?"

"이 시를 쓴 사람은 내가 별로 좋아하는 사람은 아니니까. 이 시는좋지만……"

"누군데요, 그게?"

"하기와라 사쿠타로(萩原朔太郎)라고, 내지에서는 이제 알아주는중견 시인이무니다. 기타하라(北原白秋)한테 배웠는데, 아주 염세적인 사람이무니다. 세상을 비관한다는 말이지요."

"그 사람도 워낙 못사나 보오. 그러니 그렇겠지."

"운명을 그냥 받아들이기만 하니까 문제이무니다. 어떻게든 맞서서싸울 생각을 해야지……"

"흥, 그래도 나는 그 시가 좋소. 싸우는 건 나중 문제고, 우선은 내신세를 쪽집게처럼 잘 집어냈단 말이오."

"하긴……나도 늘 그런 점 때문에 고민하무니다. 가슴에 와 닿는 건이런 신데, 내가 써야 한다고 믿는 것은 또 다르니……우리 운명이 그런가? 현실과 이상의 틈바구니에서 어디 한 군데 마음 붙이지 못하고이리저리 물결치는 대로 휩쓸리는……"

이소가야의 목소리가 가라앉았다.

무쇠는 그런 이소가야를 가만히 바라보았다.

어둑어둑한 빛에 겨우 드러나는 그의 얼굴은 어딘가 모르게 낯설었다. 그게 오늘 이렇게 새벽같이 찾아온 이유와 관련 있을까? 무쇠는 무슨 일이 있는가 하고 곰곰이 기억을 더듬어보았다. 하지만 딱히 집히는 구석은 없었다.

일 때문에 그럴 리는 없었다.

일에 관한 한 이소가야는 보기보다 상당히 낙관적이었다.

그럼 무엇 때문에?

무쇠는 거듭 생각에 골몰했다. 그렇지만 이렇듯 느닷없는 방문을 설명해 줄 만한 이유는 이소가야의 평소 태도 이외에는 달리 없는 것 같았다.

그래, 이소가야 '시인'이 또 시인다운 기질을 발동해서 이런 거야.

침묵을 깨뜨린 것은 이소가야였다.

그리고 그 말은 무쇠에게 무척 의외였다.

"나, 얼마 전부터 그 말을 곰곰이 생각해 보았스무니다. 지난번 눈벌판에서 들었던 말. 그때 이렇게 말했스무니다. 좋은 세상이 올 때 우리는 무얼 하고 있을까 하고 물었더니, 그때까지 살았으면 좋겠다고 했지요. 나는 몹시 놀랐스무니다. 한 번도, 그런 생각을 해본 적이 없었소. 하지만 가만히 생각하면 그런 생각은 늘 하고 있었던 거나 다름없스무니다. 내가 싸워서 좋은 세상을 만들어놓으면 그 세상은 이미 내 것이 아닐지도 모른다는 생각……"

이소가야는 으음, 하고 헛기침을 한 번 하고는 다시 말을 이었다.

"그렇다면 대체 이게 뭔가? 내가 하는 일은 대체 무슨 의미가 있는가?"

'패배주의!'——하고 무쇠는 퍼뜩 생각했지만, 그 말을 밖으로 꺼내지는 않았다.

"몹시 당황했스무니다. 게다가 나는 솔직히 일본 사람이무니다. 조선의 적! 조선을 침략한 제국주의 나라의 국민! 그런 내가 지금 무엇을 위해 싸우고 있는가? 누구를 위해 싸우고 있는가? 내가 만일 조

선인이었다면 물론 그렇지 않았을지도 모르지요. 하지만 아무리 아니
라고 부정해도 나는 그래요, 쪽발이 왜놈이무니다. 그런 내가 내 조국
을 배반해 가면서까지 도대체 하는 일이 무엇인가?"

"이소가야!"

무쇠는 불쑥 이렇게 말을 가로막았다. 스스로 성마르다는 느낌이 든
것은 바로 그 직후였다.

"아니, 내 말을 더 들어보시오. 그래요. 나는 몹시 우울했스무니다.
그런데, 맞아요, 그때 진정한 조국은 이런 게 아니다, 라는 생각이 들
었스무니다. 무새씨들이나 나나, 우리가 함께 싸워서 일으켜 세우려는
나라는 결코 지금과 같은 더러운 나라가 아니라는 사실! 만일 내가
이 더러운 조국으로 만족한다면 나는 싸울 이유가 없스무니다. 아암,
나는 편하게, 식민지를 지닌 종주국의 백성으로 조선 사람 대만(臺灣)
사람들을 착취하고 마소처럼 부리며 편하게 살 수 있을지도 모르무니
다. 그런데 도대체 그렇게 살아서 무슨 의미가 있겠스무니까? 그러니
까 이런 시대, 이런 세상에 태어난 시인의 운명은 마땅히 하나밖에 없
다는 생각이 들었스무니다."

"선규 동무의 말처럼 프롤레타리아의 조국은……"

"아니, 아니. 나는 차라리 시인의 조국이라고 하고 싶스무니다. 지
금 빼앗기고 억눌리고 비참하게 사는 사람들은 모두 시인이무니다. 그
런 사람들이 일으켜 세우는 나라는 진정한 시인의 나라, 시인의 조국
이어야 하구요."

무쇠는 저도 몰래 으음, 하고 받은 한 토막 신음을 삼켜야 했다.

이소가야는 거기서 말을 멈추었다.

무쇠는 퍼뜩, 언젠가 좋은 세상이 오면, 그때 자기는 살고 이소가야
는 죽어서, 자기가 이소가야의 무덤을 터벅터벅 찾아가리라는 생각이
들었다. 살아 남은 동지들과 함께!

무어라 할 것인가, 그때?

'조선의 동무 이소가야 스에지, 여기 묻히다!'

무쇠는 얼른 고개를 저었다.

그 반대의 경우도 가능했기 때문이었다. 그때는? 누가 내 무덤을 찾아줄까? 아니, 무덤의 풀이라도 뽑아줄 사람이 남아 있을까?

마음이 착잡해졌다.

무쇠는 화제를 바꿔야겠다는 생각이 들어,

"이소가야, 시 얘기 좀 더 해줘요."

하고 부탁했다.

"으응? 시?"

"이거 나도 이소가야씨 때문에 자꾸 시인이 되는 기분이오, 하하."

"하하. 그거 좋스무니다. 아주."

"이런 건 어때요?"

하고, 무쇠는 불쑥 떠오르는 대로 읊었다.

달 뜨면 오마던 임
달 떠도 안 오시네.
그 곳에 산이 높아
달 뜨기 늦어설까.

"와ー."

이소가야가 감탄한 듯 큰 소리를 냈다.

"에이, 내가 이거 무슨 짓이람!"

"아니, 아니. 무새씨는 대단한 시인이무니다."

"공연히 나뭇가지에 올려놓고 흔들지 마오. 아마 이건 내가 어디서 누구한테 들었던 모양이오. 내 머리 속에서 거저 나올 수 있겠소?"

"하하, 어쨌거나 대단하무니다. 달이라, 달……참, 우리나라에두 달을 노래한 시가 많이 있스무니다."

"그래요? 어디 한번……"

"글쎄……그렇게 물으니 금방 생각나지 않는데……아, 그거……하지만……"

이소가야가 조금 더뭇거렸다.

"왜요? 아무거나 좋으니 하나만 해봐요."

"어떻게 생각할지……좋아요. 전해오는 우리 시가에 이런 게 있스무니다. 달 밝은 밤 화사한 벚꽃 아래서 숨질 수 있다면 얼마나 좋으리!"

"네에?"

무쇠는 저도 몰래 마른침 한 덩어리를 꿀꺽 삼켰다.

섬뜩했다.

눈앞에서 그 장면을 보는 듯한 느낌이 들었다.

휘영청 보름달이 밝은데 그 아래 벚꽃은 눈이 부실 듯 화려하게 피어 있고, 거기, 나무 그늘에서 한 사나이가 일본도를 높이 치켜든다. 그런 다음 달빛조차 예리하게 갈라내는 그 칼날로 쓰윽, 자기 배를 가른다. 순간, 분수처럼 솟구치는 피! 신음도 없다. 고통도 없다. 비탄이라든지 애달픔 따위도 거리가 멀다. 그것은 오직 한순간의 기쁨, 바로 그것이다. 벚꽃이 지기 전에, 땅에 떨어져 더 이상 추한 모습으로 뒹굴기 전에……

무쇠는 이소가야를 똑바로 바라보며 그런 느낌을 얼키설키 짜맞추어 이야기를 해주었다. 그러자 이소가야가 잠시 심각한 표정을 짓더니 큰 결심을 한 듯 입을 열었다.

"잘 보았스무니다. 그게 바로 우리 일본의 사무라이가 가장 높이 치는 정신이지요. 벚꽃처럼 깨끗한 셋푸쿠(切腹)!"

이소가야는 '셋푸쿠'라는 말을 굳이 일본어로 말했는데, 그것이 또한 무쇠에게는 거듭 섬뜩한 느낌을 안겨주었다. 언젠가 주선규로부터 들었던 사무라이 이야기가 떠올랐기 때문이었다.

사무라이가 있었다. 어느 날 그의 외동아들이 만둣집 주인한테 목덜미를 잡혀 집으로 왔다.

"무슨 일인가?"

하고 사무라이가 묻자,

"나리 아들이 만두를 몰래 훔쳐먹었소."

하고 만둣집 주인이 씩씩거리며 대답했다.

"말도 안 되는 소리! 그럴 리가 없다. 어디 딴 데 떨어진 게 아니냐?"

"아니오. 내가 이 두 눈으로 똑똑히 봤소."

"이노옴! 그런 소리 말라! 내 자식이 절대 그럴 리 없거늘, 네놈이 거짓말을 하는구나!"

"아니오! 내가 봤소."

"무어? 오냐, 네놈이 나를 업신여기고 우리 가문까지 욕되게 만드는구나. 좋다. 너는 네 말에 책임질 수 있느냐?"

"그렇소."

"좋다. 그러면 봐라. 네 두 눈으로 똑똑히!"

사무라이는 말을 끝내기 무섭게 칼을 번쩍 치켜들었다가 아이의 배를 쓰윽 갈라버렸다. 아이는 그 자리에서 절명했다. 사무라이는 아이의 배를 뒤져 보였다.

만둣집 주인은 새파랗게 질렸다.

"봐라! 만일 내 아이가 네놈의 만두를 훔쳐먹었다면 여기 남아 있어야 할 텐데, 봐라, 어디 있느냐? 고약한 놈!"

"사, 살려주십시오! 제가 그만……"

"비겁한 놈! 그러고도 목숨을 구걸하다니!"

사무라이는 단칼에 만둣집 주인의 목을 베어버렸다. 시뻘건 피가 하늘로 솟구쳤다. 사무라이는 이제 자기 아들의 주검 앞에 용서를 구한 다음, 다시금 피 묻은 칼을 높이 치켜들었다.

셋푸쿠!

"조선과 일본은 그렇게 다르무니다. 한하늘 같은 달을 보고도 한쪽은 임을 그리워하고 못 이룬 사랑의 정한을 노래하는데, 다른 한쪽은 달빛 아래 죽음을 예찬하니⋯⋯그렇스무니다. 그만큼 다른 것이무니다. 두 나라가, 한쪽은 한이요, 다른 한쪽은 셋푸쿠⋯⋯"

이소가야의 목소리는 물에 젖은 솜같이 축축했다.

무쇠는 아무 대꾸도 하지 못했다.

"이름을 중요하게 생각하무니다, 우리 일본 사람들은⋯⋯기리(義理)라고 하는 것, 그건 목숨보다도 더 소중하지요. 가령 우리에게는 이런 속담이 있소. 어린 새는 먹이를 보채며 울지만, 사무라이는 이쑤시개를 물고 있다고⋯⋯전쟁터에 나간 병사들이 하나같이 굶주려 신음을 해도, 사무라이는 결코 그래서는 아니 되는 법이었소. 방금 식사를 끝낸 것처럼 이쑤시개를 물고 있어야 한다는 말이지요. 아시겠스무니까? 아니, 또 있소. 이런 얘기⋯⋯가쓰(勝) 백작이라는 이가 있었소. 그가 어렸을 때 개에게 불알을 물려 다 죽게 되었소. 의원이 수술하러 오니 그의 아버지가 칼을 뽑아들고 말하기를, 한마디라도 우는 소리를 하면 배를 갈라버리겠다. 모름지기 사무라이 가문의 이름을 더럽히지 않겠다는 뜻이었겠죠. 그런 나라이무니다. 일본이⋯⋯거기서 바로 셋푸쿠의 정신이 나오는 것이고⋯⋯"

무쇠는 다시금 굵은 침덩어리를 목젖 아래로 밀어내렸다.

이소가야의 등뒤로 아침은 기다림에 지친 손님처럼 불쑥 찾아들었다.

어제 먹다 남은 찬밥덩이로 아침을 대충 때우고 나서 함께 집을 나섰을 때만 해도 무쇠는 이소가야에게 이렇게 묻고 싶었다.

'이소가야씨, 그럼 당신은 어디에 속하지요?'

하지만 저만큼 삐죽 솟아난 공장 굴뚝을 눈에 담는 거리에 다다르자 그런 생각은 어디론가 사라져버리고 말았다. 여기저기 골목에서 노동자들이 빠져나오고 있었다. 무쇠네보다 그림자만큼 앞서서 두 사람이 나란히 걸어갔다. 낡은 저고리를 입은 품새가 막일꾼들이었다.

"제길, 아무래도 오늘 중으로 짤릴 것 같습메."

그 중 머리 하나쯤 더 커 보이는 사내가 손으로 제 목을 치는 시능을 해 보이며 말했다.

"뎅겅?"

"흥, 짤르라지비."

"짤리무? 무시기 대책이라두 있슴?"

"대책이구 공책이구, 그놈으 더러분 놈으 사사끼 새끼 앙이 보게 되무 속이 시원하겠이캐슴?"

"새끼들으느 어째이구?"

"살 놈으느 살구 뒈질 놈으느 뒈지라지비."

"어따, 애비란 작자 배포 한번 좋씀메."

"배포구 대포구, 쳇!"

"그래, 그 말이 맞씀꾸마. 배포구 대포구……하하."

두 사람은 이제 마주 보고 껄껄 웃었다.

무쇠와 이소가야도 빙긋이 웃음을 나누었다. 그런 잠시 후, 이소가야가 먼저 말을 꺼냈다.

"여기저기 감원이다 해고니……"

"천하의 조질이 이렇게 될 줄 누가 알았겠소?"

"노구찌 읍장이 혼쭐이 나고 있겠스무니다."

무쇠는 고개를 끄덕거렸다.

조선에 부읍제가 실시되면서 흥남은 읍으로 승격했다. 초대 읍장은 당연히 조질의 사장 노구찌가 되었다. 바야흐로 흥남은 경제적으로나 행정적으로나 노구찌 재벌의 손바닥 안에 들어가버린 셈이었다. 하지만 묘하게도 읍제 실시에 때를 맞추어 조질에 본격적으로 불경기가 몰아닥쳤다. 이미 쇼와 4년의 대공황 때부터 조짐이 보이던 경기 불황은 만성적 농업 공황에 따라 일본 국내 시장에서 화학비료의 심각한 생산 과잉을 불러일으켰다. 톤당 백 원씩 하던 유안비료 값이 60원으로 내려갔다. 그러다 보니 수익률은 자꾸 떨어져서 지난해부터는 외국에 헐값에라도 마구 팔아치우지 못해 안달인 지경까지 이르렀다. 그리하여 이제는 춘경기가 다가왔는데도 비료는 한없이 남아돌아, 공장 아무 데고 쌓아두는 수밖에 없었다.

하지만……

무쇠는 과연 노구찌가 혼이 나고 있을지 의문스러웠다. 진짜 혼이 나는 것은 바로 노동자였다. 그 중에서도 자유 노동자들의 경우가 더욱 심했다. 회사는 노동자들을 대량 감축함으로써 불경기를 버텨나가고 있었다. 조업률은 이미 3분의 1 수준으로 떨어졌다. 그런데도 날마다 해고 사태가 일어났다.

"달면 삼키고 쓰면 내뱉는다더니……"

"그게 바로 자본의 논리이무니다."

무쇠는 다시 고개를 끄덕거렸다. 그러다가 퍼뜩 무엇인가가 생각이 나서 갑작스레 걸음을 멈추었다.

"에쿠, 내 정신 좀 봐!"

"응? 왜?"

"오늘 일찍 거기 들르기로 했는데……"

"거기?"

"종이공장."

무쇠는 목소리를 죽여가며 대답했다.

종이공장은 주선규네 집 지하에 판 비밀 아지트를 말하는 암호였다. 지난해 겨울부터 파기 시작한 굴은 진작에 완성되었는데, 지난번 흥남 좌익이 결성된 이후 그 곳에는 기관지 《노동자신문》을 찍어내는 인쇄소가 설치되었다. 인쇄 작업에는 주선규의 누이 주인선(朱仁璇)도 참여하고 있었다. 결국 주씨 3남매는 누구 하나 빠지지 않고 혁명사업에 뛰어든 셈이었다. 그것도 아주 깊숙이!

"지난번 일은 다 끝내지 않았스무니까?"

"그렇소. 하지만 아무래도 메이데이(노동절)가 가까워서……"

"미리 약속했스무니까?"

"아니오. 그냥 어제 밤 내 생각이……"

"그럼 놔두시오. 오늘 퇴근하고 나서 하면 될 것이무니다."

무쇠는 가볍게 고개를 끄덕였다.

이소가야는 신문 배포에 관한 한 손을 떼고 있었다. 그만큼 위험했기 때문이었다. 소비조합과 친목회를 책임지고 있는 이소가야는 아무리 조심을 한다고 해도 무쇠보다는 그만큼 더 경계의 대상이 될 가능성이 많았다.

두 사람은 이제 바삐 걸음을 옮겨 공장 안으로 들어갔다.

금방 사이렌이 울렸다.

얼마 후, 푸른색 작업복으로 갈아입고 온 이소가야는 여느 때와 마찬가지로 광석 분쇄기와 컨베이어벨트, 그리고 기계의 각 전도(傳導) 부분을 점검하는 것으로 일을 시작했다. 제3유산계만 하더라도 워낙 큰 공장이라 먼저 조로부터 작업을 이어받으면 아무래도 그만큼 손을 봐야 할 데가 많았다. 60마력짜리 광석 권양기(卷揚機)와 조 크러셔, 그리고 롤러 크러셔가 각각 4대, 8대, 6대 있었으며, 100마력짜리 콩

크러셔도 한 대 설치되어 있었다. 배소로는 무려 24대. 거기에 15마력
짜리 순환식 물펌프가 8대, 순환가스 송풍기와 순환가스 냉각기가 16
대와 8대 있었다. 용적이 2톤에 가까운 탑은 모두 8개가 설치되어 있
었다. 이 밖에도 여러 가지 잡다한 기계들이 많았는데, 그 모든 기계
가 한치의 어김 없이 움직여야만 제대로 된 제품을 만들어낼 수 있는
것이었다.

이소가야는 새삼 무쇠와 함께 일하던 때를 떠올렸다.

그때는 참 재미있었는데……

지난해 연말 무쇠는 수소계로 옮겨갔던 것이다.

후후, 아깐 꽤 놀랐던 모양이야. 하긴 나라도 그랬겠지. 새벽부터
느닷없이 쳐들어가 시랍시고 읊고 앉아 있는 꼴이라니! 게다가 그 시
가 뭔가? 까마귀처럼 구두도 운명도 닳아버리고……응, 그런데 왜 까
마귀지?

이소가야가 마악 그런 생각을 하며 배소로 쪽으로 자리를 옮겼을 때
였다.

"이소가야상?"

이제 겨우 열서너 살쯤으로나 보이는 조선아이 급사가 헐레벌떡 뛰
어오더니 이소가야 앞에 멈춰 섰다.

"응?"

"사무소로 오시랍메다."

"나를?"

"야."

이소가야는 무슨 일인가 싶었다. 입사 이래 한 번도 그런 적이 없었
기 때문이었다.

어쨌거나 가야지. 대수로운 일이야 있겠어?

"여기, 불 좀 봐줘."

150

이소가야는 곁의 일본인 동료에게 일을 부탁하고 급사의 뒤를 따라
갔다.

하지만 사무소 문을 열고 들어섰을 때, 이소가야는 깜짝 놀랐다. 거
기에는 낯익은 아시무라 가즈히토(芦村和人) 계장말고도 두 사람의 낯
선 사내가 있었다. 이소가야는 직감적으로 이키 싫었다.

이소가야를 보는 순간, 두 사내의 눈빛은 매의 그것처럼 번뜩거렸던
것이다.

아!

이소가야는 신사복에 구두를 신은 두 사내가 특고(特高) 형사라고
생각했다. 그 중 한 사람은 로이드 안경에 중절모를, 다른 한 사람은
사냥모자를 쓰고 있었는데, 사냥모자가 허리춤에 커다란 목도를 차고
있는 것은 그 다음 순간에야 알아차렸다.

아시무라의 표정은 돌덩이처럼 굳어 있었다.

"이소가야 스에지상?"

사냥모자가 물었다.

"그렇소."

"잠시 데려가야겠소."

사냥모자가 아시무라에게 이렇게 말했다. 그와 동시에 두 사내는 이
소가야 곁으로 다가와 양쪽에서 팔짱을 꼈다. 순간적이었지만, 이소가
야는 "잠시"라는 그 말이 그렇게 위안으로 여겨질 수 없었다.

"무슨 일인데?"

"가보면 아오. 자, 서두릅시다."

빠져나갈 구멍이 없었다.

무슨 일인가?

그것만 알았으면 좋겠다는 생각이 들었다. 그러면서도 퍼뜩 아까 무
쇠가 한 말이 떠올랐다.

메이데이!

그래, 그럴 가능성이 제일 많다. 메이데이를 앞두고 연례행사처럼 벌어지는 예비검속! 그렇다면 안심인데……

하지만 그 바로 다음 순간, 이소가야는 다시 눈앞이 캄캄해졌다. 아무리 예비검속이라도 이렇게 데려간다는 건, 내 정체가 그만큼 노출되었다는 말 아닌가? 그렇다면 누가?

머리 속으로 몇 사람의 얼굴이 빠르게 스쳐 지나갔다. 소비조합을 꾸리기로 한 다음 접촉했던 사람들이었다. 그때 하나하나 사상이나 신원을 철저히 점검하지 않았다는 생각이 들었다.

아아, 바보같이!

이소가야는 저도 몰래 한숨을 내쉬었다.

"자, 갑시다."

중절모가 이소가야의 팔을 잡은 손아귀에 힘을 주면서 재촉했다.

"좋소. 갑시다."

아시무라가 슬쩍 고개를 돌렸다.

얼마 후, 이소가야는 공장 부근 경찰서로 끌려 들어갔다.

안은 밖에서 보기보다 훨씬 넓었다.

이소가야는 금방 사태의 심각성을 알아차렸다.

심망갓을 쓴 채 두 손을 뒤로 꺾여 수갑을 찬 조선복·공장복 차림의 사람들이 무릎을 꿇은 채 마루에 죽 앉아 있었다.

이렇게 많이!

그러면서 한편으로는 끌려온 사람이 많다는 사실이 적이 위안이 되기도 했다.

이소가야는 복도를 지나 막다른 곳, 서장실 옆 '특고실'이라고 패찰이 붙은 방으로 끌려갔다. 안에는 비품이라고는 하나도 없는 대신, 마루방 가득히 또 사람들이 무릎을 꿇은 채 앉아 있었다.

"저기 가서 꿇어앉아!"

중절모가 이제 반말을 하며 이소가야를 거칠게 떠다밀었다.

이소가야는 쓰러질 듯 겨우 몸을 추스르며 맨 뒤쪽에 가서 앉을 수 있었다.

"다들 가만히 있어! 입만 뼁긋하면 죽을 줄 알아!"

중절모가 소리쳤다.

잠시 후, 중절모가 문을 열고 나가는 소리가 들렸다. 그러자 이소가야 곁의 사내가 속삭이듯 말했다.

"저놈, 김세만이오!"

이소가야는 그냥 무덤덤히 듣기만 했다.

김세만이 흥남, 함흥 일대의 노동자, 농민, 그리고 신진 인텔리들에게 가장 무서운 교형리(絞刑吏)라는 사실을 아직 몰랐기 때문이었다.

그 날, 중국 상해의 홍구(虹口) 공원에서는 윤봉길(尹奉吉)이라는 조선 청년이 폭탄을 던져 천장절(天長節) 날 상해 전승 기념식을 거행하던 일본군 시라가와(白川) 대장 등 10여 명을 살상했다. 올 초 동경에서 벌어진 이봉창의 천황 암살기도 사건에 이어 세상에 또 한 번 충격을 준 사건이었다. 하지만 그 소식은 훨씬 뒤에나 경찰서 안에 전해졌다.

11 유혹

"엇치……돌가라……에어……어듸어듸 허허……그눔의 쇠……눈
팔지 말고……잘 갈아랑이……어듸마마……자자……아냐마냐……어
허!"

저만큼 도루돌밭떼기에서 겨리소 밭갈이가 한창이다.

워낙에 센 일이니만큼 멍에에 매인 황치 두 마리나 그것들을 부리는
소댕이 영감이나 한 발짝 뗄 적마다 콧김을 씩씩 내뿜는다. 그러고도
가대기 나아가는 줄은 삐뚤삐뚤 도무지 얌전하지가 못하다. 겨우 떠번
질 때마다 흙밥이 배시시 부서지는데, 그런 모양이 꼭 어린아이들 흙
장난하는 것만 같았다.

그래도 소댕이 영감이 한때는 내로라 하는 상일꾼으로 금진강에 얼
음 풀리기 무섭게 여기저기 불려다니던 위인이었다. 사실 엇기산 일대
에서 소 좀 부릴 줄 안다는 보합이들은 대개 영감한테서 배웠다고 해도
과언이 아니었다. 맹구 아버지가 그랬고, 원동갑이며 강필이도 마찬가

지였다. 그런 영감이 이제는 돌아 들어오면서 지난해 고랑을 훑어나갈 때에는 아예 눈부터 감아버리는 형편이었다.

짐막덕은 쓸쓸한 눈으로 소댕이 영감을 바라보았다.

세월이……

저절로 한숨이 나왔다.

변하지 않은 게 있다면 오직 하나, 정수리께가 둥그렇게 팬 머리였다.

어렸을 때 할머니 등에 업혀 있다가 그만 소죽 쑤던 솥 안으로 처박혔다고 했다. 얼마나 뜨거웠을까? 놀란 할머니가 훌쩍 들어냈다지만, 그때는 이미 머리통 한가운데가 홀라당 덴 뒤였다. 커가면서 그 자리가 그대로 남았다. 둘레의 머리카락들은 쑥대처럼 쑥쑥 자라는데 그 부분만큼은 별별 처방을 다해봐도 빨간 맨머리통을 벗어나지 못했다. 그것이 처음에는 마치 새둥지 같았는데, 자라면서는 잔칫날 녹두빈대떡을 부치는 솥뚜껑처럼 그 부분도 점점 자라났다. 자연스레 소댕이라는 별명이 따라붙었다.

짐막덕은 그만 더 지켜볼 마음이 사라졌다. 생각 같아서는 훌쩍 뛰쳐나가서 저라도 손잡이를 채고 싶을 정도였다. 어림없는 일이었다. 대신 바지런히 호미를 놀렸다. 한 번 쿡쿡 찍어댈 때마다 제법 굵은 흙덩어리가 푸스스 바스러졌다. 금방 다리에 힘이 풀리고 등짝이며 허리께가 바늘로 쑤셔대는 것처럼 아팠다. 그렇게 하는데도 일은 까마득히 남아 있었다. 오전 내도록 밭에 나와 한 일이 도무지 표가 나지 않았다.

휴우―.

호미 쥔 손아귀에서 저절로 힘이 빠져나갔다.

아무리 힘든 일도 흥이 나면 맛있게 할 수 있는 법이다. 하지만 지금, 짐막덕으로서는 흥은커녕 한 고랑 한 고랑 만들어나가는 일이 십리 백리 캄캄한 산길을 혼자 가는 것보다 죽을 맛이었다.

옛말이 이래서 생겼을까?

백지장도 맞잡으면 가볍다고……

지금 이 순간에도 툇마루 기둥에 몸을 기대고 앉아 멀거니 해바라기나 하고 있을 남편 얼굴이 떠올랐다.

차라리 내 살을 후벼파라지.

꼭 그런 기분이었다.

남편이 허구한 날 그 모양 그 꼴로 집 안에서 죽치게 된 것이 벌써 일 년이 넘은 것이다. 그러고도 도무지 차도가 없었다. 아니, 날이 갈수록 좋아지기는커녕 이제는 한 가닥 걸었던 희망마저 아침 수천개 위로 피어올랐다가는 어느 순간 소리 소문도 없이 사라져버리고 마는 물안개처럼 사라지고, 또 내버린 지 오래였다. 속없는 사람들은 그나마도 다행이라고 말들을 하지만, 도대체 멀쩡하던 인간이 하루아침에 제 이름 석 자도 기억 못하는 바보 멍청이가 된 것이 무엇이 어떻게 다행이란 말인가. 물론 처음 그 일을 당했을 때는 짐막덕 저도 그런 생각을 아니한 것이 아니었다. 머리가 깨져 피가 철철 흐르는 사람을, 그것도 바로 제 옆에서 살을 맞대고 잠을 자다가 아닌 밤중에 홍두깨보다도 더할 노릇으로 졸지에, 찍소리 한번 내지르지 못한 채, 피가 산지사방으로 튀고 골이 허옇게 드러나버린 사람을 보게 된 것이니, 그 당장에는 한 고개 너머 범을 만나도 좋으니 우선은 눈앞의 노루만큼은 피하고 싶었던 게 사실이었다. 하지만 어디 사람의 욕심이 그런가. 김의원이 달려와 겨우 터진 구멍을 막아놓고 나자, 그때부터는 사람 끌이나 제대로 간수할 수 있을까 그게 걱정이었다. 아니나 다를까, 남편은 그예 말 한마디 못하는 반거충이 바보 천치가 되고 말았다. 아니, 바보 천치라면 바보 천치로 또 제 속가슴을 어떻게든 열어 보이기라도 할 텐데, 이건 아예 숨만 내쉴 줄 안다뿐이지 장작개비가 따로 없었다. 아침에 일 나올 때 툇마루에 앉혀놓으면 점심 떠먹여주러 들어갈 때까지 기둥에 비스듬히 몸을 기댄 그 자세 그대로 앉아 있으니, 건드리지 않으면 일 년 열두 달 꼼짝도 않는 장작개비가 바로 제 남편 박명섭이었다.

하지만 일이 거기서 멈추는 것이라면 어떻게든 견뎌볼 만도 했다. 잘나도 제 낭군이요 못나도 제 낭군이니, 장작개비 물에 젖었다고 내버리듯 아무렇게나 갈아치울 일은 아니었고, 사실 그런 따위 생각은 꿈에도 떠오르지 않았을 터였다. 그러나 눈 위에 서리 덮친다고, 그때 이후 확 달라진 시어머니의 태도는 참으로 기가 막히고 억장이 무너지게 만들었다.

오늘 아침에도 그러했다.

상을 치우고 나서 일 나오기 전에 여느 때처럼 남편을 툇마루로 끌어내어 앉히고 얼굴을 닦아주는데, 갑자기 방 안에서 소리가 터져나왔다.

"칩어라!"

시어머니였다.

"예?"

"그기 무시깁메? 너느 네 남편이 그렇게 됐다구 이저느 아조 벅개(부엌) 바당에 지푸레기만큼두 앙이 보인다니?"

"예? 그기 무시기 말씀이오다?"

짐막덕은 어이가 없어 되물었다.

"어째? 그라무, 앙이라 말입메?"

"무시게가 어떻다느 말씀인지 통……"

"흥! 봐라! 내 두고 봤다. 네가 지끔 무스기르 하구 있씀?"

"그, 그기사 낮으……"

"그래, 네 서방 얼굴으 딲아준다 이 말이지비?"

"그, 그렇쑵메."

"지끔이 몇 점인고? 지끔이 언젠데 제 서방 얼굴으 딲아주느냔 말이다."

"예?"

"너느 아칙부터 구리무 처발르구서리 냄새 폴폴 풍기면서 그래, 네 서방으 이 모앵 이 꼴루 놔뒀다가 인저서야 큰맘 쓰듯 고얘(고양이) 세수르 시켜? 흥, 칩어라 ! 오늘부텀으느 내가 씻쳐줄랍메."

오늘따라 깨워도 일어나지 않기에 아침상 물린 후에나 씻겨준다고 한 것이 기어코 사단을 만든 것이었다. 짐막덕은 너무나 기가 막혀 그 이상 아무 대꾸도 하지 못했다.

고부간의 일이 거의 매일같이 그런 식이었다.

짐막덕으로서는 제 딴에 싫은 기색 하나 없이 전보다도 더욱 열심히 남편 뒷수발을 하고 집안일을 한다고 소매 걷어붙이고 나섰지만, 마지막에 돌아오는 것은 한결같이 말도 되지 않는 시어머니의 그런 따위 대접뿐이었다. 어쩌다가 일손이 미치지 못하여 밥상을 조금만 늦게 차려주어도 날벼락이요, 남편 눈에 눈곱이 끼어도, 옷에 검부라기 하나가 묻어도 온통 짐막덕 제 탓이었다. 그런 기막힌 처사 중에서도 가장 견디기 어려운 것은 남편이 그렇게 된 것이 마치 짐막덕 제 탓이기라도 한 양 내쏘는 말을 듣는 일이었다.

"스나 잘되고 못되고느 다 간나한테 달렸는데, 덕칠 아배가 전생에 무시기 죄르 졌길래 이 고새입게."

그런 소리를 듣다 보면 하루에도 열두번 사립문을 내차고 냅다 뛰쳐나가고 싶은 마음이 들 뿐이었다. 생각 같아서는, 벌써 집을 나간 끝동예를 따르고 싶었다. 하지만 어디 사람 일이 그렇게 또 마음먹은 대로 쉽게만 되는가? 아직도 코를 흘리는 덕칠이는 어떻게 하고, 갓난쟁이 억순이는 또 어떻게 한단 말인가? 그러나 무엇보다도 짐막덕의 걸음을 묶어 세우는 것은 남편 명섭이었다. 제가 사라졌을 때, 곁에 누가 없으면 앉은 채로 그냥 송장이 되고 말 남편!——그 남편의 초점 잃은 눈동자가 짐막덕의 마음을 한없이 멀어지게 하면서도 동시에 질기디질긴 인연의 매듭을 생각나게 하였다.

마침내 짐막덕은 허리를 펴고 일어섰다.

이런 식으로라면 해가 꼴깍 넘어가도록 호미를 붙잡고 있어봐야 한 고랑을 더 매기 힘들 것 같았다. 남편 점심 차려줄 때도 되었고, 때마침 저쪽 밭둔덕에 포대기를 깔고 재워놓은 억순이도 잠이 깨서 밥을 보챘다.

잠시 후, 짐막덕은 애를 업은 채 소댕이 영감 쪽에 대고 소리쳤다.

"저, 가겠습메. 겸심 후에나 다시 올까 싶습메."

소댕이 영감이 듣지 못한 모양이라,

"저, 가오."

하고 다시 한 번, 이번에는 좀더 크게 소리쳤다.

"응? 어째, 집에 들어갈라나?"

"예."

"그래, 몬자 들어갑세. 나두 요것만 마저 하구 갈라니까. 일이라구 붙들구 있어봤자……"

"야, 그러시우. 그럼……"

그렇게 돌아서는데, 소댕이 영감의 눈빛이 여간 쓸쓸한 게 아니었다.

짐막덕은 모르는 척 걸음을 뗴었다.

두렁길을 놔두고 부러 길 아닌 데를 골라 쑥쑥 자잘한 나무덤불을 헤쳐나갔다. 마른 나뭇가지들이 무릎 아래쪽 맨종아리를 긁었다.

모롱이를 돌아나오자 구름에 가렸던 해도 드러났다.

짐막덕은 제법 간지러운 햇살을 목덜미에 느끼며 잠시 해바라기를 했다. 어디선가 꿩이란 놈이 울었다.

——끌끄르릉.

푸드등 하고 넙다 수천개 너머로 달아나는 것이 한 마리 장끼였다.

들판에는 사람의 자취라곤 찾아볼 수 없었다. 햇볕 좋은 방천 두거지에 나물 캐는 처녀들도 보이지 않았다. 뒷골이 지끈 쑤셔왔다. 짐막덕은 걸음을 멈추고 두 손으로 꾹꾹 목덜미께를 눌렀다.

얼마 후, 빈 들을 가로질러 수천개 방천길로 올라섰을 때였다.

"이보!"

하고 부르는 소리가 났다.

방천 밑길을 자전거로 가고 있던 기구찌였다. 까만 제복에 붙은 단추가 유난히 반짝거렸다.

짐막덕은 저도 몰래 왼고개를 돌렸다.

"어디 가시오?"

짐막덕은 대답하지 않았다.

"들일 끝내고 돌아가는 모양이오. 그래, 요즘 남편 건강은 어떠신가?"

"그저……"

"다행이야. 그래두 몸조심해야지. 힘든 일은 하지 말게 하구……"

힘든 일?

짐막덕은 속으로 픽 하고 코웃음을 쳤다.

기구찌가 싱긋 웃으며 손을 흔들어 보였다.

짐막덕은 속이 뒤틀렸다. 하지만 그런 속을 드러낼 수는 없었다.

기구찌가 마악 자전거에 올라타고 가려다가 도로 멈췄다.

"참, 이보오!"

"야?"

"요즘 좋은 약이 나왔다는데, 아시오?"

"야? 약? 아, 아이……"

"쯧, 병자를 둔 집에서 그것두 모르다니……뭐, 병 고칠 의향도 없나 보지?"

기구찌의 입가에 묘한 웃음이 흘렀다.

"그, 그게 앙이라……"

짐막덕은 기구찌의 뒷말이 괜시리 뜨끔해서 허둥지둥 말막음을 했다.

무슨 눈치라도 챈 것인가?

집안에서 벌어지는 일, 그리고 그로 인해 짐막덕이 느끼는 갈등을 기구찌가 알 턱이 없는데……다음 순간, 짐막덕은 제가 괜히 지레짐작으로 뜨끔했던 것이라며 고쳐 생각했다.

"솔직히, 내가 그렇게 만든 건 아니지만, 나도 책임을 느끼고 있소. 죄는 미워도 사람은 미워하지 말랬다구, 그 말도 믿고……그래서 말인데……"

기구찌는 말밑을 길게 끌면서 잔뜩 뜸을 들였다.

짐막덕으로서는 더더욱 귀가 솔깃해지지 않을 수 없었다.

"언제 한번 함흥에서 봅시다."

"야?"

"함흥에 내가 잘 아는 의원이 있소. 거기 가서 병인의 증세를 자세히 말하고 처방을 받읍시다. 약값은 걱정 마오. 내가 아주 잘 아는 데니까."

"그, 그렇지만……"

"내가 며칠 전 직접 들은 얘긴데 워낙 바빠서 깜빡 잊고 말았소. 아주 특효라구 합디다."

짐막덕은 도대체 기구찌의 말을 어디까지 믿어야 될지 몰라 멍하니 서 있었다. 설사 그런 약이 있다고 해도 다른 사람도 아닌 기구찌가 왜 이다지 친절을 베푸는가, 그게 또한 의심스러웠다.

그런 짐막덕의 심중을 헤아렸을까, 기구찌가 얼른 말을 이었다.

"의심할 것 없소. 싫으면 그만두면 되니까. 나는 그저 사람이 안되어서 나서는 것이오. 싫으나 좋으나 내 관할에서 일어난 일이고, 또 명섭군으로 말할 것 같으면 뭐 다른 사람들하고 달라서 농조 일에 그다지 적극적이었다고 할 수도 없으니까……어쨌든 이왕지사 말이 나왔으니 말이지, 쇠뿔도 단김에 빼랬다는 조선 속담처럼 자, 어떻소? 내일이라두 당장 처방을 받아보는 게……"

짐막덕은 무어라 대답할 처지가 아니었다. 그러자 기구찌가 아예 명토를 박자고 나섰다.

"자, 자. 우리 이럴 게 아니라 내일 함흥에서 봅시다. 마침 내가 내일 저녁때는 시간이 있으니, 토근 후 7시로 합시다. 그 시각에 궁에이도리, 가만있자, 그 의원이 구석에 박혀 있어 말로 직접 설명하기는 곤란한데……아, 그렇지. 함극은 아시지?"

"야."

짐막덕은 저도 몰래 그렇게 대답하고 말았다.

순간, 기구찌의 눈빛이 번뜩한 것을 짐막덕은 미처 보지 못했다.

"함극 바로 앞에 2층 다방이 하나 있소. 이름이 뭐라더라? 아니, 거기 다방은 그거 하나니까 금방 찾을 수 있을 거요. 거기서 봅시다. 7시요, 7시. 꼭 나오시오. 돈은 걱정 말고……자, 그럼, 그때 봅시다. 나, 가오."

기구찌는 그 말과 함께 자전거에 올라타더니 짐막덕이 무어라고 말을 덧붙이기도 전에 훌쩍 달아나버렸다.

잠시 후, 기구찌의 모습은 면소 쪽 굽이길을 돌아 시야에서 사라졌다.

짐막덕은 곧 집으로 돌아갔다.

집 안에 들어서자마자, 또 한바탕 난리가 벌어졌다.

시어머니가 대뜸 신경질을 부리며 나선 것이다.

"너느 도대체 무시기 일으 하다가 이저사 들어오니?"

기구찌를 만나 몇 마디 들은 것이 그렇게 시간이 흐르지도 않았을 텐데, 시어머니의 강짜는 이미 그런 시간 계산을 넘어선 데 가 있었다.

짐막덕은 대답 대신 부엌으로 들어갔다.

그 동안에도 남편은 툇마루에 앉은 그 자세 그대로였다.

"관둬랑이. 나, 너한테 바비르 얻어먹고 싶은 맘 없다."

짜증이 머리끝까지 뻗쳤다.

거칠게 솥뚜껑을 여는데, 그 소리에 그만 또 억순이가 울었다.

12 염탐

허물어진 옛 성터 너머 돌다리 밑에도 봄은 온다.

어느 날 새벽 닭 울음소리를 빤히 들으면서도 몸을 움직일 수 없었다. 그래서 그냥 그대로 누워 다시 잠을 잤는데, 어느 순간 난데없는 소리가 들려왔다.

"일어나! 봄이야, 봄!"

저도 몰래 번쩍 눈이 떠졌다. 나발처럼 카랑카랑 울리는 게 애꾸 영감의 목소리였다. 그 순간, 잘못 들었나 싶었다. 하지만 거듭 들려오는 목소리의 주인공은 분명 애꾸 영감이었다.

"뭣들 해? 봄이야, 봄! 봄이 왔단 말이야!"

드러누운 채 거적문을 살짝 들쳤다.

어둠은 애총 너머로 물러나고 희미한 새벽빛이 벌써 개천 건너편까지 깔고 있었다. 거기, 물가를 이리저리 돌아다니며 소리치는 것은 그 꾸부정한 모습만으로도 과연 애꾸 영감이었다.

놀라운 일이었다.

저 영감이 돌아왔다니!

그럼 애꾸 영감이 죽었다던 동네 어른들의 말은 거짓이란 말인가? 그런 의구심을 품으며 밖으로 나왔다.

여기저기 흩어져 있는 움집에서 하나 둘 사람들이 빠져나왔다. 움에서 자란 파가 노리끼한 것처럼, 졸린 눈을 부비며 거적문 밖으로 빠져나온 사람들도 하나같이 봉두난발에 담뱃진이 밴 것 같은 얼굴이었다. 그들은 떼꾼하게 들어간 눈확 속 동자를 굴리며 두런거렸다.

"무슨 일이야? 새벽부터……"

"글쎄, 난들 아나. 저게 분명 애꾸 영감은 애꾸 영감이지?"

"맞아. 귀신이 아니라면!"

"원 세상에!"

살에 닿는 바람은 아직 쌀쌀했다. 하지만 그건 분명히 어제의 바람과 달랐다. 사람들은 그제서야 새삼 애꾸 영감의 말에 귀를 기울였다.

"뭣들 하는 거야? 봄이 왔다구, 봄!"

건너편 물가에서 눈 본 강아지처럼 분주하게 쏘다니며 이쪽을 향해 외쳐대는 그 소리!

사람들은 새삼 놀라는 표정을 지었다.

"그러네, 진짜."

"맞아, 봄이 온 거야."

저만큼 성안에서 뽀르르 피어오르는 연기가, 평소 차가운 물안개를 만나 소리 없이 사라지던 때와는 느낌부터가 달랐다. 코끝에 훅 묻어나는 땅냄새도 전혀 새로운 것이었다. 그렇게 바라보니 발 앞의 개울물이 부쩍 푸른 빛을 띠며 흘러가는 듯싶었다. 가장자리 아직 다 녹지 않은 엷은 얼음장 밑으로 졸졸졸 흐르는 물소리도 사뭇 상쾌하게 들려왔다.

아아, 진짜 봄이 왔구나, 봄이······

기뻤다.

이제 그 사납던 겨울이 물러간 것이다.

사람들의 표정에도 아연 생기가 돌기 시작했다. 왜냐하면 그건 곧 살아 있다는, 그래서 다시 겨울이 찾아올 때까지는 어떻게든 살아낼 수 있다는 믿음과 희망의 증표였으므로!

그때, 봄은 죽었다던 땜쟁이 애꾸 영감과 함께 그렇게 찾아왔다.

그랬어, 그때······

까막이는 지나간 시절을 떠올리며 새삼 감회에 젖었다.

까마득히 먼 옛날처럼만 느껴지는 그때가 불과 한 해 전이었다는 사실이 스스로 믿어지지 않았다.

그사이 얼마나 많은 일들이 있었는가?

그리고 나는 얼마나 많이 달라졌는가?

그 사납던 겨울을 물리치고 봄이 왔는데, 죽었다던 애꾸 영감은 정정하게 살아 돌아왔는데, 아편쟁이 아버지는 끝내 죽고 말았다. 눈을 감기 바로 직전까지 모르핀만 찾던 아버지에 대해 까막이는 조금도 동정을 보이지 않았다. 차라리 시원했다. 십 년을 두고 앓던 이가 마침내 빠져버린 느낌!──솔직히 그 이상의 어떤 감정도 일어나지 않았다. 동네 사람들이 거적에 만 아버지를 갖다 묻었다. 까막이는 한 평도 아니 되는 땅속에 김장독처럼 묻히는 아버지의 송장을 보며 그제서야 자기가 천애고아가 되어버렸다는 사실을 깨달았다.

그 날 밤, 꿈속에 아버지가 나타났다.

아버지는 무덤 속에서도 모르핀만을 찾았다.

"이놈, 떡봉아! 빨리 가서 돈 벌어오지 못해!"

그런 아버지의 목소리가 그토록 사무치게 그리울 줄이야 미처 몰랐다. 꿈속에서도······

지난 휴일, 아버지의 그 산소에 다녀왔다.

기와며 돌덩이들이 아무렇게나 널브러져 있는 성터를 지나 산을 타고 한참 올라가면 나무가 다 베어진 한쪽 기슭에 옹기종기 몇 기의 무덤이 자리잡고 있었다. 예전에는 대낮에도 사람들의 왕래가 거의 없던 곳인데 이제는 그 바로 아래쪽으로 길 비슷한 길이 나서 제법 다니는 이들이 눈에 띄었다. 아버지의 무덤은 거기 있었는데, 겨우 한 해 된 산소치고는 묏등이 납작하게 주저앉아 얼핏 보면 봉분도 하지 않았구나 싶을 정도로 초라했다. 봄은 거기에도 찾아와 있었다. 쑥, 민들레가 그러했고, 거무칙칙한 빛깔에서 마악 불그스레한 빛깔로 옮아가는 흙이 그러했다.

까막이는 언젠가 청국땅으로 팔려간 누나가 돌아와서 아버지의 산소를 보면 과연 어떤 생각이 제일 먼저 들까 궁금했다.

불쌍한 누나.

어머니가 병으로 죽자 아버지는 열일곱 살 꽃다운 누나를 사람상인에게 팔아버렸다. 아직 인천에 살 때였다. 까막이는 애년이 누나가 팔려가던 그 날의 광경을 손에 쥔 듯 똑똑히 기억한다. 까막이가 골목에서 뛰어놀고 있는데, 예쁘게, 선녀처럼 아주 예쁘게 치장한 누나가 어떤 아저씨와 함께 나타났다. 누나는 까막이를 보자마자 울음부터 터뜨렸다.

까막이는 물었다.

"누나, 이 아저씨 누구야?"

"으응, 수양아버지야."

수양아버지.

까막이는 그 뜻도 잘 모르면서 고개를 끄덕거렸을 뿐이다. 얼마 후 누나는 혼자 집 안으로 들어갔다. 나중에서야 알았지만, 그건 바로 자기를 팔아버린 아버지에게 마지막 절을 올리기 위해서였다. 그때 심정은 또 어땠을까? 이윽고 누나가 혼자 나왔다. 누나는 눈물을 펑펑 터 뜨리며 까막이를 붙잡고 말했다.

"울지 마. 울면 아니 되어. 사내 사람은 어떤 일이 있어도 씩씩해야 해. 알았지, 떡봉아?"

"응, 난 울지 않어. 난 씩씩해."

까막이는 자랑스럽게 대답했다.

누나는 몇 번이고 그 말만 되풀이했고, 그때마다 까막이는 주저하지 않고 대답했다.

"안 운다니까."

마침내 누나는 그런 까막이를 두고 차마 떨어지지 않는 발길을 돌려 야 했다. 함께 따라온 '수양아버지'가 누나의 발길을 재촉하였을 터였 다. 누나는 그렇게 사라졌다. 동네 사람들이 문틈으로 그런 누나를 훔 쳐보고 있었다. 까막이도 그 사실을 알고는 어깨가 으쓱했다.

봐. 저게 우리 누나야. 우리 누나, 선녀 같지?

까막이는 누나가 손에 쥐어준 사탕봉지를 빨리 뜯을 수 있게 누나가 어서 동구 밖으로 벗어나기를 바라면서도 분명히, 그렇게 혼자 생각을 하였던 것이다.

그때로부터는 또 몇 해?

이제는 누나를 다시 만난다 해도 알아볼 수 있을까 자신할 수도 없 는 처지였다. 세월은 선녀와 같던 누나를 그대로 남겨두지 않았을 것 이었다.

까막이는 제 딸마저 팔아서 아편을 사먹은 아버지의 무덤 앞에서 선 뜻 울지도 못했으나, 돌아오는 길, 무덤 안 컴컴한 구멍 속에서 뼈만 남은 아버지가 자꾸만 자기 이름을 부르는 것 같아 쉽게 떨어지지 않는 발길을 옮길 즈음에는 참았던 설움과 분노와 그리움이 한데 뒤엉켜 마 침내 한바탕 통곡을 터뜨리고 말았던 것이다.

이제 까막이는 고개를 설레설레 저었다.

자칫 눈물이라도 내비쳐서 앞에 앉은 사람들에게 부끄러운 꼴을 보일까 싶어서였다.

그러는 동안에도 기차는 완연한 봄빛을 띠고 있는 평야 지대를 쉬지 않고 달려가고 있었다. 왼쪽으로는 이따금 바다가 나타났다가 사라지곤 했는데, 그 물빛 또한 하늘만큼이나 푸르렀다.

하지만 까막이는 이제 그런 풍경에도 어지간히 물려 있었다.

처음 바다를 보았을 때의 흥분도 사라졌다.

시계를 보니, 4시 30분.

원산을 떠난 지 한 시간, 종점인 함흥까지는 앞으로도 두 시간쯤 남은 셈이었다.

꼭두새벽같이 일어나서 길 떠날 차비를 했다. 아니, 난생 처음으로 기차를 타게 되는 것이어서 간밤에는 거의 뜬눈으로 지새다시피 했다. 잠이 올 리가 없었다. 도대체 기차 안은 어떻게 생겼는지, 함흥이라는 데는 얼마나 먼지, 아무리 눈을 붙이려 애를 써도 그런 호기심들이 찰떡처럼 눈꺼풀에 달라붙었다.

원족을 가는 학동들의 심정이 이렇겠지?

까막이는 그렇게 밤을 밝히고서도 전혀 피곤하지 않았다.

경성역에서 8시 45분에 기차를 탔다. 그렇게 떠나 평강(平康) 다음 복계(福溪) 역이란 데서 산 곽밥으로 점심을 먹은 게 12시가 지나서였다. 그러니 이제까지 꼬박 8시간을 기차 안에 갇혀 있었던 셈이다. 중간 역에서 내려 잠시 쉬었다가 다시 올라타고도 싶었지만, 까막이는 도무지 그럴 용기가 나지 않았다. 깜빡 한눈을 팔아 기차에 올라타지 못하면 어떻게 하나, 하는 걱정 때문이었다.

"까막아, 아무래도 마음이 놓이지 않는다. 너 정말 혼자 갈 수 있겠니?"

아주머니의 그런 염려의 말에 문제 없다고 말은 했지만, 솔직히 겁이 나는 것은 사실이었다. 그만큼 까막이로서는 난생 처음 올라탄 기차란 물건에 대해서 아직까지 자신이 없었던 것이다.

하지만 이번 일만큼은 꼭 잘해내고 싶었다.

그래, 뭐 어려운 일도 아니지, 까짓 것……

까막이는 이렇게 생각하며 새삼 자신감을 챙길 수 있었다.

굽이길을 돌면서 기차의 속력이 느려졌다.

그리고 까막이의 눈에 마악 보랏빛 선명한 진달래가 들어찼을 때였다. 문이 열리며 갑자기 누군가가 뛰다시피 객실로 들어섰다. 검은 두루마기 차림의 스물대여섯 살쯤 되어 보이는 청년이었다.

그 청년의 눈과 까막이의 눈이 얼핏 마주쳤다.

순간, 까막이의 머리 속에 무엇인가 불길한 예감이 번개처럼 스치고 지나갔다. 그야말로 아주 짧은 순간의 일이었다.

쿠당탕 하는 발자국 소리가 들려왔다.

호루라기 소리도 요란하게 울렸다.

——삐익 삑!

청년은 까막이의 등 뒤쪽 출입구로 후닥닥 달려갔다.

"서라!"

방금 청년이 뛰쳐들어온 문으로 두 명의 사내가 허겁지겁 달려들어오며 소리쳤다.

형사구나!

까막이가 그렇게 생각하며 다시 몸을 돌렸을 때였다. 무엇인가 검은 물체가 차창 밖으로 휘익 스쳤다.

"악!"

승객 중에서 누군가 여자가 외마디 비명을 질렀다.

"뛰어내렸다!"

"강목구！"

차 안은 졸지에 혼란에 휩싸였다.

까막이도 얼른 창 밖으로 눈길을 던졌다. 그렇지만 이미 눈에 들어오는 것은 없었다. 사냥모자를 쓴 사내들이 뒤늦게 통로 쪽으로 달려갔다. 사람들이 웅성거리며 창가로 몰려들었다.

잠시 후, 통로 쪽으로 나갔던 사내들이 도로 들어왔다.

그들의 얼굴에는 다 잡은 토끼를 눈앞에서 놓쳤을 때의 허탈감이 그대로 묻어났다.

"귀신 같은 놈！"

"이게 벌써 몇 번째야? 에잇！"

"강목구, 이놈. 요시, 두고 보자. 다음에 한번 내 손에 걸려봐라. 용서 없다."

그런 소리를 듣고 승객 중 누군가가 피식 웃었던 모양이다.

"누구얏！ 어떤 놈이 웃어?"

순간, 차 안은 거짓말처럼 조용해졌다.

"들어라！ 어떤 놈이든 웃으면 아까 그놈처럼 다루겠다. 그놈이 어떤 놈인 줄 아나, 엉? 대일본제국에 감히 반항하는 후떼이센징이다！ 알았나?"

그 말이 그렇게 우스울 수 없었다. 까막이는 저도 몰래 비어져나오려는 웃음을 들키지 않으려고 고개를 푹 수그렸다.

기차는 다시 너른 평야를 가로지르고 있었다.

방금 북선교통의 방상무를 만나고 온 길인데 거기서 전화가 왔다는 것이다.

"이 새꺄, 내가 곤만(금방) 거기서 오는 길이다. 근데 전화가 와?"

최홍상은 다짜고짜 성을 냈다.

크게 밑지지는 않았다는 것으로 위안을 삼고 돌아온 참이지만 기분이 좋을 까닭은 없었다. 게다가 한창 뛰어다녀도 시원찮을 판국에 벌건 대낮인데도 상회 앞에 멋대가리 없이 서 있는 자동차를 보니 더더욱 속이 뒤틀렸다.

주군이 이제 그런 최홍상의 최근 속사정을 알 만큼은 알 텐데, 그렇다고 걸려온 전화를 아니 걸려왔다고 할 수도 없는 노릇이었다. 마침 사환이 없는 게 죄였다. 주군이 그 덤터기를 고스란히 뒤집어쓰는 것이었다.

"쬐끔 전에……"

"앙이, 그래두 이 새끼가 말귀르 알아 못 들어? 야! 내사 곤만 거기 댕겨온다구 하쟎았어?"

"야. 들어오시는 대루 전화해 달라면서리……"

"뭐? 그라무 내가 거기서 떠난 뒤루 전화했단 말야?"

"그, 그런 거 같습메다."

주군이 자신 없게 대답했다.

사실 그는 아침나절에 차를 몰고 서호진에 갔다가 최홍상이 오기 바로 직전에 돌아온 참이었던 것이다.

"그런 거 같애? 야! 여기 아새끼느 어디메 갔어?"

"잠깐 조오기 댕겨온다문서……"

"뭐? 근무 시간에 제멋대루 어디멜 댕겨? 홍, 이것들이 아조 나르 갖구서리 노는구마! 임마, 날래 가서 붙잡아 와! 날래!"

주군이 외통수에 몰린 듯 깜짝 놀라 후닥닥 뛰쳐나갔다.

"에이, 밥맛 떨어져."

최홍상은 도대체가 하루라도 심기가 편한 날이 없었다.

금꽝일은 빼도 박도 못한다는 말 똑 그대로였고, 이제는 운송사업마저 손을 턴 판이다. 오늘 마침내 북선교통에 찾아가 가계약을 하였으

172

니 늦어도 이 달 안으로는 가게 간판도 내릴 터였다. 아쉽기야 이루
말할 수 없지만, 그래도 그게 최선의 길이었다. 당장 돈은 필요했다.
천상 자동차를 포기하는 수밖에 없었다. 그래도 안전하기로야 자동차
가 백번이고 나았지만, 그러면 대신 광산에서 상당한 손해를 감수해야
만 하는 처지가 된 것이다. 결단을 내릴 때였다. 하루 한 자를 파들어
가더라도 거기서는 언젠가 꼭 노다지가 터져나올 것만 같은 꿈을 쉽게
버릴 수 없었다.

어떻게 그걸 내팽개칠 수 있단 말인가?

마침내 최홍상은 마음을 굳혔다.

채굴 속도를 배가하여 말마따나 끝장을 보는 수밖에!

그런 결심을 하는 순간에도 자기를 광산판으로 꾀어 들인 박가에 대
한 분노가 삼굿에 타오르는 장작불만큼이나 뜨겁게 치솟아올랐다.

고약한 놈!

그런 자를 믿은 자기가 어리석었지만, 이제는 배가 떠나고도 너무
시간이 흐른 뒤였다. 도로 무르자고 붙잡으려고 해도 어디 가서 그 박
가를 찾는단 말인가? 다나까? 다나까에게도 책임이 아주 없다고는 할
수 없겠지만, 정작 그 다나까 앞에 가서는 그런 속을 한 번도 내보일
수 없었다. 사람 꼴만 우습게 될 것이었다. 설사 사람을 소개해 준 책
임을 물어 손해 배상을 요구한다고 해도 바늘로 찔러봐야 피 한 방울
나지 않는 다나까 그자가 "아, 그렇소까?" 하며 순순히 돈을 내줄 리
도 없는 터였다. 뒤늦게서야 덫에 걸린 사실을 알아챈 자기만 바보였
다.

에잇!

최홍상은 다시금 쓰디쓴 입맛을 다시며 전화통에 손을 댔다.

경리 일을 보는 처녀가 방상무를 바꿔주었다.

"나, 최가요."

"아, 최선생."

"전화 주셨소?"

"아, 그렇소."

"어쩐 일이시오?"

"아, 최선생. 아까 그 계약……우리 다시 생각해 봐야겠소."

"응? 무시기요?"

최홍상은 큰 소리로 되물었다.

"아, 벨일으느 앙이오. 최선생이 돌아가신 뒤에 바루 우리 사장님으 만나쟎았소, 내가?"

"그래서?"

"아무래도 한몫에 처리하기느 덩치가 너무 크다……"

"무시기요? 그라무?"

"사장님 말씀이, 여섯 달짜리 소절수루 하든지 앙이라무 그만큼 노눠서 지불하든지 하라……"

"무시기? 앙이 되오!"

최홍상은 버럭 소리를 질렀다.

"아아, 그렇게 소리만 질르시지 마시구……"

"앙이 된다이까!"

"최선생!"

"시세보다 눅게 받는데 그렇게느 못하오. 현찰루 챙겨주시오."

"허, 참."

"사장님께 말씀드리시오. 그렇게느 앙이 된다구……"

"사장님두 완강하시오. 아다시피 요즘 경기두……"

"경기 이얘기느 마시오."

"허허. 정. 앙이 되겠소?"

"그렇소다. 앙이 되오."

"그라무 좋소. 우리, 없었던 일루 합세다."

"야?"

순간, 최홍상은 가슴이 철렁 내려앉았다.

"그라무……"

방상무가 전화를 뚝 끊었다.

최홍상은 전화기를 든 채 멍하니 서 있었다.

잠시 뒤, 최홍상은 북선교통으로 다시 뛰어가고 싶었다. 저쪽의 속이 빤히 들여다보였다. 뛰는 놈 위에 나는 놈이 있다더니, 최홍상은 또 한 번 자기 자신이 한없이 작게만 느껴졌다. 자기로서도 방상무를 구워삶고 해서 나름대로 밑지지 않을 만큼의 조건으로 겨우 계약을 성사시켰노라 했더니, 결국 이렇게 되고 말았다. 북선교통이 그렇게 만만할 리 없었던 것이다. 어쩌면 그것도 다 계략인 줄도 몰랐다. 방상무는 일견 허수룩하게 최홍상의 조건을 들어주어 우선 가계약을 맺고, 뒤에서는 달리 자기들에게 유리한 조건을 내세워 실속을 챙기려는……

그러자 최홍상은 협상은 이제부터 바야흐로 시작이라는 생각이 들었다.

좋다.

해볼 데까지 해보자.

어차피 돈 놓고 돈 먹기가 아닌가?

네놈들이 아무리 함남 일대를 손아귀에 넣고 쥐락펴락한다지만, 나이 최홍상도 그렇게 호락호락한 인물은 아니다.

그렇지만 아쉬울 게 없는 그쪽의 규모가 떠오르자, 금방 기가 죽는 최홍상이었다. 도대체 북선교통이 어떤 덴가? 일찍이 북청에서 운수업이랍시고 시작할 때에는 지금의 최홍상보다도 못하면 못했지 여러 조건이 좋을 리 없었다. 하지만 쇼와 4년에 함흥에 진출하면서부터는 바야흐로 함남 일대의 교통운수업계를 장악할 위세로 이미 성장해 있었다. 자본금 백만 원으로 시작하여 이제는 택시가 십여 대, 승합버스가 서른 대요, 화물자동차가 또 그만큼에 이르니 도무지 최홍상 자기로서는 견주려야 견줄 건덕지도 없는 형편이었다. 여차장이 마흔 명, 운전사만 해도 백 명이 훨씬 넘는다지 않는가. 사장의 친아우 방예석(方禮錫) 상무가 사장의 결재 운운하며 장난을 치는 것도 다 그런 배경 때문이었다.

에이, 관두자, 관둬.

꼴이 우스워도 나는 오로지 밑지지만 않으면 된다!

최홍상은 억지로 기분을 돌리려 애썼다.

어쩐지 아칙부터 기집년이 헤살거린다더이……

최홍상의 눈앞에 다시금 금홍이의 탱탱한 젖통이 아른거렸다. 아무리 여자를 밝히는 최홍상이라지만 요즘 들어 점점 더 졸라대는 빈도가 잦아진 금홍이만큼은 도무지 당해낼 재간이 없었다. 게다가 온갖 좋다는 화장품으로 치장까지 해댄 얼굴로 단내나는 숨을 토해내며 덤벼드는 데야 인삼이며 자라탕을 먹어본들 언제나 먼저 나가떨어지는 것은 최홍상 자기일 수밖에 없었다. 그렇게 한번 달라붙으면 또 시간이나 짧은가? 최홍상이 억지로 참고 참아가며 이제는 되었겠지 하면 그때는 아예 사나운 암코양이처럼 씩씩거리기 일쑤였다. 신기한 일은 코피를 쏟을 만큼 매일같이 그렇게 당하면서도 집만 벗어나면 또 금방 아랫도리가 불끈불끈 시도 때도 없이 일어서는 것이었다. 그러고 보면 사람의 그 짓이라는 게 참으로 말로는 형용하지 못할 만큼 묘한 것이라는 생각이 들었다.

문득 정평 집의 아이들 엄마가 생각났다.

본 지가 언제인지도 잘 기억나지 않았다. 주군을 시켜 이따금 무엇무엇 갖다 주기는 하면서도 저는 거의 걸음을 하지 않았다. 그러다 보니 그쪽에서도 자연히 예전과 같은 강짜가 사라졌는데, 최홍상은 그게 오히려 불뚝 생각에 겁이 나는 일이기도 했다.

저러다가 언제 한번 일을 내겠지……

하지만 그런 생각도 잠시, 최홍상은 금방 고개를 저었다.

흥, 조강지처가 말이 좋아 그렇지 어느 사내가 벅벅한 통나무를 끌어안고 평생을 산단 말인가! 거기 비하면 금홍이년은 날이 갈수록 뜨겁게 달아오르기만 하는 풍로가 아닌가!

최홍상이 난데없이 그런 생각에 잠겨 있을 때였다.

바깥 저만큼 전봇대 옆에서 누군가가 빤히 사무실 안을 지켜보고 서 있었다.

주군이 잔뜩 풀죽은 사환아이를 데리고 돌아오다가 얼핏 이상하게 생각했다.

응? 누구지?

나이는 제 또래쯤이 분명한데, 근처에서 한 번도 본 적이 없는 얼굴이었다.

하지만 더 이상 그런 생각을 끌고 갈 여유는 없었다. 야단을 맞더라도 얼른 들어가서 맞는 편이 백번이고 나았기 때문이었다.

주군이 그렇게 생각하며 사무실 안으로 마악 들어설 때, 전봇대 옆의 소년도 그제서야 슬그머니 자리를 떴다.

목덜미가 유난스레 까만 까막이였다.

13 철학의 길

시전(市電)에서 내려 다리를 건넌 홍규는 은각사(銀閣寺)를 왼쪽으로 끼고 방향을 틀었다. 비파호(琵琶湖)에서 흘러내린 수로가 아주 완만한 굽이를 이루며 뻗어갔다. 개천 양쪽으로는 꽃망울을 활짝 터뜨린 벚나무들이 관병식을 벌이듯 쭉 늘어서 있었다. 사람들은 거의 눈에 띄지 않았다.

이름하여 철학의 길.

은각사 앞 다리에서 물길을 따라 냐꾸오우지(若王子) 신사까지 이어지는 오솔길이었다.

홍규는 여느 때 이 길에 사람의 발길이 뜸하다는 사실을 알고 있었다. 하지만 다른 때도 아니고 화창한 봄날, 그것도 토요일 한낮에 이 좋은 산책로가 이렇게까지 한산하다는 게 이상할 정도였다.

설마 '철학자들'을 위해 부러 피해주는 것은 아닐 테지?

홍규는 바닥이 보이는 맑은 물 위에 어지럽게 떠가는 연분홍과 하양의 꽃잎을 보면서 빙긋이 웃음을 머금었다.

눈부시도록 환한 벚꽃 터널!

마치 흰 눈송이처럼, 마치 나비처럼 펄펄 날리는 꽃잎들!

자극적인 꽃내음이 코를 찔렀다. 햇살은 새하얀 꽃그늘 사이로 송곳처럼 따갑게 내려꽂혔다. 홍규는 새삼 눈앞에 펼쳐지는 장관에 저도 몰래 흠칫 몸을 떨었다. 솜털처럼 부드러운 바람이 목덜미를 간질이며 달아났다. 졸졸졸 흐르는 물소리가 달콤한 음악처럼 온몸에 휘감겨왔다. 한 걸음 한 걸음 내디딜 때마다 구두 밑창에서 자갈들이 바삭바삭 비스킷 소리를 냈다.

어느 순간, 홍규는 자기가 뒷짐을 지고 천천히, 마치 니시다 교수가 꼭 그랬을 것 같은 자세로 걷고 있다는 사실을 알아차렸다.

니시다 기따로(西田幾多郞).

이시카와(石川) 현에서 태어나 가나자와(金澤)의 4고를 중퇴했다. 이후 동대 철학과 선과(選科)를 졸업하고, 모교인 4고와 야마구치(山口) 고, 학습원(學習院) 등에서 교수를 역임했다.

명치 43년(1910년) 경대 조교수.

대정 3년(1914년) 철학철학사 제1강좌 담당교수.

소화 3년(1928년) 정년퇴임하여 현재는 명예교수.

홍규는 그 니시다 교수를 딱 한 번 본 적이 있었다. 3고에 입학하고 나서 얼마 지나지 않았을 때였다. 경대 정문 근처를 지나가는데, 갑자기 학생들이 우뚝우뚝 멈춰 서며 깍듯이 인사를 하는 것이었다. 홍규는 웬일인가 싶어 돌아보았다. 그러자 화복(和服)을 입고 머리는 벗겨진 깡마른 노인이 눈에 확 들어왔다. 그 순간, 한눈에도 니시다 교수라는 것을 알아차릴 수 있었다. 둥근 로이드 안경 너머로 인자한 듯하면서도 예리함을 잃지 않은 눈빛이 무척 인상 깊었다. 아니, 그 순간에는 그의 전체적인 풍모에 압도되어 그 자리에서 발이 굳어버렸다고 해야 할 정도였다.

아아, 저 사람이 바로 악전고투의 사색으로 일세를 풍미한 니시다 교수?

홍규는 그때 아마 난생 처음으로 사람에 대해 진정한 의미의 경외심을 느끼지 않았을까 싶었다.

일찍이 『선의 연구』로 독창적 체험의 철학을 펼쳐서 당대의 학계와 사상계에 크나큰 감명을 안겨주었던 니시다 교수는 그 후 이십여 년에 걸친 부단한 사색과 연찬을 통해 이른바 '니시다철학'이라는 학문의 전당을 건설했고, 경대에서 가르친 제자들을 통해 이제 '교토학파'의 한 맥을 이루었다. 따라서 일본 사상사는 그로 인해 비로소 근대적이고도 독창적인 출발선에 서게 되었다고 해도 과언이 아니었다.

──어디까지나 직접적이고도 가장 근본적인 입장에서 물(物)을 보고 물을 고찰하라!

지금 홍규가 걷고 있는 철학의 길은 니시다 교수의 바로 그렇듯 철두철미한 사색의 오솔길이었다.

물론 홍규로서는, 그가 거의 하루도 거르지 않고 정해진 시각에 이 길을 걸으면서 악전고투 붙잡고자 한 궁극의 진리가 무엇인지 제대로 이해하고 있지는 못했다. 다만 철학의 근본문제를 풀기 위해 그가 택했던 접근의 방식만을 심정적으로 받아들이고 있을 따름이었다.

그 속에는 당연히, 학문의 길에서 지적인 유행에 동화되기를 거부하는 고집스러움도 포함되어 있었다. 당대의 수많은 지식인들이 오직 눈앞에 보이는 현실에 대한 비판과 그것의 즉각적인 개선에 초점을 맞출 때, 그는 더 근본적인 것, 더 구극적인 목적, 더 철저한 것을 찾아 미로와 같은 사색의 터널을 힘겹게 한 발 한 발, 그리고 또 묵묵히 걸어왔던 것이다.

그에 비하면 시계하라들은 얼마나 작고 근시안적인가!

자칭 준재라는 그들의 무모한, 또 무조건인 반항이 언뜻 보기에는 화려하다. 하지만 한 꺼풀 속을 벗겨냈을 때, 그 속에서 과연 무엇이 드러나는가?

지금은 해체된 사연(社研 : 사회과학연구회, SS)이 그 대표적인 사례였다.

홍규가 일본에 오기 전 경대의 운동은 사연을 중심으로 이루어지고 있었다. 그때 일공(일본공산당)은 이른바 후쿠모도주의가 지배하고 있었고, 당연히 전국의 각 대학, 고등학교 사연도 그것을 금과옥조처럼 받아들였다. 1924년 후쿠모도(福本和夫)는 당시 일공을 지배하던 야마가와 히도시(山川均)를 정면으로 반박하는데, 사회주의 정치투쟁이 성공하려면 노동자계급의 외부에서 마르크스주의 의식을 주입할 필요가 있다고 하여 이른바 당에 의한 지도를 주장했다. 그것은 곧 이론투쟁의 중요성을 무엇보다 강조하는 것으로서, "결합 이전에 분리로!"라는 슬로건에 나타나듯 이후 사상운동에 커다란 분파와 혼란을 불러일으켰다. 사연은 철저히 그 후쿠모도주의의 입장에서 운동을 펼쳐나갔다. 그러다가 후쿠모도주의가 코민테른으로부터 호된 비판을 받고 폐기되자, 사연은 한마디 자기비판도 없이 한순간에 대중화론으로 방향을 전환했던 것이다.

그 사연이 지금은 없다.

경대 사연의 경우, 3·15사건이 터지던 해 신입생 우쓰노미야(宇都宮德馬)가 간사장 자리를 이어받는 식으로까지 끈질기게 버텨나가기는 했지만, 이미 대세의 흐름을 되돌리기에는 역부족이었다. 다른 대학이나 고교의 경우도 크게 다르지 않았다.

홍규는 사연이 3·15사건과 같은 좌익에 대한 대대적인 탄압 때문만으로 해체되었다고 생각지는 않았다. 더 근본적으로는 스스로 마르크스주의자임을 자랑하면서도, 『자본론』조차 읽지 않고 오로지 레닌의

당조직론과 혁명론, 그리고 무수한 팜플렛과 신문만 읽고 직접 행동에 뛰어든 그들의 사상적 불구성에 원인이 있다고 생각했다. 그런 자들이 대중을 위해 싸운다고 아무리 나서본들 이미 그것은 하나의 지적 오만에, 그리고 또 다른 자기과시에 지나지 않을 터였다.

빨리 끓는 냄비는 빨리 식는다!

홍규는 시게하라나 히다와 같은 일본의 많은 이른바 '마르크스보이'들에게 부족한 것은 니시다 교수가 말한 바와 같은 바로 그 철저한, 뿌리까지 파고들어가는 사색이라고 거듭 생각했다.

진지한 사색이 없는 행동.

그것이 결국 어떤 결과로 이어질지는 지금 세상을 휘젓는 저 육탄3용사의 광풍이 똑똑히 보여주고 있지 않은가.

홍규는 새삼 육탄3용사의 '신화'와 그때부터 벌어지기 시작한 광태에 대해 생각했다.

지난 2월 22일.

상해사변 후 벌어진 제1차 총공세 도중 혼성 제24여단 공병 제18대대 소속의 일등병 세 명이 폭탄을 죽통에 장전한 약 3미터의 파괴통을 끼고서 적의 철조망에 다가가 그대로 폭사한 사건이 벌어졌다. 육군은 이것이 우군의 돌격로를 열기 위해 감행한 결사각오의 자폭이라고 발표했다. 그러자 일본 국내는 갑자기 흥분에 들뜨기 시작했다. 당연히 언론이 그 열기를 고조시키는 데 앞장섰다. 세계 전사상 어떤 자폭에도 견줄 수 없이 장렬한 죽음이라는 게 요지였다. 어떤 신문은 그 3인의 육탄용사들을 일로전쟁 때의 '군신(軍神)' 칭호를 받은 히로세 다케오(廣瀨武夫) 중좌들에 비기기도 했다. 게다가 그들이 한결같이 가난한 집안의 자식들이라는 데서 세인의 동정이 증폭되었다. 전국 각지에서 위문금품이 쇄도했다. 불과 닷새 뒤에는 《아사히(朝日)신문》에서 「육탄3용사의 노래」를, 《동경매일신문》에서 「폭탄3용사의 노래」를 경쟁적으로 공모했다. 단 열흘간의 그 노래 공모에 각기 12만, 8만여 통의 응모작이 몰려들었다. 그 중에서 노대가(老大家) 요사노 히로시 (与謝野寛)가 지은 노래 가사가 가장 유명했다.

묘행진(廟行鎭)의 적진
우리 군대 이미 쳐들어갔네
살을 엘 듯이 추운
2월 22일 오전 5시.

3월에는 벌써 다섯 개 사에서 그 사건을 영화로 만들었다. 가부키 (歌舞伎), 신파, 분라꾸(文樂) 할 것 없이 극장은 온통 3용사로 뒤덮였다. 술과 요리, 심지어 만두에도 3용사의 이름이 붙었다. 이어 3월에는 중국군의 포로가 되었다가 풀려난 쿠가 노보루(空閑昇) 소좌가 피스톨로 자살하여 위대한 군인정신의 지표라고 보도되자 세상은 또 한 번 홍분에 휩싸였다.

그 모든 광태에 다른 어떤 말도 먹혀들어가지 않았다. 육탄3용사에 관해 일부에서는 그들이 자살한 게 아니라 실수로 화약 심지를 필요한 것보다 적게 준비해서 죽은 것이라는 의혹도 제기했으나, 누구라도 감히 그런 말을 공공연히 내놓고 할 형편은 못 되었다. 그 사건들은 처음부터 이성적인 판단 너머에 존재했던 것이다. 중요한 것은 그들의 죽음을 신화로 만들어 전투에서 승리하는 것, 단지 그것뿐이었다. 다른 나머지 가치는 아무런 소용이 없었다.

홍규는 급진적인 프롤레타리아 폭력혁명을 주창하는 시계하라들의 맹목성이 군국열을 부추기는 그 육탄3용사의 신화와 맥을 같이하고 있을지도 모른다고 생각했다. 만일 그렇다면 이 얼마나 역설인가!

홍규는 요사노 히로시의 노랫소리가 들리는 것 같아 머리를 거세게 흔들었다.

신사가 보이는 곳까지 왔을 때, 홍규는 시계를 보고 돌아섰다. 그런 다음 이제까지 온 길을 되걸어가기 시작했다.

2시 5분 전.

다미야(田宮虎彦)와 만나기로 한 시각이었다.

다미야는 고베(神戸) 제1중학을 나온 동급생으로서 작가 지망생이었다. 홍규는 그 다미야와 가장 친하게 지냈는데, 그것은 서로 문학에 관심이 있다는 점 때문만은 아니었다. 무엇보다도 다미야의 어려운 환경이 다른 내지인 동급생들보다 가깝게 지내게 된 요인이었다. 선원인 그의 아버지는 어렸을 때부터 어쩐 일인지 다미야의 형만 편애했다. 다미야가 점점 자라면서 그 정도는 더욱 심해갔다. 다미야는 그것을 제 아버지의 "이루지 못한 꿈에 대한 원시적 반발"이라고 표현했다. 다미야가 공부를 잘하면 잘할수록, 학교에서 상장을 받아오면 받아올수록 아버지의 형에 대한 편애와 다미야에 대한 학대는 심해졌는데, 그 때문에 다미야는 사춘기 시절부터 매우 심각한 우울증을 앓게 되었다는 것이다. 그리고 그러한 우울증은 아버지의 권위에 한마디 저항도 할 수 없는 어머니가 자기에 대해 안쓰러운 눈길을 보내면 보낼수록 깊어만 갔다. 다미야는 스스로 말하듯 그 "암담한 소년기의 거미줄"을 벗어나고자 이 곳 교토까지 왔지만, 삯바느질로 번 몇 푼 안 되는 돈을 학비로 부쳐주는 어머니의 눈물겨운 모정은 아버지의 학대보다도 더 심한 마음의 상처로 자리 잡았다고 했다.

다미야는 그런 부담으로부터 벗어나고자, 또 실제적으로 학비와 하숙비와 식대를 감당하기 위해서 일찍부터 가정교사를 비롯해 여러 가지 아르바이트를 하지 않으면 안 되었다. 그러다가 언제부턴가 교내 생도공제회의 소개로 매우 조건이 좋은 일자리를 얻을 수 있었다. 유마장(柳馬場) 불광사(佛光寺)에 있는 나가쯔(中津川) 농방에서 주 3

회 방과후에만 일하는 사장 비서 업무였는데, 급료도 월 15엔이나 받았다. 물론 그것은 사장이 그때까지 비서로 데리고 있던 동지사 여천에 다니는 한 여학생을 마음에 두고 있어, 말하자면 다미야는 사장이 자기 부인에게 일종의 눈가리개용으로 함께 고용한 허울만 좋은 비서에 지나지 않았다.

"얼마나 비굴한 자리인가! 하지만 나는 그렇게라도 해서 살아가야 하는 운명이야. 태어날 때부터 우울한 족속!"

다미야는 그런 말로 자신의 처지를 표현하곤 했다.

어쨌거나 다른 대부분의 내지인 동급생들이 화려한 가문과 재력을 자랑하는 데 반해 다미야가 전혀 다른, 아주 어려운 환경에서 자라났다는 사실이 처음부터 홍규의 마음을 끌어당겼던 것이다.

홍규는 문득 묘한 생각이 들었다.

다미야가 그래서 내가 호감을 느꼈다면, 나 또한 다미야처럼 무엇인가에 대해 원시적으로 반발하고 있는 게 아닐까?

그게 무엇일까?

상대적으로 부유했던 집안?

그럴까?

그리고 만일 그것이 한 이유라 하더라도 과연 그것만일까?

홍규는 그러한 자문에 대해 미처 해답을 얻지 못한 채 다미야와 맞닥뜨렸다.

"홍규!"

"다미야!"

몇 발짝 거리를 두고 두 사람은 마치 십 년 만에 만난 지기처럼 서로를 불렀다. 그러나 바로 한 시간 전까지만 해도 둘은 학교에서 같이 있었던 것이다.

다미야는 처음 보는 3고생을 데리고 나왔다.

"인사하게. 이쪽은 내가 말한 3고의 보들레르일세."

"처음 뵙습니다, 선배님. 문과 병류(丙類 : 불어반)에 들어온 단바 아키라라고 합니다."

"반갑습니다. 을류(乙類 : 독어반) 졸업반 최홍규라고 하오."

"여기 이 단바군은 벌써 시집을 낸 시인이라네."

"시집?"

홍규는 적잖이 놀랐다.

오늘 다미야로부터 단바에 대한 이야기를 대충 듣기는 했지만, 문학에 관심 있고, 특히 불란서 상징과 문학에 관심을 갖고 있다는 이야기만 들었을 뿐이지 벌써 시집을 냈다는 말은 듣지 못했기 때문이었다. 하지만 바로 그 다음 순간, 홍규는 속에서 묘한 반발감이 이는 것을 느꼈다.

흥, 너도 자칭 천재시인인 계로군. 열일곱에 시집을 내고 스무 살에 스스로 목숨을 끊든가 아니면 매독에 걸려 죽을지도 모르는……

하지만 단바는 그런 홍규의 '기대'와는 다르게 공손한 태도로 대답했다.

"부끄럽습니다. 동인들과 함께 묶어낸 3인 앤솔러지입니다."

그러면서 단바는 가방을 뒤지더니 책 한 권을 꺼냈다.

"여기……"

"아, 고맙습니다."

홍규는 자신의 속을 들키기라도 한 듯 당황한 태도로 시집을 받았다.

『해변의 소리』.

두껍지는 않지만 제법 깔끔하게 표지 장정까지 한 교과서 판형의 시집이었다.

"이 단바군이 가고시마(鹿兒島) 출신일세."

"아, 그래서……"

홍규는 건성으로 고개를 끄덕였다.

가고시마라면 규슈(九州) 최남단의 도시로 일명 사쓰마(薩摩). 홍
규로서는 한 번도 가보지 못한, 그저 거기에 7고가 있다는 사실 정도
만 알고 있을 따름이었다.

참, 거대한 활화산 사쿠라지마(櫻島)가 있는 곳도 거기던가?

"읽어보게. 대단해."

"부끄럽습니다."

"무슨……잘 읽겠습니다. 고맙습니다."

세 사람은 이제 길가의 풀밭에 자리를 잡고 앉았다.

14 조선과 일본

벚꽃 이파리들이 떨어졌다.

포르릉, 나비처럼 날아 땅이고 물이고 아무 데나 사뿐 내려앉는 것이었다.

그 동안 철학의 길을 지나간 사람은 손으로 꼽을 정도였다. 아이와 함께 나온 한 가족을 빼면, 술자리를 찾아나선 듯한 한 떼의 대학생들이 전부였다. 그만큼 한적했고, 홍규는 모처럼 맞이하는 토요일 오후의 그 적요가 무척 마음에 들었다.

저절로 마쯔꼬 생각이 났다.

보고 싶었다.

이런 날 함께 이 길을 걸었으면……

그런 생각의 갈피 속으로 눈부시게 하얀, 그래서 감히 숨조차 제대로 쉴 수 없게 하는 마쯔꼬의 알몸이 끼어들었다.

홍규는 얼른 고개를 저었다.

안 돼.

겨울 비파호 여관에서 그 일이 있고 나서 처음에는 무척 당황했다. 비밀의 세계에 발을 디뎠다는 흥분보다는 정체를 알 수 없는 불안감이 더욱 우뚝하게 고개를 쳐들었기 때문이었다. 그렇지만 도쿄로 돌아간 마쯔꼬로부터 편지를 받고 나서는 마음이 무척 편안해졌다. 마쯔꼬는 홍규에게 부담을 줄 만한 어떤 표현도 쓰지 않았다. 예전에 편지를 주고받던 때와 조금도 다르지 않은, 학교생활이라든지 다시 읽고 있다는 고리키의 「유년시대」에 대한 감상 따위가 주내용이었다. 그것도 매우 경쾌하게!

——고리키는 읽으면 읽을수록 재미가 솔솔 풍겨나오는 사람입니다. 특히 「유년시대」는 너무너무 재미있어서 그가 과연 알렉세이 막시모비치 프레시코프라는 본명을 막심 고리키라는 잔인한(아시죠? 노서아어로 막심 고리키가 최대의 고통이라는 걸? 모르나?) 필명으로 바꾼 바로 그 사람이 맞나 하는 의문마저 들 때가 있습니다. 그의 펜끝에서는 당대 러시아 인민의 비참한 생활상조차 나도 한번 겪어보고 싶은 동경의 그것으로 바뀝니다.

사랑이었다.

편지를 읽는 순간, 그간 혼란스럽기만 하던 마음의 정체를 똑똑히 알아차릴 수 있었다. 다른 어떤 이름으로도 부를 수 없는 감정, 그건 바로 사랑이었다.

홍규는 대학 진학시험을 눈앞에 둔 졸업반이 되었음에도 그런 마쯔꼬와의 '사랑'에 깊이 빠져들어간 자신을 어쩔 수 없었다. 다만, 마쯔꼬에 대한 자신의 사랑이 자칫 육체적인 본능에 압도당해 그 의미가 변색되지 않을까 그것이 걱정이라면 걱정일 뿐이었다.

"무슨 생각을 그렇게 하지?"

"응? 아니, 그저……"

다미야의 질문에 홍규는 얼른 자세를 고쳐앉았다.

"수상한데?"

"뭐?"

"그렇잖은가? 여기 이렇게 단바군까지 와 있는데 통 말이 없으니 ……하하, 솔직해지시게."

"무, 무얼 말인가?"

"그건 나도 모르지. 내가 기대하는 건, 그래, 자네 논지대로 일본어와 다른 조선어의 적극성을 좀 보여달라 이뿐일세. 이 정도면 크게 무리한 요구는 아니겠지? 하하."

"조선어의 적극성? 그게 무슨 뜻입니까?"

단바가 모처럼 입을 열었다.

"궁금하지, 단바군?"

"네."

"여기 이 최군이 비교언어학의 대가일세. 우리 일본과 조선의 언어를 비교하여 그 속에 숨어 있는 굉장한 의미를 찾아냈다네. 안 그런가?"

"무, 무슨 소린가?"

"최군의 지론은 두 민족 언어 사이에 결정적인 차이점이 존재한다는 것일세."

"그게……?"

"한마디로 말해 언어에는 민족성이 배어 있는데, 일본과 조선의 민족성이 말에 다 나타난다는 것이지."

"호오. 듣고 싶습니다. 어떻게 다른지."

단바가 매우 흥미롭다는 듯이 몸까지 바짝 당겨앉으며 말했다.

"어때, 말해 주겠지?"

"에이, 사람을 나뭇가지에 얹어놓고 흔들면 어떡하나?"

"부탁합니다. 얘기를 해주십시오."

"하하, 난 모르네. 단바군이 이렇게까지 흥미 있어할 줄은 몰랐네."

"에이 참……"

"부탁합니다."

단바가 거듭 답변을 요구하자, 홍규는 더 이상 물러설 수 없었다.

"뭐 대단한 건 아닙니다. 어쩌다가 그냥 한번 생각해 본 것뿐이오."

"응? 왜 자꾸 이렇게 빼다지? 자네도 우리 일본사람이 다 되었단 말인가?"

"에끼, 순."

홍규는 다미야에게 가벼운 눈총을 보냈다. 그런 다음에야 겨우 말을 꺼냈다.

"사실 난 가끔 이런 생각을 했습니다. 일본말이 우리 조선말하고 아주 비슷한 데가 많지요. 어순이며 하는 것은 정말 똑같지요. 그러면서도 다른 점, 아주 결정적으로 다른 점이 있는데, 우리 조선인이 일본에 와서 아무리 오랫동안 살아도 어딘가 어색한 것이 바로 그 점 때문이고……가령 당신들 일본 사람이 하는 말을 듣다 보면 무엇무엇 레루(-れる)로 끝나는 경우가 많다는 걸 알게 됩니다. 우리 같은 조선인은 상대적으로 그런 표현에 서툴지요. 가령 오코사레타(おこされた : 깨워졌다)니 키카레루(きかれる : 물어지다), 요바레루(よばれる : 불려지다) 따위. 그래서 자기가 느끼면서도 캉지루(感じる : 느끼다)가 아니라 캉지라레루(感じられる : 느껴지다)요 캉지라레마시타(感じられました : 느껴집니다)라고 하지요. 우리는 참 힘들어요, 그게. 몸에 배지 않아서겠지요. 아무튼 난 여기서 일본인의 생각을 읽습니다. 우리 조선말에서는 그런 식의 표현을 거의 찾아볼 수 없습니다. 내가 일본

말을 배우면서 제일 어려워했던 게 바로 그 때문이었소. 왜 그럴까?
왜 일본말에는 그런 식의 표현, 다시 말해 영어로 하면 패시브한 표현
이 많을까? 물론 영어처럼 사물을 주어로 하는 수동형 문장은 적습니
다만……말끝에……무슨 뜻인지 알겠소? 나는 그게 바로 일본인의 역
사관이 아닌가 하고 생각해 본 적이 있습니다.”

“역사관?”

단바가 눈을 똥그랗게 뜨며 물었다.

“잘 들어보시게. 아주 섬뜩한 분석이니까.”

다미야가 끼어들었다. 그 말에 홍규는 약간 부담감을 느꼈지만 내친
김에 말을 이어나갔다.

“이건 순전히 내 개인적인 생각입니다. 맞다고 자신할 수도 없고
……내 생각엔, 일본인들이 일찍이 봉건시대 때부터 피비린내 나는 크
고 작은 싸움을 수도 없이 겪으면서 어느새 자리잡은 생각이 아닌가
싶습니다. 강자에게는, 그러니까 자기가 이길 수 없다고 판단한 상대
에게는 절대적으로, 거의 무조건적으로 복종하고, 반대로 약자에게는
절대적으로 군림한다는 생각 말입니다. 약자가 살아 남으려면 분명하
게 말해서는 안 되지요. 어디론가 빠져나갈 구멍을 만들어놓아야 하지
요. 그리고 그런 생각이 말 속에 자연스레 섞여 들어간 것이 아닐까
요? 말하자면 그건 내 생각이 아니었다, 누군가가 그렇게 말했고, 나
는 다만 그렇게 ‘생각되어질 수도 있겠다’고 말하는 것입니다. 일본어
에 아타에루(与える : 주다) 란 말이 있지요. 그런데 그 말은 동사의 본
뜻으로 쓰이는 때도 있지만, 그보다는 많은 경우에 다른 동사를 도와
주는 조동사로 쓰입니다. 물론 그때는 아타에루가 아니라 아타에라레
루(あたえられる : 주어지다) 같은 꼴로 쓰이는 때가 많지요. 가령 ‘나
는 이렇게 확신한다(確信する)’고 말하기보다는 ‘이런 확신이 주어졌
습니다(確信があたえられもしました)’라는 식으로……이게 무슨 뜻

일까요? 나는 여기에 바로 일본의, 일본인의 민족성이 묻어난다고 생각합니다. 자신의 생각을 분명하게 말하지 않는, 아니라고 당당히 말하지 못하는 성격. 그건 물론 개개인의 취향이라기보다 분명히 역사적 배경 때문이겠지요. 아닌가요? 내 생각이, 내 진단이 너무 일방적인가요?"

"하, 그, 그렇겠습니다."

단바의 얼굴이 상기되었다.

"그게 물론 대화의 상대방을 존중해서, 그러니까 그들의 체면을 생각해서 딱 잘라 그 앞에서 거절하지 않는 예의라고 볼 수도 있겠지만, 글쎄요, 내 생각엔 그 이상일 것 같습니다. 조선어에는 도무지 그런 표현이 없거든요. 그래, 무리인 줄 알면서 감히 그렇게 생각해 본 적이 있습니다."

"천만에, 귀담아 들을 만한 가르침입니다."

"최군의 논리를 더 깊이 따라가면, 우리 일본인의 성실성과 타인에게 피해를 주지 않으려는 배려, 청결성, 공손함 따위와 같은 긍정적인 태도조차도 바로 그와 같은 비굴한 역사의 굴절 작용을 거쳤기 때문이라는 것일세. 그러니까……"

"다미야!"

홍규가 당황해서 얼른 말을 막았다.

"아니, 괜찮네. 나는 자네의 지적이 맞다고 생각하니까. 그렇지 않은가, 단바군?"

"그, 그렇습니다. 그런 면이 있을 수 있겠네요. 나는 미처 거기까지는 생각해 보지 못했습니다."

"그거야 당연하지. 왜냐하면 그건……우리가 일본 사람이기 때문이지. 하하."

다미야의 웃음이 묘한 느낌으로 다가왔다.

홍규는 얼른 말을 이을 수 없었다.

"고맙습니다."

"네?"

"아주 좋은 강의를 들었습니다. 학교에서는 결코 배울 수 없는 것."

"그렇지, 단바군?"

"네."

"하하, 그보게. 나오길 잘했지?"

다미야가 거푸 웃음을 터뜨리며 말했다. 그럴수록 홍규는 자꾸 어색해지기만 했다. 괜히 말을 꺼냈다 싶은 생각도 들었다. 솔직히 처음 말을 꺼낼 때에는 이번 기회에 다미야가 무어라고 반박해 주었으면 하는 기대도 있었다. 단바가 대신해도 상관없었다. 하지만 단바와 다미야가 조선말을 모르는 이상, 어차피 논쟁은 기대할 수도 없는 일이었다. 다미야가 아무리 친해도 제 속을 쉽게 드러내지 않는 일본인이라는 사실을 새삼 확인한 것 같은 떨떠름한 느낌마저 들었다. 그렇다고 배알도 없이 제 속을 마구 드러내는 조선인들이 다 좋다는 것은 물론 아니었다. 그럼에도 홍규는 또다시 어떤 벽을, 다미야들과 사이에 우뚝 솟아 있는 거대한 담벼락을 다시 한 번 절감하지 않을 수 없었다.

조선과 일본.

홍규는 속으로 그렇게 중얼거렸다.

잠시 동안이 뜬 침묵 끝에, 단바가 또 입을 열어 물었다.

"저, 한 가지 알고 싶었던 게 있습니다."

"무엇?"

"조선의 문학은 어떻습니까?"

"조선의 문학?"

"네."

당돌한 질문이었다.

홍규로서는 쉽게 대답하기 어려운 질문이었다. 그래서 조금 답답하다는 표정을 지으니,

"아, 너무 곤란한 질문을 드려서 죄송합니다. 하지만 제 뜻은 그저, 그러니까, 솔직히 조선의 문학계에 대해서 너무 아는 게 없으니까 이것저것 어떤 식으로나 좀……"

하고 단바가 얼른 말을 덧붙였다.

"그래, 단바군의 질문에 나도 동감이네. 나도 자네와 벌써 3년째 같이 지내는 셈이지만, 솔직히 단바군하고 다를 바가 없네. 그 동안 내 노력과 관심이 부족했던 것도 사실이네만, 이렇게도 볼 수 있지. 자네가 조선의 청년문학도로서 좀더 적극적으로 조선의 문학을 아지프로하지 않았다, 이렇게도 말일세. 안 그런가?"

"응? 그렇게 되는가?"

"왜, 인정하려니까 자존심이 상하나? 하하."

다미야가 웃었다.

홍규도 멋쩍은 듯 따라 웃었다.

그러면서도 홍규는 머리 속으로 어떻게든 설명해야 할 것들을 얼른 추려보았다.

조선의 문학!

무엇을 말해 줄 것인가?

춘원? 육당?

그러나 이상하게도 그들과 같은 조선문학계의 대가들에 대해서는 이야기를 하고 싶지 않았다. 그래서 주로 옛날에 읽었던 기억을 되살려 이런저런 인물들을 떠올리느라 잠시 더 머뭇거리니까, 단바가 또 이렇게 물었다.

"저, 질문이 너무 포괄적이라면, 가령 임화(林和)란 시인은 어떤 사람입니까? 몇 년 전에 일본에도 건너왔다던데……얼핏 어디선가 읽은

기억이······"

"임화? 그 사람 지금은 돌아갔다지요. 그리고 그 사람은 말하자면 나카노 시게하루(中野重治)와 같은 위치의 시인이겠죠. 일본으로 치면······"

"아!"

다미야와 단바가 동시에 감탄사를 뱉었다.

나카노 시게하루라면 일본에서도 알아주는 이른바 나프(일본프로문학동맹)계 시인이었다. 주로 노동자계급의 현실을 소재로 삼아 쓴 시를 「개조(改造)」라든가 하는 진보적인 잡지에 발표하곤 했다. 홍규가 임화를 그와 비교한 것은 임화의 시풍 때문이기도 했지만 그보다는 언젠가 「조선지광」에서 읽은 그의 시(제목이 「우산 받은 요코하마의 부두」인가 했다)가 얼마 전 「개조」 지난호를 뒤적거리다가 우연히 읽게 된 나카노의 시 「비 나리는 시나가와역」이라는 시와 그 인상이 너무나 흡사했기 때문이었다. 발표시기로 볼 때 나카노의 시가 조금 뒤였는데, 주제라든지 소재의 측면에서 매우 비슷한 것을 볼 때 아마 나카노가 임화의 시를 읽고 일종의 답시로 쓴 게 아닌가 싶을 정도였다.

──신(辛)이여 잘 가거라
　김(金)이여 잘 가거라
　그대들은 비 나리는 시나가와역에서 차에 오르는구나

　이(李)여 잘 가거라
　또 한 분의 이여 잘 가거라
　그대들은 그대들의 조국으로 돌아가는구나

　그대들의 나라 시냇물은 겨울 추위에 얼어붙고

그대들의 반항하는 마음은 떠나는 한순간에 굳게 얼어……

잠시 말이 끊겼는데, 단바가 다시 물었다.
"어떻게 생각하십니까?"
"누구?"
"임화라든지 나카노라든지 하는 시인들……"
"글쎄요, 참 대답하기 곤란합니다."
홍규는 솔직한 제 심정을 숨기고 그렇게 대답했다.
다미야가 익히 알고 있다는 듯 고개를 까딱거렸다.
"저는……그런 용기가 어디서들 나오는지 솔직히, 부럽습니다."
단바가 말했다.
"용기라면? 그들이 가령 카프나 나프와 같은 운동을 하는 것?"
"아닙니다. 그건 절대로!"
단바의 목소리에 제법 힘이 들어갔다.
"그럼 무슨 뜻?"
"어떻게 남을 위해 시를 쓸 수 있는지, 난 그게 정말 궁금합니다.
남을 위해 시를 쓸 수 있다고 믿고 또 실제 그런 시를 써내는 그 사람
들의 그런 용기가 과연 어디서 나오는 건지……나는 잘은 모르지만,
시는 어디까지나 자기 자신을 위해 쓰는 거라고 생각합니다. 가장 이
기적인 문화적 표현이죠."
그렇게 말하는 단바의 표정에 사뭇 단호한 확신 같은 것이 엿보였
다.
홍규는 긍정도 부정도 하지 않았다.
늘 그렇듯이 그는 다시금 제 자신이 세상에서 가장 모호한 지점에
끼어 있다고 생각하지 않을 수 없었다.
마쯔꼬에게 편지를 써야겠다는 생각이 든 것은 바로 그때였다.

그래, 마쯔꼬의 솔직한 심정을 알고 싶어.

입으로는 일본인이 늘 제 속을 감추고 모호한 태도를 드러낸다고 하면서도 정작 마쯔꼬와 비교하면 정반대가 되고 마는 제가 이율배반적이라고 아니 생각할 수 없었다.

그래, 이렇게 늘 안개처럼 불분명한 나를 마쯔꼬는 과연 어떻게 좋아할 수 있는지……

해거름 때가 되어서야 홍규는 다미야들과 헤어졌다.

철학의 길에서 꽤 오랜 시간 동안 이런저런 이야기를 나누었는데, 그런 다음에는 다시 경대 근처로 가서 다방에 들렀다. 거기서 커피 한 잔씩을 맛있게 마시고 나서야 일어설 생각들을 했던 것이다.

하숙집에 돌아오자 수마꼬가 쪼르르 달려나와 문을 따주었다.

"홍, 또 편지가 왔네."

"편지?"

"아이 싫어."

수마꼬가 입을 삐죽 내밀며 말했다.

홍규는 미소를 지었다. 수마꼬의 속을 빤히 읽고 있기 때문이었다. 처음에는 마냥 어리게만 보였던 수마꼬도 이제 제법 소녀 티를 벗어가고 있었다. 하지만 아직 하는 행동은, 특히 홍규 저에게 하는 행동은 사춘기 소녀의 전형적인 것이었다.

"뭐가?"

"그냥."

"그냥 뭐가?"

"몰라서 물어요?"

"모르겠는데?"

"홍, 이제 내년이면 대학에 가야 할 학생이 공부는 안하고……"

"그런 수마꼬는 내년이면 여고생이 되어야 할 텐데 어째서 하라는 공부는 하지 않고 늘 이런 데 관심을 쏟지?"

"엥?"

수마꼬의 표정이 묘하게 일그러졌다.

홍규는 웃으면서 수마꼬의 손에 든 편지를 날름 빼앗았다.

"하하, 겨우 성공했다."

"몰라몰라."

수마꼬는 다시 한 번 입술을 삐죽 내밀어 보이고는 진짜 토라진 것처럼 집 안으로 뛰어들어 갔다. 홍규는 그런 수마꼬의 모습이 귀여워서 거듭 미소를 머금었다.

잠시 후 제 방으로 올라온 홍규는 언제나처럼 방바닥에 배를 깔고 엎드린 자세로 마쯔꼬로부터 온 편지를 뜯었다. 그런 다음 막바로 읽기 시작했는데, 어느 순간, 홍규는 저도 몰래 벌떡 몸을 일으키고 말았다.

15 혁명가의 학교

　함흥경찰서 유치장 안에는 양쪽으로 세 개씩 모두 여섯 개의 감방이 있다. 입구에서 보자면 왼쪽 앞부터 제1, 제2, 제3 감방, 그리고 오른쪽으로 돌아 안에서부터 차례대로 제4, 제5, 제6 감방이었다. 그 사이에는 검정색 휘장을 쳐놓아서 맞은쪽 감방을 서로 보지 못하도록 만들었다. 제1, 제6 감방은 제일 좁아 두 평 가웃 될까 말까 할 정도였는데, 그보다 넓다는 나머지 방들도 다다미 넉 장 반짜리에 불과했다.

　그 안에 이미 피검속자들이 그득 차서 몸을 비비적거릴 때마다 옆사람하고 부딪칠 정도였다.

　손바닥만한 들창, 그것도 촘촘한 철사그물 사이로 쪼개져 들어오는 햇살은 그 비좁은 공간도 밝히지 못하였다.

　제4 감방 한복판에 앉아 있는 이소가야는 그것이 제일 견디기 어려웠다.

　한줌 햇살이 이토록 그리울 줄은 몰랐다. 쏟아지는 햇살을 얼굴 가득히 받으면 원이 없을 것 같았다. 햇살의 부드러운 혓바닥이 목덜미를 핥으면, 아아……

그 옆의 무쇠 또한 비슷한 기분이었다.

하지만 이소가야만큼 감상적이지는 않았다. 무쇠는 캄캄한 게 싫지만 어쩔 수 없다고 생각했다. 이제 남은 것은 한시라도 빨리 적응하는 일뿐! ——무쇠는 다시금 그런 생각으로 옆자리의 이소가야를 바라보았다. 그리고 이소가야의 그 희미한 윤곽을 눈에 담는 것만으로도 새삼 힘을 얻었다.

이소가야는 벌써 두 차례 취조를 받았다.

무쇠가 뒤늦게 잡혀 들어왔을 때, 이소가야는 마침 첫번째 고문을 받고 돌아온 직후였다. 온몸이 말이 아니었다. 흠씬 매타작을 당했다는데, 그러고도 다행이라면 어디 한 군데 뼈가 부러지지 않은 것뿐이었다. 그때 아직 얼이 빠져 있던 무쇠가 멍청한 눈으로 바라보자, 이소가야는 그런 몸으로도 너무나 반가워했다.

"이거, 아무것도 아니야."

이소가야는 씨익 웃으며 말했다.

무쇠는 그때 그 말이 그토록 다정할 수 없었다. 평소와 달리 말을 낮추어서 그랬을 터였다. 그때까지 둘은 몇 번이고 서로 말을 낮추자고 약속했으면서도 누구라 먼저 그러지 못했다. 그런데 그렇게 쑥스럽고 따라서 힘들었던 일이 유치장 안에서는 보자마자 단번에 가능하게 된 것이었다.

말하자면 그게 바로 동지애였다.

바로 곁에 있다는 사실 자체만으로도 힘이 되는 사이——무쇠는 피를 나눈 부모 형제인들 이렇게 힘을 주고받을 수 있을까 싶은 기분마저 느꼈더랬다.

또 한 가지 위안이 있다면, 주선규였다.

주선규는 주모자로 찍혀 경찰의 대대적인 급습을 받았는데, 터럭 하나 차이로 아슬아슬하게 경찰의 추적을 피할 수 있었다는 것이다. 무쇠는 물론 그 사실을 알고 들어왔다. 이소가야에게 그 소식을 전해주었더니, 그도 이미 알고 있노라 했다.

"어떻게 알았어?"

"여기 소식이 더 빨라."

"그래?"

"주인선."

"응?"

무쇠는 그제서야 주선규의 누이 주인선에게 생각이 미쳤다.

"주인선양도 들어왔어?"

"몰랐나? 쯧, 주씨 일가 중에서 그 누이만 잡혀왔다네."

"미처……"

"내가 잡혀온 다음날이었지, 아마? 변소에 가려고 복도를 도는데, 어떤 여자가 쓱 스쳐 지나가면서, 글쎄 아주 재빠르게 무언가 내 손에 쥐어주는 게 아니겠어? 참 대담도 하지? 변소로 가서 몰래 펴보니까 종이쪽지에 씌어 있기를, 인규들은 도망쳤다, 이렇게 씌어 있잖겠어? 어찌나 반가운지……그제서야 난 그 쪽지를 전해준 여자가 바로 주인선양이라는 걸 깨달았지."

참으로 대단한 형제들이었다.

주씨 집안이 원래 부친의 생전에는 꽤 넉넉한 생활을 하고 있었다고 했다. 그런데 부친이 죽고 장남인 인규가 문화계 활동에 뛰어들면서부터는 가세가 급격히 기울기 시작했다. 인규는 함흥 일대에서 이름이 난 배우이자 영화제작자로 활동했다. 미국산 토키 영사기까지 갖고 있다고 했지만, 무쇠는 한 번도 본 적이 없었다. 어쨌거나 그런 인규가 노동운동까지 하게 되면서부터는 더더욱 살림이 어려워졌다. 그런데도 그들은 오로지 '사업'에만 매달렸다.

인규는 무쇠들이 일했던 조질 제3유산계에서 잠깐 일한 적이 있었다. 그러다가 본명을 숨긴 것이 들통이 나 해고당하고 말았다. 무쇠는 그가 지난해 겨울 해삼위에 건너갔다 온 사실을 뒤늦게 알았다. 「태로 10월서신」이 함남 일대에 퍼진 것은 전적으로 그의 덕분이었다. 그가 농사꾼으로 변장해서 장작더미 속에 서신을 숨겨 가지고 들어왔던 것이다.

동생 선규는 음악에 재능이 있어 모스크바 음악원에도 갈 수 있다는 실력을 갖추었지만, 그도 역시 형과 함께 노동운동에 깊숙이 뛰어들었다. 여기저기 공사장을 돌아다니면서 자유노동자들을 묶어 모으는 것이 그의 주된 일이자 말하자면 특기였다. 무쇠도 그 과정에서 만나게 된 셈이었다.

누이 인선은 지난 겨울부터 지하실을 파고 거기에서 《노동자신문》을 찍어내는 일을 동생 선규와 함께 맡았다.

이렇게 볼 때 주씨가는 함남의 대표적인 혁명가 집안이라고 할 수 있었다.

누구 하나 그 간고한 혁명의 길에서 몸을 사리거나 달아나지 않았다. 그들이 바라는 바 있다면, 오직 하나 조국의 해방, 바로 그것이었다. 그것을 이루기 위해서 그들은 고개만 돌리면 가능할 안락한 행복을 단호히 거부했다.

선규는 자긴들 좋아하는 음악을 왜 하고 싶지 않겠느냐며, 그렇지만 머리 위에 일본제국주의라는 거대한 바위가 놓여 있는 한 그럴 수 없다고 단호하게 말하기도 했다.

인선 또한 선규만 못지 않았다.

언젠가 무쇠는 농담 삼아 인선에게 말을 건넸다가 매섭게 혼이 난 적이 있었다.

"누이, 이제 이런 일일랑 사내 형제들한테 맡겨두고 시집이나 가지
요?"

"무에? 지끔 한 말 취소 못해?"

"에?"

"날래, 취소하랍메."

"어째서요? 난 누이가 여태 시집두 못 가구 이러는 게 불쌍해서 한
말인데."

"동무! 동무느 아직두 그따위 케케묵은 봉건사상에 오염돼 있었
소? 실망했소. 여자 알기르 싸이 우쁘게 알잲이오? 흥, 그딴 정신머
리로 무시게 혁명으 한단 말이오? 참말 그렇게 생각하오? 부녀자느 할
쉬 없다, 이 말이지비?"

정색을 하고 말하는 인선의 표정이 어찌나 단호하던지, 무쇠는 그제
서야 제가 실수했다는 데 생각이 미쳤다.

"미, 미안하오."

"두구 보겠습메. 두 번 다시 내게 그따위 시시한 이얘기르 늘어놓으
무 가만있재이캤씀. 혁명으 길에서 어디메 스나간나가 있슴?"

"주, 죽을죄를 졌소."

무쇠는 갑작스레 그때 일이 생각나 자기도 모르게 슬핏 미스를 흘렸
다.

그런데 그런 생각이 다만 거기서 끝나버릴 리는 없었다. 인선을 떠
올리던 머리 속에는 어느새 또 다른 여자의 얼굴이 들어찼다. 콩점이
였다.

평소에는 그처럼 쾌활한 여자가 따로 없었다. 말 한마디, 하는 행동
하나하나가 다 시원시원하고 어디 한 군데 꽁하게 막힌 구석이라곤 찾
아보기 어려웠다. 하지만 그런 콩점이 역시 인선이 누이처럼 당차고
매서운 데가 있었다.

아직 편창제사에 다닐 때 이런 일이 있었다고 한다.

콩점이가 얼마나 허술하게 보였던지, 하루는 일을 마치고 퇴근하려
는데 일본인 감독이라는 자가 따로 불러내서는,

"이봐, 호강하고 싶지 않아?"

하고 다짜고짜 묻더라는 것이었다.

콩점이가 평소 그 감독이란 자의 품행을 익히 알고 있는 터라 기가
막히면서도 또 한편으로는 요것 봐라, 하는 생각이 들었다. 그래서 어
디 네놈 속셈이 뭔지 한번 알아보자고 샐샐 웃음을 흘리며 대답하기
를,

"호강이오? 에구, 호강하고 싶쟎은 사램이 어디메 있소?"

했더니,

"옳지. 너 시원해서 좋다. 자, 그러면 내가 솔직히 탁 까놓고 말하
겠다. 내가 너를 호강 한번 시켜주겠다. 그러니 너는 이제부터 내 말
을 잘 들어라."

하는 게 아니겠는가?

콩점이가 속으로는 하도 어이가 없어 코방귀를 뀌면서도, 겉으로는
태연하게 말했다.

"무에 잘못 들을 것두 없지요."

"오냐. 그러면 나하구 같이 가자."

그러면서 감독이 손가락으로 가리키는 곳은 저만큼 공장 뒤편의 으
슥한 숲 속이었다. 콩점이는 망설이지 않고 따라갔다. 가는 도중, 둘
의 대화가 걸작이었다.

"저, 석 달 치 방값이 밀렸소다."

하고 콩점이가 말을 꺼내면, 감독이란 자가 얼른 그 말을 받아,

"오냐. 내 그것쯤 못해 갚아주랴."

했고, 조금 더 가다가,

"저고리가 다 헤져서……"

하면,

"까짓 저고리? 이참에 치마두 한 벌 새루 하지."

했으며,

"어지 시낼 나갔다가 이쁜 뿌로찌르 봤는데……"

하고 말꼬리를 흐리면,

"보구만 있나? 당장 사자구."

하며 아예 말매듭까지 지어주고, 그런 식으로 물 만 밥 한 공기 거리도 아니 되는 곳까지 가는 동안, 콩점이는 제 머리 속에 떠오르는 것들을 쉬지 않고 혀에 올렸다.

"에구, 은비녀르 일콰버렸네."

"모찌떡으 원없이 먹어봤으무……"

"극장이란 델 한 번두 못 가봤는데, 어째 생겼을꼬?"

그때마다 감독은 "오냐, 오냐" 하면서 호기 있게 대답하며 앞장서 가는데, 어느 순간 콩점이가 몸을 휙 돌리면서 소리쳤다.

"사램 살리오! 사램!"

감독이 당황한 것은 두말할 나위도 없는 일.

그때 마침 지나가던 사내들 몇이 우 몰려왔는데, 콩점이는 그 기회를 놓치지 않고 더욱 커다랗게 외쳤다.

"저, 저놈의 왜놈 감독이 내 동무를 잡아채갔소! 에구, 에구!"

"어디, 어디?"

사내들은 콩점이가 가리키는 쪽으로 무조건 달려갔다.

감독은 그제서야 자기가 속았다는 것을 알았지만, 그때는 벌써 그렇게 한가한 순간이 아니었다. 자칫하면 말 한마디 변명도 꺼내지 못하고 우락부락한 조선 사내들에게 생죽음을 당할 판이라, 뒤도 아니 돌아보고 깜깜한 숲 속으로 내빼기에 바빴다.

그 다음날, 콩점이는 태연하게 공장에 나갔는데, 감독의 얼굴에는 간밤의 악전고투가 그대로 묻어났다. 얼굴이 온통 할키고 찢긴 상처투성이였던 것이다. 그러고도 콩점이를 감히 어쩌지 못한 것은 괜히 건드렸다가는 이번에는 또 무슨 봉변을 당할까 두려웠기 때문이었다.

무쇠는 넉살 좋게 그런 이야기를 늘어놓는 콩점이가 한편으로는 기가 막히면서도 다른 한편으로 바로 그런 점이 콩점이를 콩점이답게 하는 면모라고 아니 생각할 수 없었다.

그런 콩점이가 보고 싶었다.

지금쯤 얼마나 걱정하고 있을까. 내가 잡혀들어온 소식은 들었겠지. 혹시 무슨 불똥이 튀지는 않았을까.

무쇠는 꼬리를 물고 떠오르는 생각들로 어느새 기분이 울적해졌다.

어둠 속에서도 그런 표정을 눈치챘을까, 이소가야가 문득 말을 꺼냈다.

"보고 싶은 사람이 있지?"

"응?"

"보고 싶은 사람 말일세."

"그래. 있어."

"나도 그래."

"누구?"

"왜, 있잖아, 그 사람."

"그 사람 누구?"

무쇠는 쉽게 감이 잡히지 않아서 거듭 물었다.

"이름이 뭐랬더라?"

"에이, 답답하긴. 여자?"

"그럼, 당연히."

"으음 그러면……누구지?"

"콩점 동무하고……"

"뭐?"

무쇠는 깜짝 놀랐다.

얼핏 얼굴이 떠오르는 여자가 있었는데, 설마 그 여자를 이소가야가 마음에 두고 있으리라고는 꿈에도 생각하지 못했기 때문이었다. 무쇠 자기도 딱 한 번, 콩점이가 소개해 주어 본 적이 있을 뿐이었다.

"오해하지는 말게."

"오해?"

"그래. 난 그저 그때 같이 봤던 사람 얼굴이 갑자기 보고 싶어졌던 것뿐이야. 이유도 없이……"

"그때 같이 만났던 사람 말이지? 얼굴이 하얗고 갸름한 여자?"

"응."

무쇠는 무어라고 말을 더 붙여야 좋을지 몰랐다. 이제까지 이소가야 는 한 번도 여자 이야기를 한 적이 없었다. 어쩌다 한두 번 농담 삼아 남이 사귀는 여자 이야기를 입에 올린 적은 있으되, 정작 자기가 어떤 여자를 좋아하는지에 대해서는 한마디도 말하지 않았다. 그런 만큼 이 제 유치장 안에서 이런 말을 듣게 되리라고는 더더욱 생각할 수도 없는 일이었다.

이름이 이 뭐라고 했는데……

콩점이가 자기 고향 동무라며 소개해 주었는데, 첫인상이 무척 여리 다는 것이 기억에 남아 있었다. 만일 이소가야가 그 여자를 마음에 두 고 있다면, 아마도 그런 첫인상 때문일지도 몰랐다.

어딘가 모르게 인생의 고단한 그늘이 느껴지던 여자.

시인은 그런 여자를 좋아하는가?

무쇠는 슬쩍 고개를 돌려 이소가야를 보았다.

"난, 글쎄, 이제껏 한 번도 내가 누구를 좋아할 수 있다고 생각해

본 적이 없었거든. 여자 말이야."

"그런데?"

"모르겠어. 다 부질없는 짓이지."

갑자기 이소가야의 목소리가 잦아들었다.

"왜?"

"인생은……한바탕 꿈인지도 모르지."

"꿈?"

"살아 생전에는 무엇인가를 얻으려고 아등바등하지만, 죽으면 그만 아니야?"

"이소가야!"

무쇠는 이소가야의 말에 묻어나는 물기에 저도 모르게 소리를 높였다. 그 바람에 주변의 사람들이 부시럭 몸을 움직였다.

"약한 소리!"

"그래, 알아. 하지만 자꾸 그런 생각이 들어."

"몸이 약해져서 그래."

"그럴까?"

"버텨야 해. 어떻게든……"

무쇠는 이렇게 말하면서도 저 스스로 자신이 없었다.

이소가야는 더 이상 말을 꺼내지 않았다.

무쇠도 쉽게 말을 잇지 못했다.

여러 가지 어지러운 생각이 머리 속을 파고들었기 때문이었다.

사랑, 노동, 싸움……

무쇠는 그것들이 인생의 가장 중요한 문제들이라고 생각했다. 하지만 무쇠는 아직까지 그것들보다 더욱 중요한 문제가 있다는 것을 깨닫지 못하고 있었다.

인생의 마지막 문제!

그것은 바로 죽음이었다.

"벗어!"
취조실로 끌려 들어가자마자 무쇠에게 떨어진 명령이었다.
무쇠는 가만히 서 있었다.
"야! 안 들려?"
김세만이 소리쳤다.
그러자 무쇠 곁에 서 있던 김창률의 주먹이 무쇠의 얼굴을 향해 날아왔다.
"이 자식이!"
미처 피할 겨를이 없었다. 무쇠는 단 한 방에 나가떨어졌다.
"벗어!"
무쇠는 얼얼한 턱을 만지며 몸을 일으켰다. 그런 순간에 이소가야의 말이 번개처럼 떠올랐다.
"무조건, 무조건 잘못했다구 빌어. 바보처럼 말이야. 그럼, 자네는 나가게 될 거야."
무쇠는 얼른 윗도리를 벗었다. 그러면서 무릎을 꿇고 빌기 시작했다.
"에구, 잘못했습니다. 나리님들, 용서해 주세요."
무쇠는 온몸을 사시나무 떨듯 떨었다. 그런 자신이 참으로 우습다는 생각이 들었지만, 그것도 잠시, 6척 남짓한 긴 걸상에 묶이는 몸이 되자 어느새 입에서는 너무나 자연스럽게 살려달라는 소리가 쏟아져나왔다.
"사, 살려주세요! 제발!"
"이 새끼, 조용히 못해?"
쉴 새 없이 주먹이며 발길질이 날아왔다. 무쇠는 꼼짝하지도 못하고 고스란히 그 매를 맞았다.

이윽고 본격적인 고문이 시작되었다.

김창률은 무쇠의 고개를 뒤로 젖히고 말했다.

"주선규, 알지?"

"모, 몰라요. 그런 사람……"

"이 새끼가!"

곁에 있던 김세만의 주먹이 날아왔다.

꽉!

무쇠의 얼굴은 금방 피로 물들었다.

"에구구, 살려주세요. 난 아무것도 몰라요."

"어딨어, 주선규?"

"몰라요. 난 그런 사람 정말 몰라요."

"이거, 안 되겠는데?"

그 말과 함께 김창률이 훌쩍 무쇠의 몸뚱이 위로 뛰어올랐다.

"에쿠!"

"이 새끼!"

김창률은 말을 타듯 무쇠의 배 위에 올라앉아 마구 짓눌렀다. 그럴 때마다 무쇠의 입에서는 비명이 흘러나왔다.

"에구구."

"말해! 주선규, 어디로 도망갔어? 네놈들 비밀 아지트가 어디야?"

"에구구, 난 몰라요. 정말……"

그 순간, 무쇠의 입 속으로 무엇인가가 쿡 들어왔다.

억!

무쇠는 미처 소리도 지르지 못했다. 수건이었다.

김창률은 수건이 빠져나가지 못하도록 고개 밑으로 힘껏 잡아당겼다. 무쇠는 입이 찢어지는 것 같았다. 무어라고 신음조차 낼 수 없었다. 온몸에 짜르르 경련이 밀려왔다. 저도 모르게 오줌이 찔끔 흘러나온 것도 그쯤에서였다.

이번에는 김세만이 무쇠의 머리카락을 쥐고 거칠게 아래로 꺾어내렸다. 무쇠는 목이 부러질 것 같은 고통을 느꼈다.

아악!

무쇠는 있는 힘껏 비명을 질렀다. 그 소리는 목구멍을 빠져나오지도 못했다.

김세만이 미리 준비한 주전자를 들었다.

"이 새끼! 어디 한번 당해봐. 이래도 네놈이 버티는지, 흥!"

김세만은 싱글싱글 웃음까지 지어가며 주전자를 기울였다.

물은 정확히 무쇠의 콧구멍 속으로 들어왔다.

어억!

무쇠는 얼른 킁킁거리며 물을 밀어냈다. 그런 수고도 잠시, 밀어내는 힘보다 더 빠른 속도와 많은 양으로 쏟아져내리는 물은 이제 고스란히 무쇠의 콧구멍 속을 뚫고 들어갔다.

아아악!

무쇠는 쉬지 않고 비명을 질렀다.

쉬지 않고 온몸을 흔들어댔다.

쉬지 않고 살려달라고 외쳤다.

하지만 그런 비명과 움직임은 다만 그의 머리 속에서만 가능했다.

물은 이제 콧구멍 속을 헤집고 들어와 머리 속으로, 또 입 속으로 마구 쏟아져 들어왔다.

헉……헉……

무쇠는 물을 마셨다.

그렇지만 남는 물이 여전히 더 많았다. 물은 마치 살아 움직이는 뱀처럼 무쇠의 머리 속을 마구 헤집고 돌아다니기 시작했다. 핏줄을 타

고, 신경을 타고, 그것은 꿈틀꿈틀 기어가며 무쇠에게 한없는 통증을
안겨주었다.

안 돼!

아, 안 돼!

물이 내 머리 속을…… 어머니!

무쇠는 마침내 어머니의 얼굴을 보았다. 어머니는 너무나 멀리 있었
다.

숨을 쉴 수가 없었다.

한순간, 온몸이 빳빳하게 굳었다간 금방 파르르 떨렸다.

마침내 물은 무쇠의 가슴속까지 파고들었다. 심장이 찢겨져 나갈 듯
아렸다.

아악!

차라리 터져버렸으면 싶었다. 그래서 이 모든 게 끝장이라면……

하지만 무쇠는 여전히 정신이 살아 있었다. 그런 자신이 한없이 싫
었다.

어, 어머니!

김세만은 한 주전자의 물을 다 쏟아붓고도 무쇠가 버티자, 기가 막
히다는 듯 혀를 차며 옆의 양동이에서 다시 하나 가득 물을 길었다.

"이 새끼, 죽어봐라!"

물은 다시금 콧속으로 쏟아져 들어왔다.

이번에는 더욱 많은 양이었다.

무쇠는 깜빡깜빡 정신이 나갔다 들어왔다 하는 가운데서도 마치 뾰
족한 쇠막대기로 콧속을 후벼파는 듯한 고통을 느꼈다.

김세만의 얼굴이 일그러지기 시작했다.

그리하여 그것은 마치 흉측한 악귀처럼 변했다.

의식이 기름이 간들간들한 등잔불처럼 꺼졌다 말았다 하는 과정이

수없이 거듭되었다. 어느 순간, 무쇠는 이소가야의 목소리를 다시 들었다.

"어떻게든 살아 나가. 그래서 우리를 위해 싸워줘. 우리는 여기 혁명가의 학교에 남아 계속 싸울 거야."

혁명가의 학교!

무쇠는 마지막 스러지는 의식의 한끝에 미역줄거리처럼 달라붙는 그 말을 기억하고자 온몸의 힘을 한군데로 모았다.

"아악!"

순간, 김창률이 수건을 잡아당기고 있는 손아귀에 더욱 센 힘을 몰아넣었다.

김세만은 두번째 주전자의 물도 다 쏟아붓고 말았다.

"지독한 놈!"

김세만의 그 말을 끝으로 무쇠의 의식은 한 방 가득한 물 속에 잠겨버렸다.

16 더러운 조센징

　사흘 전 감기 기운이 있는데도 기타시나가와(北品川)의 무네와리나가야(棟割長屋 : 한 치를 벽으로 칸막이해서 여러 세대로 나눈 집) 건축장에 나가 벽토 운반 작업을 한 것이 무리였다. 사실 임은이 어지간만 하면 선뜻 나설 생각은 하지 못했을 터였다. 하지만 동료 박팽무한테서 2원 50전이라는 말을 들었을 때는 앞뒤 재고 말고 할 것 없이 그 당장 이불을 걷어치우고 일어설 수밖에 없었다. 평소 임은이 잘해야 1원 8, 90전을 오르내리는 형편에서 2원 50전짜리 일은 언감생심, 나중에 코를 꿰는 한이 있더라도 무조건 맡고 봐야 하는 것이었다.
　요세바에서 만난 외눈박이가 약을 올렸다.
　"어이, 어쩐 일이야? 자네 같은 골샌님이 이런 일에 다 나서구? 그래, 이제부터 대장부가 되기로 했단 말이지?"
　경천이는 생각 같아서는 한번 받아치고 싶었지만 꾹 참았다.
　그렇게 일을 시작하였는데, 처음 흙을 나를 때는 별일 아니다 싶었다. 하지만 워낙 몸이 부실하던 터에 오후 들어 비계를 수도 없이 오르내리면서 무거운 등짐을 나르다 보니 어느새 외눈박이의 말이 마냥 허세는 아니라는 생각마저 들었다. 결국 그 날 밤 2원 50전을 챙겨들고 집으로 돌아올 무렵에는 두 다리가 저절로 휘청거리고 온몸에서 식은 땀이 주르르 흘러내려 금방이라도 쓰러질 것만 같았다.

이틀을 꼬박 누워 지냈다. 그러고도 아직 몸이 완전하지 못해 오늘 아침에도 하라다 영감이 혀를 차며,

"쯧, 그렇게 당장 눈앞의 떡이 먹기 좋다고 덥석 달려들면 꼭 목에 걸리든지 체한다지 않아? 어때, 이왕 공친 거 오늘까진 푹 쉬지?"
하고 말할 정도였다.

그렇지만 어디 형편이 그런가?

오늘도 일을 나가지 않으면 당장 수라고는 생으로 굶는 수밖에 없었다. 말리는 하라다 영감의 뒤를 따라 부득부득 자리에서 일어나려니까, 영감도 할 수 없다는 듯 또다시 혀를 차며,

"저엉 그렇다면……적당히 각반도 매가면서 하라구. 알았어?"
하고 말할 뿐이었다.

각반을 매라는 것은 곧 쉬엄쉬엄 요령을 부려가며 일을 하라는 말이었다.

경천이는 하라다 영감의 그 말을 새삼 상기하면서 조선소에 들어섰는데, 일은 그야말로 각반을 고쳐 매고 말고 할 겨를조차 없었다.

"자 자, 돌아라, 돌아! 어쌰, 어이쌰."

인부들이 다 제자리를 잡아가자, 쿵쿵, 북소리와 함께 한복판에 선 음두취(音頭取 : 선창자)가 괴성에 가까운 목소리로 악을 쓰기 시작했다.

3천 톤급 철선을 뭍으로 끌어올리는 일로서, 인부들은 와이어 로프로 끌어당기는 한 대의 받침대에 네댓 명씩 달라붙어 선소리에 맞춰

"엇싸, 엇싸" 따라 외치면서 빙글빙글 돌았다. 그런 받침대가 십여 대 죽 늘어서 있으니 전체적으로 4, 50명의 인부가 한 사람의 구령에 맞춰 주마등처럼 움직이는 것이었다. 제사 때나 쓸 법한 큰북은 쉬지 않고 쿵쿵 울렸다.

경천이도 다른 동료들과 함께 받침대 가로봉에 매달려 죽을힘을 다해 소리를 질렀다.

"어싸, 어이싸."

"에헤, 에히야."

"어싸, 어이싸. 돌아라, 돌아."

"에헤, 에히야."

일을 시작한 지 얼마 되지도 않아 비 오듯 땀이 쏟아졌다. 가뜩이나 몸이 부실한 경천이는 한 번 힘을 쓸 때마다 숨을 헐떡거렸다. 다리가 후들거리는 것은 물론이고 땀방울이 아니더라도 진작부터 눈앞은 캄캄하기만 했다.

잠깐 멈칫하는 순간이면 인부들의 입에서 어김없이 불평이 터져나왔다.

"이게 뭐야? 약속하곤 다르잖아?"

"1원 60전짜리래서 쉽겠거니 따라왔더니 이건 순 거짓말 아냐?"

"제에미! 이건 정말 못해먹겠다, 못해먹겠어."

인부들의 입에서 그런 불평이 나오리라 익히 예상했는지 감독들은 사람들 사이로 부지런히 돌아다니면서 회유 반 위협 반으로 일을 독려했다.

"자자, 농땡이칠 생각 말고!"

"돌라구, 돌아! 담뱃값이라도 받고 싶으면 열심히 일하라구!"

"이봐, 거기! 힘 좀 써!"

"뭐야, 아침에 피죽도 안 먹구 나왔나?"

경천이는 몇 번이고 그 자리에서 주저앉고 싶었다. 하지만 그런 욕망과는 달리 어느 순간부터는 저절로 몸이 앞으로 나아갔다. 비몽사몽, 이제는 거의 무의식적으로 곁엣사람들의 움직임을 따라가는 것이었다. 그렇더라도 자꾸 뒤처지는 걸음은 어쩔 수 없었다.

마침내 오전 일이 끝났다.

그리고 사건은 그때 터졌다.

가로봉에서 손을 뗀 경천이가 저도 모르게 땅바닥에 주저앉는데,

"젠장! 계집년이 있어서 일 못해먹겠네."

하는 소리가 들렸다.

눈을 들어보니, 등판에 미야모도 조(組)의 곰 웅(熊) 자를 새긴 합비를 입은 자가 슬쩍 지나가면서 던진 말이었다. 순간, 경천이는 머리끝까지 화가 솟구쳤다.

"뭐야?"

곰 웅자 합비가 돌아섰다.

어깨가 딱 벌어진 게 한눈에도 힘깨나 쓰게 생긴 자였다. 경천이와는 오전 내내 같은 가로봉에 매달려 일을 했는데, 중간중간에도 비틀거리는 경천이를 겨냥해 불평을 터뜨리곤 했던 것이다.

"왜, 궁둥이가 갈라지지 않았어?"

"뭐?"

경천이는 저도 몰래 벌떡 일어섰다.

궁둥이가 갈라졌다는 말은 곧 사내대장부가 못 된다는, 앙꼬우들 세계에서는 가장 심한 욕설 중의 하나였기 때문이다.

"아니, 난 우리 조에 그런 자식이 하나 있는 줄 알았거든. 자네가 아니라면 신경쓰지 마. 하하."

곰 웅자가 껄껄거리자, 금방 인부들이 모여들었다.

경천이의 얼굴은 숯불처럼 벌겋게 달아올랐다.

"그래, 나도 어떤 계집년이 다 이런 델 나왔나 싶었지, 하하."

곰 웅자 곁에서 또 한 사내가 말했을 때, 경천이의 분노는 극에 달하였다. 그 순간, 주먹이 휙 나갔다.

퍽!

곰 웅자가 한 방에 나가떨어졌다.

"이 새끼! 말이라고 함부로 하지 마!"

"뭐야, 이 자식이 정말?"

졸지에 기습을 당한 곰 웅자가 재빨리 몸을 일으키면서 경천이의 발목을 낚아챘다. 그 바람에 경천이는 휘청 땅바닥에 나뒹굴었다. 주먹이 경천이의 얼굴에 정통으로 와 꽂혔다. 그 한 방에 코피가 터졌다.

그때부터는 경천이도 죽을힘을 다해 곰 웅자를 붙들고 늘어지기 시작했다. 두 사람은 질척거리는 땅바닥을 아무렇게나 뒹굴었다.

"야야, 요코하마, 힘 내!"

"옳지, 옳지!"

"잘한다, 한 방 더 날려!"

주변에 빙 둘러선 구경꾼들이 손뼉까지 쳐대며 두 사람의 싸움에 부채질을 했다.

그렇게 얼마나 뒹굴었을까, 경천이가 더 이상 상대를 칠 힘조차 없게 기진맥진했을 때였다.

"이봐! 뭣들 하는 거야?"

낯익은 목소리가 들려왔다.

얼핏 눈을 뜨니 하라다 영감이었다.

살았구나 싶은 생각이 들었다. 영감은 두 사람 사이로 뛰어들더니 뜯어말리기 시작했다.

"뭣들 하는 거야? 어서 말릴 생각은 않구?"

그 말에 구경꾼들 중에서 누군가가 또 나섰다.

"다 같은 동료들끼리 이게 무슨 짓이야? 힘이 그렇게 남아돌면 아꼈다가 한푼이라도 더 벌 생각을 해야지."

두 사람이 겨우 떨어졌을 때, 하라다 영감이 소리쳤다.

"저, 저 새끼가 일도 못하는 게 들어 있어서 우리만 죽어라고 고생했잖아."

곰 웅자가 아직까지 분이 덜 풀린 목소리로 씩씩거렸다. 경천이는 뭐라고 대꾸할 기운도 없었다. 하늘이 노랗게 보이고, 목구멍에서는 쇠녹이 가득 낀 것처럼 헛바람만 새나왔다. 누군가가 그런 경천이 곁에 다가와 고개를 뒤로 제껴주었다.

그 모습을 본 하라다 영감이 곰 웅자를 야단쳤다.

"이봐, 자네가 나빠. 이 친구는 몸이 완전치 않단 말이야. 억지로 일을 나온 거라구."

"흥, 그러면 집에서 쉬지 뭐 빨아먹겠다구 괜히 나와서 남들한테 피 해 줘?"

"괜히 나와? 이봐, 말이라구 아무렇게나 하는 게 아냐. 다 먹구살자구 하는 일 아냐? 누군 이런 데 나오고 싶어서 나오나? 이 사람들한테 물어보라구. 나오고 싶어서 나온 사람이 한 사람이라두 있나 말이다."

"그래두……"

"잔말 말어! 어차피 한배를 탄 인생이야. 서로 격려해 주지는 못할 망정 싸움이나 하면 돼? 동네 개가 어디 가서 얻어터지고 와도 함께 나서야 할 처지 아냐?"

영감이 목소리를 사뭇 누그러뜨리며 점잖게 타이르자, 구경꾼들 사이에서는 맞는 말이라며 고개를 주억거리는 치들이 생겨났다. 그렇게 한바탕 싸움이 정리되는가 싶었는데, 기어코 곰 웅자 입에서는 경천이의 마지막 자존심을 건드리는 소리가 터져나왔다.

"흥, 영감은 왜 자꾸 조센징 편역을 드는 거요?"

"뭐?"

경천이가 곁엣손길을 뿌리쳤다.

"왜, 자네 조센징이 아냐? 몸에서 마늘냄새가 풀풀 나는데도?"

"이, 이 자식이 정말?"

"흥, 더러운 조센징 새끼가 그래두 배알이 있나 보지?"

경천이는 더 이상 참을 수 없었다. 눈앞에 코피가 확 퍼지는 것을 보면서도 그는 거칠게 몸을 날려 곰 웅자를 덮쳤다.

다음날 아침, 경천이는 늘 가던 요세바가 아니라 혼죠로 가기 위해 전차에 올라탔다.

밤새 물수건으로 찜질을 하였지만 아래턱께의 통증은 여전했다. 그렇게 얻어터지고도 이빨이 온전한 게 다행이었다. 눈두덩에 남은 멍자국은 모자를 푹 눌러씀으로써 얼렁뚱땅 가릴 수는 있었는데, 그렇더라도 부기는 채 가라앉지 않아 이따금씩 벌에 쏘인 듯 화끈거리기도 했다.

젠장!

경천이는 다시금 씁쓰레한 입맛을 다셨다.

차창에 비치는 제 모습이 너무 우스꽝스러웠다. 좌석에 앉은 사람들이 흘낏흘낏 쳐다보는 것도 무리가 아니라 싶었다. 한 가지 위안은, 곰 웅자 합비──요코하마라고들 불렀다──라고 그런 제 모습과 크게 다르지 않다는 점이었다. 둘 다 오후 일을 못하고 쫓겨날 정도였으니 어지간히 치고 박고 싸운 것만큼은 틀림없었다.

문제는 그 다음이었다.

감기에 걸려 쉰 것까지 합해 연 사흘 내리 일을 못한 것이라, 당장 배를 채우는 것부터가 급했다. 하지만 어쩌랴? 이미 화살은 시위를 벗어난 지 오래. ──경천이는 내일 일은 내일 생각하자고 마음을 고쳐

먹으며 두 번 다시 발길을 하고 싶지 않은 조선소 문을 나서는데,

"이봐!"

하고 부르는 소리가 있었다.

요코하마 놈이 또다시 찍자를 붙자는 건가 싶어 휙 몸을 돌렸다. 그렇지만 정문 안쪽에서 경천이를 부르며 다가오는 사람은 합비가 아니라 제법 그럴싸한 춘추복을 차려 입고 있었다.

"자네가 아까 싸운 놈인가?"

조선말이었는데, 그나저나 경천이는 그 말에 또 속에서 화가 불끈 치밀었다.

"누구슈, 댁은? 처음 보는 나더러 놈이라 부르게?"

"응? 하, 성질 한번!"

"성질이구 말구 댁이 누군데 멀쩡한 사람을 놈이니 자식이니 함부로 부르는 거요?"

"허, 참. 듣던 대로군. 그래, 미안하네. 사과하지."

신사는 그렇게 말하면서 경천이 곁에 섰다. 한눈에도 이 바닥에서 잔뼈가 굵었겠구나 싶은 눈초리가 제법 매서웠다.

"일없수."

"자네, 조센징이란 말에 대뜸 대들었다며?"

"그러는 댁은 그런 말 듣고도 일없겠소?"

"하하, 천만에! 나라도 그랬을 걸세. 자, 우리 여기서 이럴 게 아니라 어디 들어가서 차근차근히 얘기합세."

그렇게 만난 사내는 윤가 성을 가진 자였는데, 가까운 술집에 들어가 다모토리 한잔씩을 걸치며 이런저런 이야기를 나누던 중 좋은 일자리를 소개해 주겠다며 찾아오라고 했던 것이다.

"보나마나 자네 형편이란 게 뻔하지. 당장 이 바닥에선 호가 나서 굴러먹기 힘들 거야. 말마따나 자넨 조센징 아닌가?"

"듣기 좋은 말이래두 그쯤 해두슈. 지렁이두 밟으면 꿈틀하오."

"허! 내가 사람 하난 잘 봤어. 범새끼가 따로 없으니 말이야."

"조선 사람이면 누구라도 이 정도 배알은 있을 게요."

"옳거니. 바로 그런 배알이 중요해."

"도대체 무슨 용건이오?"

"용건? 말하지. 그 때문에 자넬 찾았으니까. 사실 내가 일 때문에 회사에 들렀는데, 자네 소문을 들었거든? 그래서 귀가 번쩍 뜨였지."

"어째서?"

"자네 같은 사람을 필요로 하는 곳이 있거든?"

"야?"

"긴 말 할 것 없고, 내일 한번 들르게."

그러면서 윤가는 경천이도 한 번쯤 본 듯한 혼죠의 어느 건물로 찾아오라는 말을 남겼다.

그렇게 해서 경천이는 지금 혼죠에 있다는 윤가의 사무실을 찾아가는 중이었다.

일부러 후카가와 쪽으로 방향을 잡았다.

처음 도쿄에 왔을 때 일거리가 많다는 말만 듣고 무작정 들른 곳이 바로 키바(木場), 나중에 알고 보니 혼죠와 더불어 조선인 동포들이 제일 많이 거주하는 후카가와의 한복판이었다. 원록(元祿) 이전 시대에는 바다였는데, 에도 시내에 목재상이 있으면 화재의 우려가 있다 하여 이곳을 매립하여 그들을 모두 이전시키면서 붙은 이름이었다. 그로부터 77명의 거목상들이 자리를 잡고 막부(幕府)의 보호 아래 특권상인으로서 권리를 누리며 시세를 쥐락펴락했다.

물론 지금은 그런 영화를 찾아볼 길이 없다.

조선인 동포들이 제일 많이 몰려 사는 사실만으로도 이 일대의 경제 상태가 어떠한지 능히 짐작할 수 있는 일이다.

어쨌거나 고향을 떠나온 경천이에게는 일본땅에서 더없이 친근한 곳이기도 했다.

키바뿐 아니라 우미베(海邊), 월중도(越中島), 가메이도(龜戶), 기타쓰나(北砂), 키요쓰미(淸澄), 찌루에(猿江)——하나같이 이 곳이 예전에 바다였다는 사실을 증명해 주는 땅이름들이 경천이에게는 벌써 잊을 수 없는 추억이 서린 장소가 되었다. 무엇보다도 한핏줄을 나눈 조선인 동포들이 없는 살림 속에서도 작지만 따뜻한 동포애를 보여주던 일들이 그런 추억의 밑바탕을 이루었다. 혼죠의 권씨도 그때 이 곳에서 만난 동포였고, 그 밖에도 수많은 동포들이 혈혈단신 일본땅에 건너온 경천이를 음으로 양으로 도와주었던 것이다.

하지만 이 곳의 기억이 모두 즐거운 것만은 아니었다.

박춘금(朴春今).

현미빵 장사를 하던 시절에 우연히 만난 그자에 대한 기억은 두고두고 지울 수 없는 치욕처럼 경천이의 가슴에 남아 있었다.

하루에 4, 50전 벌이도 할까 말까 한 때였다. 이른 아침 일본인 가게에서 궤짝 하나 가득 현미빵을 받아들고는 온종일 후카가와와 혼죠 일대를 누비며 장사를 했다.

처음에는 "겐마이빵"이라는 소리가 목구멍에 걸려 제대로 나오지도 않았지만, 모든 일이 그렇듯이 시간이 흐르자 차츰 익숙해져서 제 귀에도 신기할 정도로 제법 감칠맛 나게 소리를 낼 수 있었다. 그렇지만 워낙 밑천이 안 드는 장사였기에 달라붙는 사람들이 많았고, 또 살 만한 능력이 있는 사람도 적은 지역이었다. 함부로 긴자나 아사쿠사 6구(淺草 6區: 영화관이 많은 번화가)에 끼어들 수도 없었다. 그런 데는 이미 일본인 패거리들이 자리를 잡고 단단히 텃세를 부리는 곳이기 때문이었다. 동포들 중에서 멋모르고 들렀다가 빵궤짝을 홀랑 빼앗긴 채 실컷 얻어터진 사람들이 적지 않았다.

그런 이유만이 아니더라도 경천이는 일본인들을 상대로 그런 장사를 한다는 게 아직 자존심이 허락하지 않았던 시절이기도 했다. 자연히 수입은 적었고, 어떤 날은 제 돈 내고 제가 빵을 해치우는 적도 있었다. 그렇게라도 하지 않으면 능력이 없다고 쫓겨나기 때문이었다. 그럴 때, 공원에 들어가 수돗물을 마셔가며 현미빵을 씹으면 저도 몰래 눈물이 돋게 마련이었다.

그 날도 하루 종일 발바닥이 부르트도록 돌아다녔지만 궤짝 무게는 거의 줄어들지 않았다. 그런 채로 벌써 해는 뉘엿뉘엿 지기 시작해서 수미다 강에는 붉은 노을이 비단처럼 물드는데, 강변에 쭈그리고 앉아 아득한 심정으로 빵 한 개를 꺼내들고 마악 씹으려 할 찰나였다.

"이봐, 거기!"

누군가가 조선말로 불렀는데, 경천이는 처음 자기를 부른 것인지 몰랐다. 다시, 이번에는 좀더 크게 부르는 소리가 나서야 경천이는 그게 자기를 부른 소리라는 것을 깨달았다.

"이봐, 안 들려? 너, 조센징이지?"

조센징!

경천이는 그 황망한 중에서도 그 말이 그렇게 아리게 가슴에 박힐 수가 없었다. 일본인도 아니고 분명한 조선 사람의 입에서 그런 말을 듣다니!

하지만 워낙 비참한 처지였다. 경천이는 솟구치는 화를 애써 참으며 자리에서 일어섰다.

한 사내가 마악 다리를 건너와 길가에 멈춘 자동차에서 유리 문 밖으로 고개만 빼꼼 내민 채 그를 불렀던 것이다.

"말이 안 들려? 너, 조센징이지?"

"네―."

속생각과는 달리 입 밖으로는 선뜻 그런 대답이 나갔다.

"흥, 그러면 그렇지. 꼴을 보니 영락없지."

중절모를 쓴 사내였다. 경천이는 이미 제정신이 아니었다. 분노는 뒷전이고 자동차를 탄 손님에 대한 기대가 앞을 가렸다.

"얼마나 팔았어? 꼴을 보아하니 몇 개 팔지 못한 모양이지만……흥."

"저—실은 오늘 처막으루 나왔는데, 아적 하나두 팔지 못했습메."

경천이는 그런 경우 늘 해오던 식으로 자못 슬픈 표정까지 지어가며 대답했다.

"흥, 언제나 이렇다니까. 거짓말을 아주 밥 먹듯 한다구. 쯧, 임마! 사람이 아무리 없이 살아두 그러면 못쓰는 거야. 그렇게 뻔한 거짓말을 눈 하나 깜짝 않구 해? 너 같은 놈들 때문에 우리 조선 사람들이 욕을 얻어먹는 거야. 그러니 같은 동포 입장에서두 내 입에서 조센징이라는 말이 나가지. 더러운 민족성이야. 철저히 뜯어고쳐야 해."

경천이는 너무 어이가 없어 더 이상 무어라 대꾸할 마음도 사라졌는데,

"그건 그렇고, 자, 여기 빵 한 열 개만 줘."

하는 목소리가 나오는 게 아닌가?

경천이는 그 말이 떨어지기 무섭게 후닥닥 달려갔다.

그렇게 빵 열 개를 건네주는데, 이번에는 또 눈을 의심할 일이 벌어졌다.

"자, 여기. 잔돈은 놔둬."

신사는 일 원짜리 종이돈을 그냥 내주었다. 현미빵 한 개에 3전이니 열 개면 30전, 그러니까 빵값보다 넣어두라는 거스름돈이 곱절 이상으로 훨씬 큰 셈이었다. 순간, 경천이는 너무 감격해서 넙죽 엎드려서 절이라도 하고 싶은 심정이었다. 그래서 마악 떠나려는 자동차 꽁무니에 대고 황급히 소리쳤다.

"고, 고맙습니다."

그런 경천이의 귀에 다시 신사의 목소리가 들려왔다.

"나, 박춘금이야, 박춘금. 언제든지 찾아오라구. 여기선 날 모르는 사람이 없으니까."

박춘금!

다음날인가, 경천이는 권씨로부터 그자의 정체를 들을 수 있었다. 그리고 그때, 경천이의 가슴속에 파고든 것은 분명 쉽게 지우기 어려운 치욕, 바로 그것이었던 것이다.

"그런 놈한테 도움을 받느니 차라리 개새끼한테 절을 하겠네, 나라모!"

권씨의 말을 종합해 보건대, 박춘금이란 자는 이미 동포사회에서 이름이 난 친일파의 거두였던 것이다. 그자는 혼죠와 후카가와 일대의 조선인 노동자들을 상대로 이른바 상애회(相愛會)라는 단체를 조직해, 그것을 바탕으로 일본 치안당국과도 통하는 세력을 쌓아두고 있었다. 일찍이 동경대진재 때 애꿏은 조선인들이 우물에 독을 탔다느니 건물에 불을 질렀다느니 해서 수천 명이나 학살되었는데, 그때 박춘금은 경시총감 아카치(赤池)를 찾아가 사회봉사를 하고 싶다고 청원했다. 아카치는 조선인들을 학살한 뒤의 흉흉한 민심을 수습할 수 있는 좋은 길이라 판단해서 두 손을 들어 그의 제의를 받아들였다. 상애회는 그렇게 해서 힘을 얻기 시작했던 것이다. 그리고 그 상애회라는 것은 얼핏 겉보기처럼 조선인 노동자들의 권익을 옹호하는 데 뜻이 있는 단체가 결코 아니었다. 박춘금은 상애회를 토대로 오직 제 잇속만 채우는 데 급급하다는 것이며, 그런 일을 위해서라면 오히려 조선인 노동자들의 임금을 얼마든지 깎아내릴 위인이라고 했다.

그런 자한테서 동냥을 받다니!

경천이는 그때 생각에 새삼 제 자신이 부끄러워졌다.

얼마 전에는 그 박춘금이 도쿄 제4구에서 중의원에 당선되었다는 신문기사까지 읽지 않았는가?

더러운 조센징!

경천이는 어제 곰 웅자 요코하마로부터 들었던 그 말이 바로 그런 친일파에게 돌아가야 한다고 생각했다.

가메이도 역을 건너 혼죠로 접어들었을 때부터 경천이는 더욱 재게 걸음을 옮겼다. 그렇게 해서 마침내 윤가가 가르쳐준 사무실 건물을 찾아냈는데, 경천이는 그만 그 자리에서 발이 굳어버리고 말았다.

입구에 붙은 나무간판에 씌어 있기를,

'재일조선인 상애회 혼죠 지부'.

어디선가 철 지난 벚꽃 냄새가 가득 풍겨오는 듯싶었다.

17 사랑과 책임

작가 다니자키 준이치로(谷崎潤一郎)는 진재 당시 서른일곱 살이었다.

그때 그는 하코네(箱根)의 아시노코(蘆の湖) 호숫가에서 버스를 타고 고와키다니(小涌谷)로 가는 도중 길이 무너지면서 위험에 직면했지만, 간신히 살아 남았다. 그 후 그는 관서지방에 건너가 살면서 폐허가 된 도쿄 시내를 떠올리며 이렇게 썼다.

——이 난맥상의 도쿄. 진흙탕과 나쁜 길과 무질서와 헐악한 인정 이외에는 아무것도 없는 도쿄. 나는 그것이 오늘의 끔찍한 진동으로 하나도 남김없이 무너지고 허울뿐인 서양풍의 건물과 불쏘시갯감에 지나지 않는 일본식 가옥의 집단이 통쾌하게 불타버리는 모양을 생각하면 가슴이 다 후련해지는 바이다. 도쿄에 대한 나의 반감은 그만큼 컸지만, 그럼에도 그 불타버린 들판에 웅대한 근대도시가 발흥하리라는

데에는 아무런 의심도 품지 않고 있다. 재앙에 길들여진 일본인이 이 정도로 나가자빠질 턱이 없다. 샌프란시스코는 10년이 지나 예전보다 훌륭한 도시가 되었다고 들었는데, 도쿄도 10년 후에는 틀림없이 다시 일어선다.

과연 도쿄는 다시 일어섰다.

그리고 그것은 다른 어느 곳보다도 긴자와 아사쿠사에서 확연하게 드러난다.

데파트와 카페와 댄스홀, 그리고 영화관과 끽다점.

긴자와 아사쿠사는 그런 것들로 화려함을 한껏 뽐내고 있었다. 그곳들은 도쿄를 대표하는 2대 번화가로서, 메이지 이래 박래 문물의 전시장으로 성장해 왔다. 다만 즐비한 영화관과 경연극장(輕演劇場)으로 유명한 아사쿠사 6구가 서민들의 생활감각을 반영하고 있다면, 긴자는 다분히 야마노데(山の手 : 고지대의 주택지구)족 취향의 화이트칼라 냄새를 풍기고 있다는 게 다르다면 다를까?

지금의 거리 모습은 진재 후 대도쿄부흥계획에 따라 새롭게 단장된 것이었다. 과거의 기와집들은 말끔히 사라지고, 이제는 미쓰코시, 마쓰야(松屋), 마쓰자카야(松坂屋) 등의 거대한 데파트가 곳곳에 들어서서 그야말로 대도쿄다운 면모를 자랑하고 있는 것이다. 긴자에 관서 자본이 진출한 것도 진재 후의 일인데, 자고 새면 들어섰다는 카페가 바로 그 좋은 예였다. 물론 다니자키는 다시 또 이렇게 말하고 있지만.

──긴자에 도톤보리(道頓堀)의 카페 거리가 출현하여 오사카식 경영법으로 손님을 끌어모으기도 하고, 법선사(法善寺) 요코초(橫丁)의 쓰루겡(鶴源)이 그 골목길에 개업한다는 시세가 되어서는 도쿄 사람이

가미가타(上方 : 예전에 왕궁이 있던 교토 부근을 말하는데, 흔히 관서 지방을 총칭함)에 대해 인색한 반감을 지니고도 따라가지 못하게끔 되어버렸지만, 메이지 말년 내가 아직 청년 시절에는 에도 사내의 프라이드가 도쿄 사람들 사이에 남아 있었다.

지난해, 그러니까 쇼와 6년에는 버드나무 가로수가 부활하여, 거리의 모습을 더욱 활기 있게 만들어놓았다. 그로부터 긴자 거리를 산책하는 일은 젊은이들 사이에 하나의 유행이 되었으니, 이름하여 '긴 (銀) 프라'.

전찻길 양쪽으로 널찍하니 잘 닦인 차도, 그 가장자리에 버드나무 가로수가 드문드문 전봇대와 함께 서 있고, 사람들은 그 안쪽 인도를 따라 물결처럼 오가고 있었다. 기모노를 입은 젊은 여인들이 둘씩 셋씩 짝을 지어 지나는가 하면, 세일러복 차림의 여학생들도 보였다. 맥고모자를 쓴 신사들이 단장을 쥐고, 혹은 한 손을 포켓에 집어넣은 채 걷는가 하면, 이따금 하오리 차림의 사내들이 어슬렁어슬렁 게다를 끌고 지나갔다. 단연 눈에 띄는 것은 말끔한 양장옷에 리본테가 달린 둥근 모자를 쓴 '모가(모던걸)'들이었다. 뾰족구두 위로 살짝 드러난 그들의 하얀 복숭아뼈가 유난히 눈부셨다.

상점마다 제각기 큼지막한 간판을 내걸고 있었는데, 과연 유행의 거리답게 로마자 표기가 많이 눈에 띄었다.

SHOE-MAKER ZENYA
Patisserie COLOMBIN
BRETT PHARMACY

그래서일까.

전차에서 내린 홍규는 잠시 방향감각을 잃었다. 그렇지만 곧 정신을 되찾고 사거리를 향해 걸어가기 시작했다. 저만큼 앞쪽에 백악의 커다란 시계탑 건물이 눈에 들어왔다. 이번에 준공을 보았다는 후쿠부(服部) 시계점 건물이 틀림없었다. 그 맞은쪽에는 미쓰코시 데파트가 서 있었다.

홍규는 그쪽으로 걸어가면서도 햇수로 겨우 3년 사이에 엄청나게 달라진 긴자의 모습에 새삼 놀라지 않을 수 없었다. 유학을 떠나왔던 해 처음 들른 도쿄, 그리고 긴자는 식민지에서 건너온 한 학생의 눈을 어질어질하게 만들 만큼 화려한 것이었다. 교토 역시 제가 살던 함흥과는 비교할 수 없을 정도였다. 하지만 도쿄는 그 교토와도 비교할 수 없었고, 긴자 또한 시조도리를 감히 비교의 대상으로 여기지 않을 만큼 화려했다. 홍규는 그야말로 별세계에 들어선 듯한 느낌을 받았는데, 그것은 마치 그림엽서나 혹은 사진에서 본 파리나 뉴욕 따위의 대도시에 와 있는 듯한 착각마저 불러일으켰다. 그로부터 또 3년이 흘렀으니, 홍규가 놀라는 것은 더더욱 당연한 일이 아닐 수 없었다.

그만큼 도쿄는 늘 새롭고 낯선 도시였다.

거기에서 과거를 보는 것은 불가능했다. 그것이 대진재로 인한 결과라고 할 수도 있겠지만, 사실 도쿄는 처음부터 그런 운명을 타고 태어난 도시였다. 교토와 견주어볼 때 그 점은 확연히 드러난다. 봉건 말엽의 에도가 수도로 확정된 지는 겨우 2백 년. 그에 반해 교토는 헤이안(平安) 일천 년도 넘는 역사를 자랑하는 고도가 아닌가?

그런 만큼 두 도시는 하나에서 열까지 달랐다.

하다 못해 두 대학이 자랑스럽게 내세우는 제국대학의 성격만 보더라도 그러했다. 가령 교토가 상대적으로 보수적인 도시임에도 불구하고 대학만큼은 철저히 자유로운 학풍을 고수하며, 시민들도 그것을 당연한 것으로 받아들인다. 그런 자유로움 가운데서 오히려 더 튼튼한

결속이 이루어질 수 있다고 믿기 때문이다. 실제로 경대의 교수들은 동대의 교수들이 서로 보이지 않는 알력 속에 지내는 것과는 달리 상대적으로 응집력이 강했다. 그것은 물론 경대가 동대보다 훨씬 뒤늦게 제국대학으로 된 데서 그 원인을 찾을 수 있다. 말하자면 경대는 처음부터 동대에 대한 콤플렉스를 갖고 출발했기 때문에, 그것을 극복하기 위해서라도 모든 면에서 동대와 다른 전통을 세우고자 했던 것이다. 경대가 특히 인문, 사회과학 분야에 집중 투자하여 가령 철학과 고고학 등의 분야에서 전국 최고의 수준을 자랑하게 된 것도 일찍부터 제국관료의 양성소로서 자리잡은 동대를 의식했기 때문이었다.

아직 고등학생인 홍규 또한 알게 모르게 그런 분위기에 젖어 있었다.

그래서일까, 홍규는 긴자 거리의 화려함을 어느새 시큰둥하게 바라보게 되었고, 마침내 눈에 들어오는 하나하나의 풍경을 적잖이 메스꺼운 기분으로 대하고 있었던 것이다.

가와카미 하지메(河上肇) 교수의 저 유명한 『가난 이야기(貧乏物語)』에서 읽은 한 대목이 생각난 것도 그쯤에서였다. 교수는 부자들이 왜 기를 쓰고 사치품을 선호하는지에 대해서 이렇게 말한다.

——아무리 부자라 해도 위의 크기는 가난한 사람과 차이가 없으며 발 역시 가난한 사람과 똑같이 두 개만 있게 마련이니, 소비하기 위해 돈으로 사야 할 쌀과 신발 같은·것에는 어느 정도 일정한 한도가 있는 것이다. 그러므로 이들 부자들의 수요의 대부분은 자연히 사치품을 향하게 된다.

그런 까닭으로 금세기에 들어와 쓸모 없고 유해한 사치품들만 산더미처럼 쌓이고 다수인에게 필요한 생활필수품은 극심한 품귀와 부족

현상에 부닥치게 되었다는 것이다. 교수는 좀더 쉽게 설명하기 위해 다음과 같은 우화를 덧붙인다.

——이를테면 가난한 사람이 얼마 안 되는 돈을 가지고 쌀을 사면서 좀더 달라고 부탁해 봤자, 그렇게 싸게 팔아서는 채산이 맞지 않으니까 아무도 상대해 주지 않을 것이다. 그러나 부자가 나타나서, 세상에는 가난한 사람들이 많고 그 중에는 쌀밥도 제대로 배불리 먹지 못하는 인간들이 있다고 하는데, 참으로 한심스러운 일이라고 할 수 있지만, 어찌 되었든 나는 세상 사람들이 먹는 수준의 요리에는 이제 식상했다. 비록 고통을 받는 사람 앞에서 노래를 부르지 말라고 한다지만, 그것은 그렇다 치고 오늘은 꼭 한 번 극히 희귀한 것을 먹어보고 싶을 뿐이다. 하지만 혼자서 먹으면 재미가 없으니까 많은 손님들을 초대해서 산해진미를 늘어놓고 모두를 놀라자빠지게 하고 싶다고 생각한다고 하자. 그는 곧바로 요리사를 부른 다음, 그에게 돈을 얼마든지 낼 테니 솜씨껏 한번 진귀한 요리를 만들어달라고 한다. 그리고 우선 국물부터 음미하고 싶은데 비둘기 혀로 만든 맑은 국물을 원한다고 하면 즉시 많은 사람들이 비둘기를 잡으러 산으로 들어가게 되는 것이다. 그렇게 되면 그만큼 쌀농사를 짓게 되는 사람의 수가 줄어들게 되는 것이고 쌀농사를 지을 사람이 줄어들게 되면, 그만큼 쌀의 생산량은 감소해질 것이며 따라서 쌀값도 오르게 될 것인데 아무리 쌀값이 오르더라도 부자에게는 전혀 지장이 없는 것이다. 다만 곤란을 겪는 것은 가난한 사람들이며, 따라서 적은 수입으로는 온 가족이 쌀밥도 제대로 배불리 먹지 못하게 되고 마는 것이다.

홍규는 지금 긴자 거리를 오가는 사람들이 바로 그 우화 속에서 비둘기를 잡으러 간 사람들과 다를 바 없다고 생각했다. 실제 자신들의 인생을 결정하는 것이 누군지 모른 채 그저 겉만 눈부시도록 화려한 데파트로, 끽다점으로, 요릿집으로 달려가는 사람들.

그런 생각은 오래가지 못했다.

홍규는 문득 제 자신도 크게 다르지 않다고 생각했다.

그래, 나는 지금 어디로 가는 것일까?

제대로 가기는 가고 있는 것일까?

홍규는 누군가가 있어 보이지 않는 곳에서 자기를 끌어당기고 또 밀어붙인다는 느낌을 받았다. 말하자면 자기는 누군가의 손에 의해 조종되는 꼭두각시에 불과하다는 느낌!

그렇다면, 나는 도대체 누구인가?

그 나는 누구를, 또 무엇을 위해 살고 있단 말인가?

도대체 인생이란 여행길에는 왜 이다지도 가면 갈수록 풀기 어려운 문제들만 늘어나는가?

홍규는 그런 생각에 잠긴 채 어느새 미쓰코시 백화점을 지났다.

카페 쎄느는 금방 눈에 띄었다.

십오분쯤 지났을 때, 마침내 마쯔꼬가 나타났다.

순간, 홍규는 숨이 콱 막혔다.

침착하자고 수없이 다짐했으면서도, 막상 문을 열고 들어서는 마쯔꼬를 보는 순간 저도 모르게 일어난 반응이었다.

마쯔꼬는 구석 창가에 앉아 있는 홍규를 곧바로 찾아냈다.

"미안해요. 많이 늦었죠?"

환한 웃음.

마쯔꼬는 언제나처럼 쾌활한 표정을 지으며 가볍게 인사를 건넸다.

그런 표정이 홍규에게는 더욱 큰 부담으로 다가왔다.

"멀리서 오셨는데, 아이 참, 괜히 멋 좀 부린다고 꾸물대다가……
많이 기다리셨죠?"

"아, 아니."

"응, 그래요? 다행이에요. 참, 저 어때요?"

"네?"

"아이, 제 모습이 어떠냐니까요? 괜찮아 보여요?"

마쯔꼬가 짐짓 뽐내는 표정으로 물었는데,

"아, 네."

하고 홍규는 기어들어가는 목소리로 겨우 대답하는 시늉을 냈다.

"에이, 시시해. 뭐 그런 식이 아니라, 좀더 문학적인 대답을 해주실 수 없나요? 가령……마치 훈풍에 살랑이는 나뭇잎 같다든지, 아니면 한여름날 시원하게 쏟아지는 소낙비 같다든지……흥, 별론가 보죠, 제가?"

"아, 아닙니다."

홍규는 당황해서 얼른 고개까지 저으며 말했다.

"그래요? 하하. 또 너무 짓궂었나요?"

"아닙니다, 제가 너무……"

"에이, 하나도 안 변했어요, 거기는. 불분명한 것……그래, 그 동안 어떻게 지냈어요? 별일 없었나요?"

별일?

홍규는 다시금 숨이 콱 막히는 기분이었다.

무어라고 선뜻 대답할 수 없었다.

도대체 어떻다고 말을 한단 말인가?

그때부터 거의 매일을 뜬눈으로 지샜다고?

밥을 먹어도 먹은 것 같지 않았고, 학교에 가도 공부는 뒷전이고 하루 종일 온갖 공상에 시달리며 지냈다고 말할까?

하루하루 밝아오는 날과 지는 해를 맞이하는 게 더 없는 고통이었다고 말할까?

그리하여 차라리 신경세포란 게 처음부터 없는 돌이나 나무였으면 좋겠다고 수도 없이 바랐다고 말할까?

편지를 보내기까지, 그리하여 이렇게 만나기까지 겪어야 했던 마음의 고통을 아느냐고?

홍규는 마쯔꼬를 바라보던 눈길을 가만히 거두었다.

그제서야 마쯔꼬도 홍규의 심정을 읽었다는 듯 입을 다물었다.

침묵이, 아주 무거운 침묵이 탁자를 사이에 두고 앉은 두 사람 사이에 감돌았다.

홍규는 지금 이 순간이 꿈이었으면, 하고 생각했다. 하지만, 아니었다. 바로 눈앞에 엄연히 마쯔꼬가 앉아 있는 것이었다. 그리고 그 마쯔꼬는 이제……

편지를 통해 소식을 처음 들었을 때, 홍규는 그 당장의 경악했던 마음과는 달리 자기가 마치 현실이 아니라 머나먼 꿈의 세계로 여행을 하고 온 듯한 기분이 들었다. 하지만 시간이 흐를수록 그렇듯 몽롱했던 기분은 사라지고, 대신 매순간 말로 표현하기 어려운 고통이 찾아들었다. 그때마다 홍규는 자기 앞에 닥친 문제를 풀 수 있는 방법을 애써 생각하기도 했다. 그러나 그 어떤 상상 속의 해결책도 단지 그때뿐, 몸을 움직이기만 하면 곧바로 아무 소용이 없는 것처럼 느껴졌다.

학교고 뭐고 다 그만두고 싶다는 생각도 수없이 했으며, 어느 때는 소리 소문 없이 사라지고 싶은 기분이기도 했다.

한때의 불장난!

홍규는 마쯔꼬와의 그 밤을 고작 그렇게 생각하고 있는, 그래서 어떻게든 해결책을 찾아야겠다고 애쓰는 제 자신이 미치도록 싫었다. 그것은 분명 아니었다. 그렇게 생각할 권리는 없었다. 사랑이었다. 그것도 뜨거운 사랑이었다. 모든 것을 떠나, 정신과 육체가 완벽하게 결합한 절대영역의 사랑!——그런데 그 사랑이 이토록 고통을 낳을 줄이야!

홍규는 다시금 몰려오는 기억에 저도 모르게 부르르 몸을 떨었다.

"히다 오빠는 잘 지내나요?"

마쯔꼬가 모처럼 입을 열었다.

"아, 네. 잘 지내는 것 같아요."

사실 홍규는 히다를 거의 만나보지 못했다. 그래서 그저 빈말로 대답했는데,

"그렇겠죠. 무엇 하나 부족한 게 없는 사람이니까, 홍."

하고 마쯔꼬 역시 가볍게 말을 받았다.

다시 말이 끊겼다. 그리고 이번에는 더욱 긴 침묵이 흘렀는데,

"얼굴이 많이 야위었어요."

마침내, 그 긴 침묵의 매듭을 끊으며 마쯔꼬가 말했다.

홍규는 가만히 고개를 끄덕거렸다.

"이해할 수 있어요, 저는."

이해?

홍규는 천천히 고개를 들어 마쯔꼬를 바라보았다.

아름다웠다.

마치 강변에 서 있는 키 큰 미루나무, 그것도 이제 막 물이 차오르는 새봄의 미루나무 같았다.

연두색 투피스 정장에 목에는 빨간색 스카프를 살짝 드리운 차림. ──지금 당장 거리에 나선대도 어느 누구에게도 빠지지 않을 만큼 세련된 모던걸의 모습이었다.

홍규는 그런 마쯔꼬에 비길 때마다 자기 자신이 너무나 초라하다고 생각했다.

그렇지만 정작 홍규가 가장 고통스럽게 느낀 것은 그것이 아니었다. 사실 다른 모든 차이와 불균형은 마음먹기에 따라서 얼마든지 바꿀 수

도 있고 얼마든지 극복할 수 있을 것 같았다.

그런데 단 하나, 국경만큼은, 마쯔꼬와 자기 사이에 가로놓인 저 보이지 않는 국경만큼은 도저히 어찌해 볼 수조차 없는 불가항력의 담벽이었다.

아아, 국경이라니!

홍규는 마쯔꼬를 사귀면서 이따금 그 벽을 실감하곤 했지만, 그것이 마침내 이토록 완강한 장애물로 등장하리라고는 한 번도 생각해 본 적이 없었다. 하지만 이제 홍규는 뼛속 깊이 절감하고 있는 중이었다.

아무리 부정해도 자기는 식민지 조선의 초라한 한 남학생이며, 마쯔꼬는 그 조선을 지배하는 일본의 명문가 출신 여학생이 아닌가!

편지를 받고 나서 홍규는 수없이 많이 생각했다. 자기가 마쯔꼬를 데리고 고향에 돌아가는 광경을……그러나 그것은 처음부터 그려지지 않는 그림이었다. 두 사람은 도저히 한 화폭에 담겨질 수 없었다.

아카시아와 소나무, 벚꽃과 진달래가 어떻게 한 화폭을 치울 수 있단 말인가?

언제던가?

아직 고보생이던 시절, 연휴를 맞이하여 동무들과 함께 해안선을 따라 청진까지 북상 여행을 한 적이 있었다. 그때 물론 나남과 경성(鏡城)도 들렀는데, 바짝 붙어 있는 두 도시가 어쩌면 그렇게 다른지 깜짝 놀라지 않을 수 없었다.

경성을 벗어나 나남 시가가 내려다보이는 언덕바지에 이르렀을 때, 한 동무가 이렇게 말했다.

"경성이 조선이라면 나남은 일본이다."

그 말에 다들 감탄했다.

홍규 또한 코끝에 확 끼쳐오는 짙은 아카시아 향내를 맡으며 마악 그런 생각을 떠올린 참이었던 것이다.

사실 나남에는 아카시아가 많았다. 경성이라고 아카시아가 없으랴마는, 나남은 비교할 수조차 없을 정도였다. 도시 한복판 중앙공원을 중심으로 길은 쌀 미(米)자 꼴로 사통팔달 뻗어나갔는데, 길가마다 가로수는 온통 아카시아뿐이구나 하고 여길 만큼이었다.

그리고 그런 아카시아는 나남의 역사를 그대로 드러내는 것이었다.

합방 전만 해도 나남은 경성군 오촌(梧村)면에 속해 있던 일개 한촌에 불과했다. 개천가에 겨우 30여 호 농가가 있었을 뿐이라고 했다. 그런 나남이 일본 군대의 주둔과 더불어 북방경비의 배후기지로 급속하게 성장하기 시작하면서, 마침내 흥규들이 찾아갔을 때는 고도 경성마저 완전히 따돌리고 번듯한 계획도시가 되어 있었던 것이다. 기병연대 청사를 비롯하여 보병연대와 야포병연대 병사, 보병여단 사령부, 병기지창, 육군창고 지고(支庫), 연무장, 작업장, 장애물 마장까지 들어서서 도시가 온통 하나의 거대한 병영처럼 느껴졌는데, 당연히 그곳에는 일본인들이 엄청나게 많이 이주해 와 살고 있었다.

그런 반면 경성은 어떠했는가?

동무의 표현을 빌리면, 경성은 늙은 소나무였다. 주변에 아카시아가 들어서서 양분을 다 빼앗기고 이제는 흙으로 돌아갈 날만 기다리는 소나무. ──아카시아와 소나무는 그만큼 달랐다. 나남이 일개 동에서 면으로, 면에서 다시 지정면으로, 지정면에서 다시 읍으로 커가는 동안에, 경성은 지정면도 못 되었을 뿐만 아니라 읍 승격에서도 제외되었던 것이다.

그런 경성을 가리켜, 노송의 은은한 매력이 묻어나는 도시라고 누가 자랑한단 말인가!

지금 흥규는 마쯔꼬 앞에서 다시 한 번 그때 기억에 젖어드는데,

"아이를 낳는다면……"

하고 마쯔꼬가 낮은 목소리로 말했다.

순간, 홍규는 불에 덴 사람처럼 깜짝 놀라 기억 속에서 빠져나왔다.

"네엣?"

저도 모르게 말이 빠져나갔다.

"왜 그러시죠?"

"그, 그건……"

"안 된다는 말인가요?"

마쯔꼬의 눈빛이 달라졌다.

무서웠다.

아니, 섬뜩했다.

홍규는 까마득한 절벽 아래로 곤두박질치는 듯한 느낌이 들었다.

"왜죠? 자신이 없나요? 아니면……처음부터 그럴 생각이었나요?"

"아, 아니……"

"그럼, 처음엔 그저 가볍게 시작했는데, 이제 감당할 수 없을 만큼 일이 커졌다는 말인가요? 그런가요? 홍규씨의 생각이 그런 것인가요? 대답해 보세요. 듣고 싶어요. 자세히, 아주 사소한 감정까지도 빠짐없이 다 말예요."

마쯔꼬는 이제 거침없이 말했다.

그와 동시에 홍규의 몸과 마음은 더 이상 버틸 수 없다는 절망감에 휩싸여 버드나무 가지처럼 축 늘어졌다.

18 단오

청명 한식 다 지나갈 때까지 막서리 걱정이라니!

그러나 겨울이 아무리 길어도 봄은 온다. 어느새 뒤란 응달까지 쨍쨍한 볕이 찾아들었고, 개울을 건널 때 발목을 휘감는 여울물이 제법 간지러웠다.

쟁기 맛을 본 땅은 하루가 다르게 훅훅 더운 김을 토해냈다. 한두 차례 비가 내렸어도 푸석푸석 먼지를 피워올리는 것은 여전했다. 그래도 물 가둘 때 여느 해처럼 큰 고생은 하지 않았다.

하지만 두 번 갈아 번지질을 한 논바닥에 모를 꽂을 때, 한숨이 절로 나왔다.

이 모는 언제 자라서 내 배를 채울꼬?

제 땅에 제 모 심는 농사꾼이 그럴진대, 남의 땅 빌려 한 해 농사라고 시작하는 사람들이야 더 말할 나위도 없었다. 그래도 하늘 아래 겸손하고 땅 앞에서 사심 부리지 않는 것이 농사꾼들이다. 아침 일찍 소

끌고 나설 때엔 자못 경건했고, 막베 고의 후줄근해지도록 실컷 일한 뒤에 맞이하는 새참은 수라상이 부럽지 않았다.

그렇게 없는 살림 모자라는 품을 서로 나누며 허겁지겁 논두렁 밭고랑을 타고 넘었는데, 그 끝자락에 큰 명절이 찾아왔다.

쿵, 쿵, 쿵, 쿵.

경기도 안성(安城)에서 왔다던가, 북채를 쥔 잽이의 손이 아연 빨라졌다. 윗대에서는 좀처럼 들어보기 힘들 정도로 능란한 솜씨였다. 날라리 소리는 진작부터 제일 껑충한 미루나무 꼭대기에 걸려 있었다.

삘리리이이―.

삘, 삘, 삘리리이―.

조무래기들의 마음이 바빠졌다.

사람들은 벌써 강변 모래사장으로 새카맣게 몰려가는데, 장터 한복판에서 판을 벌인 장사치들은 한번 낚아챈 발목을 쉽게 풀어주지 않았다.

개중에는 장사를 하는 건지 제 흥에 제가 겨워 타령을 부르는 건지 모를 만치 신바람이 나 떠들어대는 치도 있었다.

담뱃대 사소 담뱃대
좋은 챈빗 사 얼레빗
윤두 가시개 비녀 비녀
쑥잠 나무잠 국화잠
천금 보명단
백코 작작 나가는 칼도 있고
이마하는 쪽집개
단장하는 거울이며

이발 달린 석경 있습니다

한쪽에서는 또 다른 장돌뱅이가 어깨춤까지 추어가며 신명을 돋우었
다.

"옳지, 오라는 덴 없어두 갈 데는 많다. 어디 한번 장타령이나 불러
보자. 이놈우 덴 첨이지만, 첨이라고 못할쏘냐? 얼쑤 한번에 내 뽑아
보겠소."

"얼쑤!"

"잘한다!"

"눈물나두룩 고맙소, 젠장! 엎드려서 절 받기두 힘드니, 이거야
원. 어쨌거나 약속은 약속이니, 어디 한번 뽑아볼까? 여계가 신상이니
신상장부터 시작하는데……"

신상신상 신상장 신사 없어 못 보고
함흥차사 함흥장 한번 가면 못 보고
흥이 난다 흥남장 흥만 내고 못 보고
물장사는 북청장 헛물켜서 못 보고
일원 이원 이원장 손이 커서 못 보고
어디 갔나 원산장 먼산 가서 못 보고
새로 생긴 신흥장 헌 게 많아 못 보고
깎아지른 고원장 산이 높아 못 보고
명태 좋다 명천장 동태 돼서 못 보고
어랑어랑 어랑장 얼쩡대다 못 보고
죽을 놈의 주을장 죽을까 봐 못 보고
나도 서울 경성장 경복궁 없어 못 보고
일원성신 성진장 심심해서 못 보고

에고 힘들다 회령장 숨넘어가 못 보고
삼수갑산 삼수장 가라고 해도 못 보고

　말솜씨 좋은 장돌뱅이는 더 들먹일 재간이 없는지 함경도를 포기하
고, 이제 제가 늘 다니던 앞대로 내려가기 시작했다. 금방 표가 났다.
숨을 헐떡이던 것이 과연 언제 적 자기냐 싶은 표정으로 구렁이 담 넘
어가듯 스리슬슬 이어나가는 것이었다.

춘천이라 샘밭장 신발이 젖어 못 보고
홍천이라 구만리장 길이 멀어 못 보고
이귀 저귀 양귀장 당귀 많아 못 보고
한자 두자 삼척장 베가 많아 못 보고
명주 바꿔 원주장 값이 비싸 못 보고
횡설수설 횡성장 에누리 많아 못 보고
값 많은 강능장 값이 싸서 못 보고
이통 저통 통천장 알 것 많아 못 보고
엄성듬웃 고성장 심심해서 못 보고
철떡철떡 철원장 길이 질어 못 보고
영 넘어라 영월장 담배 많아 못 보고
어화저화 금화장 놀기 좋아 못 보고
회회층층 회양장 길이 험해 못 보고
이강 저강 평강장 강물 없어 못 보고
정들었다 정선장 갈보 많아 못 보고
화목 많은 화천장 길이 막혀 못 보고
양식 팔어라 양양장 쌀이 많아 못 보고
즉금 왔다 인제장 일 바빠서 못 보고

울퉁불퉁 울진장 울화 나서 못 보고
안창곱창 평창장 국술 좋아 못 보고

그래도 대세는 씨름판이 벌어지는 쪽이었다. 눈치 빠른 야바위꾼이
궤짝을 난짝 들어 걸음을 옮기자, 뽑기장수가 얼른 그 뒤를 따른다.
아이들은 줄줄 그 다음인데,
"엇다, 송도 외장수가 따루 없네."
하고 아직 남은 고무신장수가 슬쩍 퉁을 준다.
마침 곁을 지나던 청년들이 있어 그 말을 들었다.
"무시기 소립메?"
"낸들."
"쳇, 알어야 멘장으 해먹지비."
"어째, 멘장자리가 부럽소?"
"부럽웁기느……거저 줘두 내팽가치겠구마."
"그라무 구장이라두 하오."
"엥? 승겸이, 자네꺼정 이러깁메?"
"어째, 나느 농두 못하오?"
"쩨, 맘대루 하랑이. 지져 먹든 볶아 먹든……"
"삶아 먹겠소."
"무시기?"
"하하."
청년들은 잠시 걸음을 멈추고 한바탕 웃어제낀다.
모두 넷이다.
한영윤(韓永允)이 그중 연장자라지만, 다른 청년들에 비해 고작 서
너 살 앞서갈 뿐이다. 나머지 셋 한승겸(韓承兼), 전정현(全楨鉉),
이재필(李在弼)은 이제 갓스물을 넘어섰다.

잠시 후, 한승겸이 한영윤의 처음 질문에 답을 하자고 나섰다.

"그기 무시기 말인고 하무……"

송도 오이장수가 하루는 서울 오이 시세가 좋다는 말을 들었다. 그래서 부리나케 가보았는데, 그 동안 값이 뚝 떨어져서 허탕을 치고 말았다. 마침 의주(義州)에서 온 장돌뱅이가 거기 오이금이 좋다는 말을 전해주었다. 그러자 이번에는 얼른 의주로 달려갔는데, 웬걸, 거기도 값은 이미 뚝 떨어져 있었다. 할 수 없이 송도로 돌아왔다. 하지만 그 사이 오이는 다 썩어 못 쓰게 되고 말았다.

"자, 이저느 멘장으 할 만하오?"

한승겸이 싱글싱글 웃으며 묻자, 한영윤이

"그, 그거느 내두 아넌 이얘긴데?"

하고 멍청한 표정으로 되물었다.

"흥, 구슬이가 서 말이래두 꿰어야 보배라오."

"옳지, 부뚜막으 소곰도 옇야 짜구."

"무시기?"

"무시기느……똘배가 서방가느 날 어쩨 땅으 첬겠소? 빤히 알구서두 당하는 기 되비 낫소, 하하."

이재필까지 끼어들자, 한영윤은 더욱 얼떨떨해졌다.

"똘배? 바목재 사는?"

"그렇소."

"에, 그라무 내가 그 똘배 꼴이랍메?"

"아이무?"

"그, 그래두……쳇, 괜히 말 끄집어냈다가 본전두 못 건졌다이."

청년들은 다시 웃음을 터뜨렸다.

구읍에서 신읍으로 가는 길목에 바목재라고 제법 가파른 고개가 하나 있다. 거기 사는 똘배가 나이 서른이 다 되도록 장가를 들지 못했다. 사람이 허우대는 멀쩡하고 행동거지도 아주 씩씩하고 부지런해서 다 좋은데, 딱 한 가지 머리가 너무 모자라서 근동 사람들은 아무도 딸을 내주려 하지 않았다. 하지만 곰배팔이도 다 제 짝이 있다고, 마침내 그 똘배에게도 짝이 생겼다. 고중모루 사는 딸부잣집 일곱쨋가 여덟째 처녀였는데, 마음 급한 똘배 어머니가 가운데 선 방물장수에게서 필요도 없는 참빗, 얼레빗, 박가분, 미안수를 다 사고서야 소개받았다. 어쨌거나 장가를 가게 된 똘배는 그저 좋기만 했다.

막상 혼례식이 끝나고 사흘 뒤 색시 집으로 신행을 갔을 때 일이 터졌다.

신부 쪽 동네 총각들이 고약한 짓을 즐기는 것이야 어디나 마찬가지였다. 그렇더라도 그냥 그렇겠거니 하고 넘어가면 아무 일이 없을 터였다. 하지만 누구던가, 신랑이?

동네 청년들이 똘배를 묶은 채 발가락을 세기 시작했다.

"어디메 봅세. 우리 늙은 신랑 발가락이 몇인가? 하나도 하나요, 둘도 둘이요, 셋도 셋이요, 넷도 넷이요, 다섯도 다섯, 여서……응? 이것 보자. 하나, 둘, 서이, 너이, 닷, 엿! 햐, 발가락이 여섯 개다!"

"무시기?"

동네 청년들이 와그르르 몰려들어 똘배의 발가락을 만지고 간질이고 하면서 짐짓 놀라는 표정들을 지었는데, 똘배가

"무시기? 그, 그럴 텍이 없다."

하고 나선 게 잘못이었다.

"내 발가락으느 분명히 다섯 개다."

"엥? 이 늙은 신랑으 봐랑이. 발가락만 여섯 갠 줄 알았더이마느 입두 두 개 아입메?"

"응? 증말—."

똘배가 더욱 놀라서,

"아이다. 두 개 아이다!"

하고 소리치며 용을 썼다. 그 바람에 묶였던 손이 풀렸다.

"어매, 이저 보이 손두 너입메?"

동네 청년들은 이제 신이 나서 멍청한 똘배를 마구 약올렸다. 똘배
는 그때마다 아니라고 바락바락 악을 쓰며 대들었다.

"아이다. 내 귀느 두 개다."

"코느 한 개다."

"머리느 한 개다."

그러다가 마침내 해서는 아니 될 말까지 하고 말았다.

"씨, 아이다. 자지가 두 개 아이다. 한 개다, 한 개!"

"무시기? 증말? 그라무 좋다. 어디메 한번 확인해 보자!"

청년들은 다 함께 달라붙어 똘배를 꽁꽁 묶었다. 그런 다음의 일은
그야말로 뻔한 일. 그 날 똘배는 보여줄 것은 다 보여주고도 발바닥이
퉁퉁 부르터서 제 발로 걷지 못할 때까지 실컷 두들겨맞았던 것이다.

한영윤은 쓴웃음을 흘릴 수밖에 없었다.

잠시 후, 네 청년은 강변에 설치된 덕이(관람석)를 향해 다시 걸음
을 옮겼다.

사람들이 구름처럼 모여든다는 게 꼭 이럴 때를 두고 하는 말이었
다. 아직 판이 열리지 않았음에도 불구하고 네 청년이 쉽게 비집고 들
어갈 틈은 보이지 않았다.

"햐, 사램 참 많다."

"그러게."

"그러구새구 어떻게 찾지비? 모새밭에서 바늘 찾기다."

"이럴 줄 알았으무……헌데 멩섭군이 좋아지기느 했습메?"

한승겸이 한영윤을 보며 물었다.

"내두 모르지비. 이얘기느 그렇다등마느……쩨, 아무래두 헛고생

같다."

"그래두 어쩌겠소? 한번 믿어봐야잖이오?"

"암, 문산에 누가 있어야지비."

"그때 모지리 당했소, 쯔."

한승겸의 말에 다들 고개를 끄덕거렸다.

그때란 지난해 겨울의 그 대검거 사건을 말함이었다. 그때 전군적으로 피해를 아니 본 데가 없었지만, 그 중에서도 문산면의 피해가 컸다. 일깨나 하던 사람들은 거의 다 체포되었다. 용케 붙들리지 않은 조합원들은 손가락으로 꼽을 정도였는데, 그들조차 대개 명섭이처럼 두들겨맞고 병신이 되었거나 경천이처럼 온데간데없이 사라져버렸다.

지금 네 청년이 아직 몸이 성치 않은 명섭이나마 어떻게 만나보려고 하는 것도 그 때문이었다. 하지만 거기에 큰 기대는 걸고 있지 않았다. 전체 군 단위 조직을 머리 속에 그리고 있는 그들로서는 형식적으로나마 어쨌든 문산면을 빠뜨릴 수는 없었던 것이다.

네 청년은 겨우 길을 내며 씨름판 쪽으로 다가갈 수 있었다.

그렇지만 이미 박명섭을 찾아낼 희망은 버린 뒤였다.

옛날에 소금장수가 한 사람 있었다.

어느 날 소금을 팔러 나갔다가 날이 저물어서 산 속 어느 집에서 묵게 되었다. 그런데 방 한구석에 조그만 화로가 있었다. 소금장수는 담배나 한 대 피우자고 불을 붙이고 그 화로에 담뱃재를 툭툭 털었다. 그랬더니 금방 담뱃재가 화로에 가득 차는 게 아닌가?

응? 거 참 이상하다.

소금장수는 재를 다 퍼내고 나서 좁쌀 한 알갱이를 집어넣어 보았다. 그러자 화로 안에는 좁쌀이 가득 찼다.

야, 이거 신기하구나. 잘하면 큰돈을 만지겠는걸.

다음날 소금장수는 주인에게 돈푼을 집어주고 그 화로를 가지고 집으로 돌아왔다. 와서 엽전 한 개를 집어넣었다. 그랬더니 금방 돈이 쏟아져나왔다. 소금장수는 엄청난 부자가 되었다.

하루는 소금장수가 밖에 나들이 나가고 없는데, 이웃집 과부가 찾아와서 소금장수 마누라한테 화로를 잠깐 빌려달라고 했다. 소금장수 마누라가 아무것도 모르고 빌려주자, 과부는 화로를 집으로 가져왔다. 과부는 입쌀 한 톨을 화로 안에 넣어보았다. 그런데 정작 쏟아져나온 것은―.

드런예는 거기서 말을 뚝 끊었다.

"응?"

귀를 모으던 여자들이 눈을 동그랗게 떴다.

"어쩨 하다 말지비?"

"들으나마나⋯⋯닙쌀이 수북하니 나왔겠지비?"

"날래 하랑이."

재촉이 심했다.

드런예는 의기양양해져서 겨우 말을 이었다.

"닙쌀? 천만에!"

"그라무 무시기가 나왔습메?"

"무시긴가무⋯⋯좆이 나왔다, 좆."

"엥?"

"좆?"

"스나들 좆?"

"잠지?"

"그, 그기⋯⋯"

여자들은 드런예 입에서 전혀 엉뚱한 대답이 나오자 처음에는 놀라서, 나중에는 저마다 호기심이 발동해서 어떻게든 한마디씩 끼어들었

다. 벌써 키득거리는 여자들도 있었는데, 대개 아이 서넛을 낳은 경력
자였다.

　드런예는 더욱 기가 살아 자기 앞에 올망졸망 앉아 있는 여자들을
천천히 둘러본 뒤,

　"아암, 좆이가 딴 좆이 있씀?"

하고 말했다.

　"옴메!"

처녀들이 새삼 고개를 돌렸다.

　그러거나 말거나 드런예는 이야기를 마저 늘어놓았다.

　"어째 좆이가 나왔는고 하무……"

　원래 그 화로는 집어넣는 것만 나오는 게 아니었다. 그것을 가진 사
람이 마음속으로 간절히 원하는 것도 나오는 화로였다. 그 과부가 자
나깨나 늘 원하는 것은 바로 남정네였고, 그래서 나오라는 입쌀은 나
오지 않고 좆만 '드립다' 나온 것이었다. 과부는 하도 부끄러워서 좆이
나오지 못하게 막았지만 소용이 없었다. 잠깐 사이에 좆은 온 방 안을
빼곡하게 채웠다. 과부는 그만 좆에 파묻히게 되었던 것이다.

　"에고, 에고―."

　"하하하."

　"까르르."

　듣고 있던 여자들은 미친 듯이 웃음보를 터뜨렸다. 살짝 고개를 돌
리던 처녀들도 기어이 웃음을 참지 못하고 제 동무의 옆구리를 괜히
찔러댔다.

　"에고, 드립다 드립다 좆이……"

　"그러게, 좆이……에구, 에구."

　그렇지만 이야기는 거기서 끝난 게 아니었다.

　드런예는 신이 나서 이야기의 매듭을 지었다.

"소곰장수가 돌아왔더이……"

그 날 밤 소금장수가 돌아와서 과붓집 방문을 열었다. 그랬더니 좆이 마구 쏟아져나오는 게 아닌가? 좆은 금방 너른 뜨락을 가득 채웠다. 소금장수는 별일이다 싶어 뜨락에 구덩이를 파고 그 좆들을 다 쓸어담았다. 그러니까 거기서 큰 나무가 나오더니 좆이 대롱대롱 열리기 시작했다. 그로부터 소금장수는 그 좆을 따서 과부들한테 팔아 큰돈을 또 벌었다.

"에구, 고만 하랑이."

"에구, 그런 화로 한 개만 있었으무……"

"크크크―."

"아이구 배뿍이야."

여자들은 좀처럼 웃음을 거두지 못했다.

일이 터진 것은 그 다음이었다.

한바탕 일렁이던 웃음바다가 겨우 잠잠해질 무렵, 드런예가 불쑥 또 이렇게 말을 꺼냈다.

"흥, 남우 일 같으이 잘두 웃기들은 하지비."

"웅?"

"무시기 말입메?"

여기저기서 궁금하다는 듯 여러 말이 쏟아져나왔다.

"보랑이. 하부래미 아이래두 아매 가슴 찔리는 사램이 있겠지비?"

"뉘기?"

"어째?"

"어째서는 무시기 어째서? 펭소 얼매나 그거르 밝혔으무 자기 스나 하나로느 모질러서리 뺵이 스나허구 붙어먹겠슴?"

"무시기?"

"뉘기?"

"어매, 그런 사램이 다 있나?"

"있지, 아암!"

드런예가 아주 자신 있는 목소리로 말하자, 여자들은 이제 호기심을 넘어 약간은 불안해진 눈으로 제 둘레를 슬쩍 돌아보았다. 그러는 가운데 몇 사람의 눈이 뒷줄에 앉은 어느 한 여자에게로 모아지는 듯싶었다.

"우, 우리 동네에?"

"딴 말 얘기르 어째 하누, 내가?"

"저, 참말?"

"엥, 참말이잰쿠! 내사 뉘기라구 말으느 앙이해두 당자느 알 기다. 가슴이 쪼매 쩔릴 게구."

드런예가 거듭 장담하는데, 여자들은 이미 그 드런예의 눈길을 좇아 가고 있었다.

그리고 그건 예의 그 뒷줄 여자에게로 쏠렸다.

그 여자의 얼굴이 금방 새빨갛게 달아오르기 시작했다.

"어, 어—."

여자가 신음처럼 외마디 소리를 토해냈다.

"아, 앙야. 나, 나느……"

갑자기 긴장감이 근돌았다.

여자는 이제 손까지 휘휘 내저으며 사람들의 눈길을 막아내려고 애썼다. 그러나 그러면 그럴수록 혐의는 더욱 짙어질 수밖에 없었다.

어느 순간, 여자가 벌떡 자리에서 일어나며 소리쳤다.

"어, 어째서 나르 처다봄메?"

그 목소리가 가을바람에 일렁이는 갈대처럼 떨리고 있다는 것을 다들 알아차렸다.

"드런예!"

"웅? 어째? 자네가 어째 이러지비? 나, 자네 가리키지 않았다."

"그, 근데……"

"자네가 어디메 찔리느 구석텡이가 있능가 보이. 그러잰쿠서 어째
……"

"무시기?"

여자의 얼굴은 이제 새파랗게 질려 있었다.

쿡쿡거리며 애써 웃음을 참는 여자들이 늘어났다.

"어째, 말이무 다해?"

"웅? 호, 참말 폐럽다. 아무래두……"

"이, 이년이!"

마침내 여자는 더 이상 참지 못하고 와락 뛰쳐나갔다.

주변에서 말리고 말고 할 틈도 없었다.

드런예도 만만치 않았다.

"오매, 이저느 대놓구 쌍말이네? 좋다, 이년아! 다 까발길 테
다!"

"무, 무시기?"

"그래, 이년아! 붙어먹드래두 골라가면서리 붙어먹어!"

"뭬야?"

"그래, 붙어먹을 스나가 없어서 제 서방 잡아먹은 왜놈 순사새끼허
구 붙어먹어?"

드런예의 말에 사람들은 벌어진 입을 차마 다물지 못했다.

여자는 이제 드런예의 머리채를 붙잡고 미친 듯이 날뛰기 시작했다.

"이, 이년이……"

"그래, 이년아! 내가 왜놈 순사허구 붙어먹었다. 어쩔 테냐?"

"이년이 샤르 쓴다, 에구!"

드런예가 비명을 질렀다.

두 여자는 모랫바닥에 나뒹굴고 말았다.

그제서야 구경하던 여자들이 싸움을 뜯어말리기 시작했다.

"지, 짐막덕!"

"드런예!"

하지만 독기가 오를 대로 오른 두 여자는 저고리 앞섶이 툭툭 뜯어져 나가고 치마가 벗겨져 허연 알종아리가 나오는 것도 모르는 채 한데 뒤엉켜 모랫바닥을 마구 굴렀다.

저만큼 그네터에 모여 있던 여자들이 달려오기 시작했다.

조금 떨어진 씨름터에서도 벌써 눈치빠른 총각들이 몸을 돌렸다.

소식은 제비처럼 훌훌 공중을 나는 그네를 타고 삽시간에 온 금진강변에 퍼져나갔다.

그렇게 모든 사람들의 관심이 그쪽으로 쏠리는데, 아까부터 방천에 앉아 있던 한 사내가 힘겹게 몸을 일으켰다. 그는 애써 그 싸움 광경을 외면하며 반대 방향으로 걸음을 떼었다. 그의 다리가 후들거렸다.

핏기 없는 얼굴.

가뜩이나 병자 같은 그의 얼굴은 이제 양초처럼 하얗게 탈색되어 버린 뒤였다.

박명섭.

한영윤들이 씨름판에서 애써 찾아내려던 바로 그였다.

19 재생

간밤에도 장대비가 퍼부었는데, 아침이 되자 하늘은 언제냐 싶게 개어 있었다.

구름 한 점 없었다.

지리한 장마가 이어지는 보름 남짓 동안, 한 번도 보지 못한 투명한 하늘이었다.

철금이는 활짝 열어젖힌 창을 통해 하늘을 쳐다보다가 두 팔을 벌려 맑은 공기를 한껏 들이마셨다. 더없이 상쾌했다.

눈부신 햇살 아래 뜨락의 꽃들도 새삼 싱싱해 보였다. 나팔꽃이 자주색 꽃잎을 우쭐대는 곁에서 분꽃은 훨씬 밝은 분홍색으로 제 모습을 뽐내는데, 가지 끝에서 가느다랗게 쭉 빠져나온 꽃대궁이 그만큼 더 시원함을 보태주었다. 다른 한쪽에서는 함초롬히 빗물을 머금은 봉선화가 수줍은 듯 비켜섰고, 진작에 꽃잎을 떨궈낸 작약은 새빨간 장미꽃에 가려 쉽게 찾아내기 어려웠다.

돌담 너머로 눈길을 뻗자 반룡산 숲그늘이 훌쩍 다가섰다.

짙푸른 녹음이 금방이라도 탁 튀겨져 나올 것만 같았다.

철금이는 다시 한 번 심호흡을 했다.

하아—.

날아갈 듯 몸이 가벼웠다. 병이 다 나은 것이다.

며칠을 앓았던가?

철금이는 손바닥으로 제 뺨을 슬쩍 만져보았다. 홀쭉했다. 살갗도 거칠었다.

처음 몸살기를 느꼈을 때는 하루 이틀 푹 쉬면 낫겠거니 싶어 약국에도 들르지 않았다. 하지만 병세는 생각보다 훨씬 심했다. 온몸이 불덩어리처럼 펄펄 끓는 것은 물론이고, 어느 순간에는 말할 수 없는 추위를 느끼기도 했다. 자고 나면 온몸이 식은땀에 흥건히 젖어 있었다. 그런 증세가 거듭되는 가운데 가슴속은 끈적끈적한 거미줄 같은 게 들어찬 듯 몹시 허하고 푸석푸석했다.

며칠 뒤 콩점이가 보다 못해 부른 의사는 혀를 차며 말했다.

"폐렴이오. 큰일 치를 뻔했소. 어디메 나댕기지 말구서리 푹 쉬어야 합메. 여양두 잘 섭취해야 하구……"

그 날부터 철금이는 거의 매일같이 사골을 푹 고아 만든 국물만 질리도록 먹어야 했다. 출근할 때마다 콩점이가 바깥채 쌍둥이 엄마한테 그런 부탁을 단단히 해놓았기 때문이었다.

그런 덕분인가, 이제 철금이는 자리에서 일어나게 된 것이다. 마치 캄캄한 긴 터널을 빠져나온 듯한 느낌이 들었는데, 병이 장마와 더불어 찾아들어 장마와 함께 끝났다는 게 신기했다.

따지고 보면 앓아누워도 진작에 앓아누웠을 일이었다.

단오 다다음날, 마침내 시부모가 떠났다.

아무것도 지니지 않은 채 마치 어디 유람이라도 떠나듯 그렇게 훌쩍 기차에 올라탔다. 두 분 내외의 표정이 어찌나 담담한지 쉴 새 없이 흐르는 눈물을 닦으면서도 철금이는 이별한다는 사실이 믿어지지 않았다.

시아버지는 배웅 나온 동네 사람들에게 웃으며 말했다.

"그간 여러모로 아심쾛았소다. 불초 소생이 허투루 배운 재조르 의술이랍시고 펼쳤으이 지끔 생각하무 양지가 화끈거릴 뿐임둥. 얼리뿌재이 (거짓소리) 느 또 얼매나 했을지……하지만 이저느 그런 것 다 잊고 떠나야 합메다. 정 들자 이별이라더이 지끔 내 심경이 꼭 그렇씀둥. 하지만 회자정리에 거자필반이렜으이 언젠가 다시 만날 날이 있으리이다. 자, 우리 웃으며 헤어집세다."

철금이는 아무 말도 하지 못했다.

할말이 너무 많으면 아무 말도 못하는 법인가.

시부모를 태운 기차가 느릿느릿 정거장을 다 빠져나가도록 내내 훌쩍거리기만 했다. 얼마 뒤 텅 빈 철로를 바라보았을 때, 철금이는 그당장 쓰러질 것만 같았다. 하지만 모질게 마음을 다잡은 덕택인지, 함흥으로 돌아온 뒤 철금이는 제가 생각해도 신기하리만치 평소와 다름없이 생활했다. 그러다가 한 열흘 뒤 공장에서 돌아오자 갑자기 눈앞이 어질어질하고 온몸이 마구 떨리기 시작했다.

그 날 밤 꿈을 꾸었는데, 꿈속에서 남편을 만났다.

남편이 말했다.

"나는 당신을 믿었더랬는데, 실망했소. 어떻게 그럴 수 있소? 내가 없다고 부모님을 내버리다니……"

아니라고, 그런 게 아니라고 말을 해야 했는데, 목구멍 속에서는 아무런 말도 빠져나오지 않았다. 자꾸 마른침만 삼켜졌다. 심장이 콩닥콩닥 뛰고 숨조차 쉴 수 없었다.

남편은 그러고도 한참 동안 들릴락 말락 한 목소리로 웅얼거렸다.

무슨 말이었을까? 철금이는 한마디도 알아들을 수 없었다.

어느 순간, 얼핏 꿈에서 깨어났다.

아직 캄캄한 한밤중이었다. 밖에서는 억수 같은 비가 쏟아지고 있었다. 바야흐로 장마가 시작된 것이었다. 그때 이미 손가락 하나 까딱할 수 없을 정도였는데, 흐릿한 의식 속에서도 그것만큼은 분명히 감지할 수 있었다.

지난 일을 생각하던 철금이는 그쯤에서 갑자기 허기를 느꼈다.

그래 마악 몸을 돌리려는데, 대문가에 얼핏 사람의 모습이 보였다. 중절모를 폭 눌러쓴 사내였다. 순간, 철금이는 이상한 예감에 휩싸였다. 아니나 다를까, 사내는 발돋움을 해서 대문 안을 슬쩍 훔쳐보다가 철금이와 눈길이 마주치자 당황한 듯 얼른 몸을 피했다. 워낙 졸지의 일이라 누군지 알아차릴 수 없었다. 어디서 본 것도 같고, 아닌 것도 같고……

그때였다.

"뉘기오?"

밖에서 앙칼진 여자의 목소리가 들려왔다.

충청도 양반처럼 한없이 느릿느릿한 쌍둥이 엄마의 목소리가 아니었다. 철금이는 금방 무용이라는 것을 알아차렸다. 그러고 보니 어제 밤에 와서 함께 잔 무용이가 철금이를 놔둔 채 잠깐 어디 나갔다 오는 길 같았다.

나지막한 담장 너머로 중절모 사내가 후닥닥 달아나는 모습이 보였다.

그런 와중에도 바깥채에서는 아무도 나와보지 않았다. 쌍둥이 엄마가 요 며칠 계속 오로에 있는 친정이 물난리를 잘 견뎠을까 걱정된다며 애태우더니 아침 일찍부터 길을 나서기라도 한 모양이었다.

갑자기 소름이 쫙 끼치고 지나갔다.

아무도 없는 동안 하마터면……

철금이는 부르르 한 번 몸을 떨었다.

이윽고 무용이가 집 안으로 들어왔다. 손에는 콩나물과 두부모가 들려 있었다.

"니, 팽이찮니?"

무용이가 약간 떨리는 목소리로 물었다. 붉게 상기된 표정 또한 적잖이 놀랐음을 말해 주고 있었다.

"흥, 아이라무?"

"뭬?"

"자뿌룩(자칫) 일 당했으무 어쩔 뻔했겠니?"

철금이가 우정 골이 난 듯 이렇게 내쏘는 시늉을 하자, 무용이는 얼떨떨한 표정이 되어 대답도 하지 못했다. 그러다가 금방 사정을 알아채고 달려들었다.

"니, 골탕으 멕입메, 나르?"

"에구, 아픈 사램으 이러무 어떡하니?"

"아프기느 무에가 아프다니? 이렇게 눈꺼풀 하나 까딱하잖구 거짓말으 늘어놓는데……에이, 사램 놀린 벌으 받아랑이. 남으느 그래두 병자르 위해 입맛나는 간(반찬)으 준비한다구 싸돌아댕기다 왔구마느……에잇."

무용이는 철금이의 옆구리를 꼬집어뗐다.

"에구에구, 병자 죽소."

"요, 요……"

"에구, 어마이."

둘은 아직 걷지 않은 이불 위에 쓰러져 뒹굴었다.

그렇게 한바탕 장난을 벌인 후에, 무용이가 조금 떨어져 앉으며 물었다.

"니, 다 나았지비?"

"그, 그래."

철금이는 아무리 장난이라도 다시금 무용이가 덤벼들까 봐 이번에는 말을 돌리지 않고 바로 대답했다.

"햐, 그기 참 신기하다."

"무에가?"

"니느 몸이 무시기 기상국 같다."

"응?"

"앵요? 큰비가 오이까데 앓콰눕기 시작해서 오늘 또 비 끊치자 어찌 그거르 알구서리 홀딱 일어나이 말이다."

"그, 그러니?"

철금이는 조금 전 자기도 생각한 바를 무용이가 말하는 게 신기하기도 하면서 또 멋쩍기도 해서 말을 더듬거렸다.

"어쨌든지 아심찮이오."

"응?"

"니 메칠 더 아팠으무 아매 내가 쓰러지구 말았을 기다."

"응? 하하. 그라무 내더러 절이라두 해야지비?"

"무시기?"

무용이가 표정을 바꾸며 다시 덤벼들 자세를 취했다. 철금이는 얼른 손을 내저으며 말했다.

"아, 앙입메."

"하하."

"하하."

두 사람은 마주 보고 웃음을 나누었다.

잠시 후, 무용이가 생각난 듯 다시 말을 꺼냈다.

"아깨 그 스나……"

"응? 참! 니두 그 스나 양지 봤니?"

"봤다."

"뉘기지비?"

"몰른다. 처막 보느 사램이다. 니느?"

"잘 보쟎았다."

이렇게 말하면서도, 철금이는 문득 한 청년의 얼굴을 떠올렸다. 아까부터 머리 속에 들었던 불안한 예감이 그 청년으로부터 비롯한 것이기 때문이었다. 그는 바로 철금이들 3인 야체이카를 이끌고 있는 강목구였다.

"내 생각에느……"

무용이가 자못 무거운 목소리로 말을 이었다.

"응?"

"아무래두 내 생각에느 개놈 같다."

"무시기?"

철금이는 깜짝 놀랐다.

무용이 또한 철금이와 똑같은 생각을 하고 있었던 것이다.

"눈초리며 뾰족한 코말기(콧마루)가 꼭 그랬다."

"으음……"

철금이는 저도 모르게 신음을 냈다.

그럴 가능성이 아주 없지는 않았기 때문이다. 아무리 단단히 주의를 한다고는 했지만, 사람 일이란, 게다가 지금 철금이들이 하고 있는 것과 같은 종류의 일은 언제 한순간의 방심과 불운으로 인해 자칫 크게 그르칠 수도 있기 때문이었다.

"방심은 금물이오. 설마 하는 순간이면 벌써 늦습니다."

모일 때마다 강목구는 보안과 경계의 중요성을 거듭 강조했다.

그러면서 그가 최근 들어 들려준 경험담이 있었다.

"원산에 다녀올 때였소. 메데 검거선풍이 한창일 때라 되도록이면 걸어다니는 게 제일 나았지만, 그 날따라 어찌나 피곤한지 어디서 하루 유숙하지 않으면 안 될 것 같았소. 하지만 워낙 일에 쫓기다 보니 그럴 수도 없고⋯⋯해서, 그냥 기차를 집어타고 말았소. 다행히 검색의 눈길은 보이지 않았소. 그래도 정신을 바짝 차리고 있어야 하는 건데, 내가 그만 깜빡 졸고 말았소. 그렇게 얼마나 왔을까, 갑자기 누군가가 내 어깨를 툭 치는 게 아니겠소? 잠결에도 아차 싶었소. 목소리만으로도 직감적으로 개놈이라는 걸 알 수 있었지요. 왜 그런 거 있잖소? 어딘가 사람을 위압적으로 누르는 듯한 목소리⋯⋯그 순간, 머리 속에는 단 하나 생각밖에 들지 않았소. 난 재빨리 용수철이 튀겨나가 듯 몸을 일으키며 머리통으로 놈을 박았다오. 에쿠, 놈이 그러겠지요? 흥, 그 순간, 후닥닥 달아나는데, 미련하게도 그때 난 바로 곁에 있는 문을 놔둔 채 멀리 반대쪽 문을 향해 내달렸던 것이오. 게다가 그 문은 닫혀 있었고⋯⋯그야말로 아슬아슬, 간발의 차이로 놈들의 손아귀를 벗어날 수 있었다오. 나중에 휙 하고 달리는 기차에서 뛰어내릴 때는 정말이지 눈앞이 캄캄했소. 이렇게 죽는구나 하는 생각이 번개처럼 뇌리를 스치는데⋯⋯하하, 내가 운이 좋았소. 기차는 마침 굽이길을 천천히 돌고 있었는데다가, 아래는 제법 푹신한 덤불이었으니⋯⋯그래도 다리를 삐끗했고, 얼굴이며 팔에 이렇게 상채기를 얻었겠지요. 아무튼 이제 두 번 다시는 그런 실수를 하지 않을 것이오."

강목구의 말이 아니더라도 철금이들은 최근의 일제검거사건을 생각해서라도 더더욱 경계를 단단히 해야 했다. 다행히 콩점이가 사귀는 무쇠라는 이는 증거불충분으로 나왔다지만⋯⋯

"혹 몰르지비. 그자가 기양 도둑놈인지도⋯⋯그렇다무 다행이겠지마느 어쨌든 오늘부터느 더욱 조심해야 한다."

무용이가 말했다.

철금이는 대답 대신 고개를 끄덕거렸다.

얼마 후, 늦은 아침밥을 먹고 난 두 사람은 강목구에게 사실을 알리기 위해 집을 나섰다. 계림서점이 그들의 연락처였던 것이다.

장마가 훑고 지나간 함흥 시내는 차마 눈뜨고 볼 수 없을 만큼 참혹한 형국이었다. 낮은 지대의 집집마다 비에 젖은 온갖 세간을 대문 앞에 꺼내놓고 햇볕을 쬐이고 있었다. 그런 꼴이 마치 동물의 내장을 송두리째 드러낸 것만 같아 철금이는 무척 마음이 아팠다.

성천강변의 판잣집들 중에는 아예 주저내린 것도 적지 않았는데, 뻘건 진흙이며 모래가 그런 잔해마저 뒤덮고 있었다. 어른들은 그런 폐허 앞에서 넋을 잃은 채 하늘만 쳐다보며 멍하니 앉아 있었다.

그러거나 말거나 조무래기 아이들은 부서진 제 집 앞에서 신나게 뛰어놀고 있었다.

그런 광경을 보고 무용이가 말했다.

"저이들, 일어설 수 있을까, 다시?"

철금이는 그 당장 대답을 하지는 못했다. 여러 가지 어지러운 생각이 한꺼번에 머리 속을 파고들었기 때문이었다. 그렇지만 이윽고 그는 어떤 가닥을 잡아냈는지,

"으응, 일어설 깁메. 아암, 일어서구말구."

하고 대답했다.

"니처름?"

"그래, 나처름!"

철금이는 더욱 씩씩하게 대답했다.

무용이가 그런 철금이를 바라보며 슬핏 웃음을 흘렸고, 철금이도 그런 무용이에게 미소를 지어 보였다.

괭이를 든 몇 사람의 장정들이 강변으로 내려가고 있었다. 그 뒤로 아이들이 와와 소리를 지르며 쫓아갔다.

철금이는 잠시 걸음을 멈추고 하늘을 올려다보았다. 환한, 아주 눈부신 햇볕이 얼굴 그득히 내려앉았다.

그래, 일어서는 거야, 다시.

남편의 얼굴이 떠올랐다. 그도 환하게 웃고 있었다.

20 덫

"그래서요?"

옥매가 자못 궁금하다는 듯 콧소리까지 섞어가며 묻는데,

"그래서느 무시기 그래서? 노다지르 캤다 이기지비, 홍."

하고 대답하는 최홍상의 목소리에 갑자기 무게가 실린다.

이제껏 잔뜩 뜸을 들이다가 마지막 부분에 이르러서는 오히려 싱겁게 매듭을 짓는 것이다.

최홍상은 옥매와 같은 여자의 심리를 제 손금 보듯이 환히 꿰뚫고 있었다. 적당한 순간에 슬쩍 줄을 늦추는 것, 말하자면 그것이 수없이 많은 경험을 통해·얻어낸 비법이었다.

아니나 다를까, 당장 반응이 왔다.

"아이, 시시해."

"시시해?"

"그렇지요. 노다지를 캐낸 걸 누가 모른데요?"

"알아? 흥, 그러무 관두지. 다 안다는데 무시기 재미루다 이얘길
해?"

최홍상이 슬쩍 몸을 틀며 앉자, 옥매는 제 쪽에서 그만큼 더 가까이
다가앉으며 애교를 부린다.

"아이, 그런 뜻이 아니에요. 내 말은……"

"왜, 더 듣고 싶다니?"

"그럼은요. 그걸 말씀이라고 하십니까, 서방니임."

옥매가 이번에는 손을 뻗어 최홍상의 허벅지를 살짝 만졌다. 순간,
바지 속 최홍상의 물건이 거의 무의식 중에 불뚝 일어선다.

하지만 최홍상은 애써 욕망을 억누르며 말했다.

"흥, 맨입으루 된다니, 그게?"

"예?"

"받는 게 있으무 주는 것도 있어야지비. 앙이 그러니?"

"호호. 그렇구말굽쇼. 그래, 불초소인이 무엇을 드리면 되오리까?
금가락지가 있어서 금가락지를 드리오리까, 은비녀가 있어서 은비녀를
드리오리까? 주고 싶은 소인의 마음은 굴뚝 같사오나 애석하게도 소인
에게는 달리 드릴 게 없사이다."

"없기느 어째 없다니?"

최홍상이 얼굴 그득히 번져오는 욕심을 은근한 미소로 보여주며 말
하자,

"예? 소인은 무식해서 그런지 도통 모르겠사오이다, 나리."
하며 옥매가 또한 능구렁이처럼 말을 받는데, 최홍상으로서는 그런 옥
매의 태도에 더더욱 흥이 났다.

"하하, 오나조 나랑 만리장성으 쌓으무 되지비."

"만리장성?"

"어째, 그걸루 부족할까? 하하."

"아이, 나는 도무지 무슨 소린지 모르겠에요."

옥매의 교태가 한층 짙어진다.

"그래? 그라무 알쾌주마, 하하."

최홍상이 이제 자세를 고쳐 앉았다.

"자, 내가 시키는 대로 합세."

"누구 안전이시라구, 호호."

"위선 그 거추장스럽운 걸저고리르 벗게."

"예?"

옥매가 짐짓 놀라는 표정을 짓는다.

"니가 우티르 하나하나 벗을 때마다 내가 이얘기르 하나씩 더 해주지비."

"우티?"

"옷 말이다."

"아, 알겠에요. 까짓, 날도 더운데 못 벗을 것도 없지요. 대신 약조를 지키셔야 합니다."

그 말과 함께 옥매가 고름을 풀고 나서 훌쩍 흰 모시저고리를 벗는데, 금방 두 어깨의 하얀 맨살이 드러났다.

최홍상은 저도 몰래 침을 꿀꺽 삼켰다.

"자, 하나 벗었에요. 인젠 이야기를 하나 해주셔야지요."

"오냐."

두 사람이 주고받는 대화란 게 이런 식이었다.

최홍상이 팔뚝만한 금맥이었다고 말하면 옥매가 치마를 벗고, 속치마 바람의 옥매가 이야기를 재촉하면 최홍상이 그것의 대략적인 값을 말해 주었다.

어느 순간, 옥매가 전등불을 껐다.

두 사람 사이에 뜨거운 숨결이 오갔다.

"자, 자."

최홍상이 손을 뻗자, 옥매가 어둑어둑한 속에서도 용케 몸을 기울인다. 최홍상은 그런 옥매를 확 끌어당기며 미리 깔아놓은 자리 위로 엎어졌다.

"어서……어서……"

이제 옥매 쪽에서 더욱 서둘렀다. 한 손은 최홍상의 어깨 뒤로 뻗어 등을 꽉 부여잡고, 다른 한 손으로는 바지 혁대를 풀기 시작했다.

"아……아……"

벌써부터 옥매의 입에서는 단내가 풍겨나왔다.

잠시 후, 옷을 다 벗어던진 최홍상이 옥매의 마지막 속곳을 잡아내렸다. 손등에 보드라운 옥매의 하초가 느껴졌는데, 그때부터 두 사람의 호흡은 더욱 거칠어졌다.

"흐응……흑."

하고 옥매가 숨을 삼키면,

"으으"

하고 최홍상이 짐승처럼 신음을 냈다.

최홍상이 제 얼굴을 옥매의 풍만한 젖가슴 사이에 묻고 마구 부벼댔다. 옥매는 옥매대로 두 손을 쉴 새 없이 움직여서 최홍상의 벗은 온몸을 쓸었다. 그러던 옥매의 손길이 최홍상의 허리 아래로 쑥 내려갔다. 순간, 최홍상은 더욱 거친 숨을 뱉어냈다.

"흐윽!"

옥매는 손아귀에 닿는 그 감촉에 스스로 흥분했다.

두 사람의 몸이 끈적끈적하게 달라붙으면서, 땀내음이 풍겨나기 시작했다. 최홍상은 옥매가 금홍이와 또 다르다는 것을 금방 확인했다. 나름대로 무척이나 짜릿한 흥분을 안겨주었다. 그렇지만 참으면 참을수록 환희의 그 순간도 길어진다는 사실을 익히 알고 있는 최홍상으로서는 얼굴이 시뻘겋게 달아오르는데도 애써 욕망을 조절했다.

밤이슬이 내리는 송도원 솔숲에 뜨거운 바람이 몰아쳤다.

바다는 해변 쪽으로 끊임없이 파도를 밀어냈다.

철썩 처얼썩.

철썩 처얼썩.

이따금 바위에 부딪친 파도가 요란한 소리를 내질렀다. 희미한 달빛 아래 백사장은 마치 생선의 미끈한 배때기처럼 드러누워 있는데, 거기, 해당화는 더욱 검붉은 빛깔로 번뜩거렸다.

어디선가 물새 두 마리가 훌쩍 날아올랐다가, 캄캄한 어둠 저쪽으로 사라졌다.

다시 큰 파도가 몰려왔다.

그것은 검푸른 대가리를 높이 치켜세우며 마치 사나운 수범처럼 해변을 향해 달려들었다.

우르릉 콰앙!

파도는 거대한 바윗더미에 부딪치자 고통스러운 듯 울부짖으며 하얀 물보라로 쪼개졌다. 극히 짧은, 순식간의 일이었다.

"흑!"

최홍상은 마침내 외마디 비명을 토해내며 부르르 몸을 떨었다.

걸음을 뗄 때마다 더운 김이 확확 끼쳐왔다. 날은 커다란 무쇠솥에 쇠뼈를 잔뜩 집어넣고 물러터질 때까지 푹푹 고아대는 형국이었다. 길섶의 가로수는 가지를 축 늘어뜨린 채 한 뼘 그늘도 드리우지 못했다. 소달구지 한 대가 엿가락처럼 휜 전찻길을 느릿느릿 넘어갔다. 덕수궁 돌담 아래 쪼그리고 앉은 도로고뗑(우뭇가사리를 삶아서 굳힌 것으로 길고 가느다란 묵처럼 생긴 일본 음식) 장수는 고개를 꾸벅거리며 졸고 있었다. 그 곁을 똥개 한 마리가 어슬렁거리는데, 복날을 넘긴 개치고는 그다지 씩씩해 보이지 않았다.

"어, 덥다."

최홍상은 덕수궁 돌담길이 끝나는 언저리에서 다시 걸음을 멈췄다.

한 손으로는 중절모를 벗어들고, 다른 한 손으로는 쥘부채를 펴서 바람을 만들어냈다. 그러나 손목을 움직이면 움직일수록 그만큼 더 덥기만 했다. 이마에서는 쉬지 않고 땀이 흘러내렸다. 손수건을 꺼내 훔치자 금방 껌뎅이가 묻어났다.

송도원 바닷가가 그리웠다.

푸른 바다, 흰 돛배, 빨간 해당화. ——그러나 무엇보다도 최홍상이 지금 아쉬워하는 것은 옥매와 한바탕 뜨거운 사랑놀음을 벌인 뒤 함께 나가 맞이한 그 시원한 밤바람이었다.

생각 같아서는 한 며칠을 줄창 그렇게 지내고 싶었다.

하지만 도무지 그럴 형편이 아니었다.

한시가 급했다.

운수업에서 깨끗이 손을 턴 뒤, 바가지만 늘 대로 는 금홍이와도 갈라섰다. 처음에는 비상이라도 먹을 듯이 길길이 날뛰던 금홍이는 본궁 기와집을 내주자 두말 없이 물러섰다. 어차피 그건 그렇게 될 일이라고 해도, 이제 문제는 광산일이었다. 말하자면 어떻게든 승부를 봐야 하는 벼랑 끝에 와 있는 것이었다. 하지만 기존의 광구로는 이미 승산이 없었다. 들어가는 만큼 근근이 거둬들이고는 있었지만, 그나마도 얼마나 버틸 수 있을까 의문이었다. 새로운 투자가 이뤄지지 않는다면 폐광도 시간 문제였다. 하지만 이제 어디서 돈을 마련한단 말인가?

그때, 최홍상에게 기적 같은 일이 일어났다.

광산에서 지내다시피 하다가 모처럼 정평 집에 들어간 날이었다. 그날 밤 꿈을 꾸었다. 그리고 그 꿈속에서도 노다지에 대한 희망을 버리지 못하고 최홍상은 산신령을 위해 제를 올렸다.

"부디 저버리지 마십시오. 이저느 올 데꺼정 왔습메다. 더도 말고 덜도 말고 이번 딱 한 번만 봐주시무 다시느 바라지두 않겠습메."

최홍상은 쉬지 않고 절을 했다.

그런데 어느 순간 제상이 확 눈에 들어오는데, 거기 놓여 있는 것이 개머리가 아닌가? 최홍상은 깜짝 놀랐다. 자고로 산에서 가장 금기로 여기는 게 바로 개고기였기 때문이다.

최홍상은 꿈속에서도 쫄딱 망했구나 싶었다.

그런 최홍상 앞에 홀연 백발노인이 나타났다.

"이놈! 고연 놈! 네놈이 평소 나를 얼마나 업수이녀기는지 잘 알겠다."

산신령이었다.

최홍상은 감히 쳐다보지도 못하고 부들부들 몸을 떨었다. 그런데 산신령의 다음 말이 또한 전혀 예상하지 못했던 것이었다.

"암내나는 개대가리를 바친 네놈 소행을 생각하면 당장 날벼락이라도 내려야 할 것이지만, 이번만큼은 특별히 봐줄 테다. 어리석은 놈! 그래, 광산쟁이가 되겠다는 놈이 매일같이 배꼽 밑으로 걸리는 데 없이 훌쩍 넘어간 데만 구멍이라고 파고 앉았으니 될 일도 안 되지, 흥. 이놈! 백날을 파봐라. 금이 나오나 은이 나오나. 헛곳에다 망치질을 해봐야 쓸데없지."

"자, 잘못했습메다. 그, 그라무 어디메다……"

"이놈! 이러니 등잔 밑이 어둡다지 않더냐? 지금 파들어가는 옆쪽으로 돌아가면 거북바위가 있지 않더냐? 어째 그 구멍은 놔두고 맨 헛구멍만 파느냐? 네놈이 원래 구멍은 잘 파기로 내 익히 알고 있다만, 이번에는 잘못 짚어두 한참 잘못 짚었다. 이놈! 개대가리 내던지기 전에 얼른 치우지 못해?"

그 말에 최홍상은 벌떡 잠에서 깨어났다.

꿈속에서 들은 말이 너무나 생생했다.

다음날, 최홍상은 일찌감치 집을 나서서 광산에 갔다. 그런 다음 아무도 모르게 거북바위를 찾아갔다. 거기서 최홍상은 망치질을 하기 시작했다.

그때까지만 해도 솔직히 기대를 하지는 않았다. 하지만 몇 번 내리치지 않았을 때였다.

타앙 !

날카로운 금속성 소리와 함께 망치가 되튀기는 게 아닌가?

응?

최홍상은 제 귀를 의심했다.

다시금 망치질을 했다.

그렇지만 여전히 같은 소리였다.

탕 !

타앙 !

최홍상은 갑자기 감전이라도 된 듯 온몸을 부들부들 떨었다.

광산에 뛰어들어 어깨너머로 배운 직감만으로도 그건 틀림없었다. 최홍상은 쪼개져나온 바윗조각을 망치로 잘게 더 깨부수었다. 그러자 금방 최홍상의 손바닥에서는 누런 금가루가 반짝거렸다.

노다지 !

그건 분명히 금이었던 것이다.

최홍상은 미친 듯이 망치질을 했다. 그리고 그때마다 더 많은 금가루가 쏟아져나왔다.

아아, 산신령님, 아심챦이오.

최홍상은 보이지도 않는 산신령을 향해 몇 번이고 머리를 조아렸다.

얼마 후, 정신을 차린 최홍상은 제가 들춰낸 부분을 나뭇가지 등으로 교묘하게 덮어놓은 다음 황급히 산을 내려왔다. 이제 남은 것은 한

시라도 빨리 광구 등록을 하고 채광허가를 받는 일뿐이었다. 그리하여 부리나케 현금을 마련하여 경성행 기차에 올랐는데, 눈앞에 그야말로 황금 노다지가 아른거리자 저도 몰래 옥매 생각이 났던 것이다.

흥, 이년, 제가 아무리 콧대가 세어도 이젠 꼼짝 못하겠지?

최홍상은 얼마 전부터 알게 된 옥매가 제 앞에 드러눕는 생각을 이기지 못하여 결국 원산에서 내려서고 말았다.

그렇게 하여 이제 서울에 올라온 최홍상은 펄펄 끓는 가마솥에 들어온 듯한 무더위를 참아가며 총독부 광산과를 찾아가는 길이었다.

얼마 후, 최홍상은 마치 물 속에 들어갔다 나온 사람처럼 온통 땀으로 뒤범벅이 된 채 총독부 건물 안으로 들어갔다.

광구 출원에 필요한 수속비는 140원이었다.

최홍상은 미리 준비해 온 그 돈을 서류와 함께 내밀었다.

그런데 이게 어찌 된 일인가?

서류를 훑어보던 광산과의 담당 직원은 이상하다는 듯 고개를 갸우뚱하며 말했다.

"이거, 아까 것하고 똑같은데?"

"네?"

"맞소. 아침나절에 바로 이 광구 출원 신청이 있었지요."

"네ㅡ에?"

최홍상은 자기 귀를 의심했다.

커다란 쇠망치로 뒤통수를 심하게 얻어맞은 기분이었다.

"그, 그럴 텍이가……"

"틀림없소. 내가 바루 접수를 했으니까."

"뉘, 뉘기……"

"이 아무개란 사람 이름이었지, 아마? 웬 소년하고 함께 왔구……"

직원은 귀찮다는 듯 서류를 돌려주며 이렇게 말했다.

　최홍상은 차마 그 서류를 되돌려받을 힘이 없었다.

　눈앞이 캄캄해지며, 두 다리에서 힘이 쭉 빠져나갔다. 아니라고, 그럴 리 없다고 하는 말이 목구멍을 타고 꿀꺽꿀꺽 치밀어올랐지만, 막상 말이 되어 나온 것은 한마디도 없었다.

　"모르슈, 그 사람? 성은 분명히 이가였구, 나이는 한 마흔? 목소리가 꼭 여자 같은 사람이었는데……"

　직원은 최홍상의 모습이 보기 안되었는지 이렇게 말을 보태면서도 얼른 기다리고 있던 다음 사람을 손짓으로 불러냈다.

　잠시 후, 최홍상은 이제 후들거리는 걸음으로 겨우 물러났다.

　한쪽 구석 의자에 앉아 아까부터 최홍상의 그런 모습을 지켜보던 까치머리 소년이 빙그레 미소를 지으며 자리에서 일어났다.

21 접근

새벽별이 차가운데, 경천이는 졸린 눈을 부비며 시바우라(池浦)의 숙소를 빠져나왔다.

아직 컴컴했다.

고무창이 다 떨어진 지까다비를 끌고 골목길을 두어 개 꺾어들었다. 술집 삼하옥(三河屋) 입구에서 바닷가 큰길로 나서자, 아연 활기찬 풍경이 펼쳐졌다. 여기저기 호롱불을 매단 채 우동 따위를 파는 수레들이 보였고, 그 앞마다 근처 여인숙이며 밥장사네 달낙집에서 빠져나온 사내들이 옹기종기 모여 서서 새벽참을 들고 있었다. 대개 큰 기선으로 일을 나가 뱃짐을 푸는 인부들이었다. 우동장수들은 그런 사내들을 노려 새벽같이 일을 나오는 것인데, 사람들이 몰려드는 것은 그야말로 한순간의 일로 새벽 5시만 넘겨도 금방 파장이었다.

날이 부쩍 쌀쌀해져서 그런지, 수레마다 모락모락 피어오르는 김이 그만큼 더 따뜻해 보였다.

함비 차림의 사내들이 커다란 소리로 논쟁을 벌였다.

"뭐야? 경찰서장 같은 게 어디 연대장에게 비길라구?"

"흥, 모르면 아가리 닥치게. 경찰서장의 위세를 자네 같은 하빠리가 알 턱이 있나?"

"지미, 내가 모를 건 또 뭐야? 이래뵈두 내가 육전대 출신이라구."

"그래? 거 참 높은 벼슬 했군. 그럼 야따이진(矢大臣 : 武官神)이 높은가 육군대신이 높은가?"

"뭐?"

"하하. 그것도 모르나?"

"지미!"

경천이는 새벽부터 말도 되지 않는 이야기를, 그것도 아주 진지하게 나누는 사내들 곁을 훌쩍 지나치면서 빙그레 웃음을 흘렸다.

막노동꾼들의 대화란 게 대개 그런 식이었다.

세상에서 가장 맛있는 음식은 뭔가?

도쿄에서 제일 부자는 누군가?

하루에 일금 천 원씩을 꼬박꼬박 버는 사람이 있는가?

경천이도 그런 대화에 어쩔 수 없이 끼어들곤 했는데, 처음부터 결론이란 게 있을 리 없었다. 도대체 하루 종일 캄캄한 배 밑창에서 스콥(작은 삽)을 놀려가며 말라바스러진 석탄가루를 퍼내거나 죽을 등 말 등 젖먹던 힘을 다해가며 바이스케를 끌어올리는 인간들에게 어울릴 턱이 없는 이야기들이었다. 그런데도 막노동꾼들은 포장마차나 월세 5원짜리 달낙방에서 즐겨 그런 대화를 나누었다. 아마 그런 대화를 통해 잠시라도 노동의 고통과 피로를 잊으려는 것인지도 몰랐다.

이제 경천이는 그런 사내들을 뒤로 한 채 더욱 걸음을 재게 놀렸다.

고이시가와(小石川)까지 가려면 서둘러야 했다. 어제는 늦어 허탕을 쳤기 때문에 마음이 더욱 바빴다.

그렇게 얼마나 걸었을까.

경천이가 요세바에 이르렀을 때는 땀에 젖은 시루시반텐(등이나 깃에 상호, 이름 따위를 염색한 윗도리＝합비)이 등에 착 달라붙을 정도였다.

아직 거래가 이루어지고 있지는 않았다. 그렇지만 여기저기 화톳불을 둘러싸고 벌써 꽤 많은 사람들이 나와 있었다. 한결같이 합비를 입고 머리에는 수건을 질끈 동여맨 차림들이었다. 가능하면 우락부락하고 힘깨나 쓰게끔 보여야 하기 때문이었다.

경천이는 그런 사람들 사이를 슬슬 걸어다녔다.

그러는데,

"오이, 시무!"

하고 부르는 소리가 들렸다.

보나마나 아마이였다.

이마이는 경천이가 몇 번이고 심(沈)이라고 가르쳐줘도 늘 '시무'라고밖에 발음하지 못했다.

"하하, 오늘은 일찌감치 나왔네. 왜, 하루 공치니까 정신이 빠짝 들던가?"

이마이도 마악 도착한 모양이었다.

붉은 불빛이 어른거리면서 이마이의 얼굴이 순간적으로 괴상하게 일그러져 보였다. 가뜩이나 못생긴 얼굴이었다. 유난스러우라만치 뻐드렁니에 머리는 늘 까치둥지처럼 부숭숭하게 일어나 있었다. 키 또한 몽당빗자루만했다. 그런 이마이에게서 한 가지 봐줄 구석이 있다면 언제나 싱글싱글 잘도 웃는다는 점뿐이었다.

지금도 이마이는 메기입 주변 가득히 미소를 띠고 있었다.

"쳇, 남은 말고 자네 걱정이나 하게."

"하하, 그래? 내가 챙겨주지 않으면 어쩔려구?"

"챙겨줘, 날? 흥, 그럴 마음 있으면 자네라도 나오지 말았어야지."

"엉? 그런가? 내가 자네 경쟁자란 말이지, 하하."

"뭐 꼭 자네만은 아니겠지. 따지고 보면 여기 모두가 다 내 밥벌이를 가로막는 적이 되는 셈이지."

"하하, 맞아, 맞아. 우린 모두가 서로서로 적이야 적! 제 밥공기를 채우려고 남의 밥공기를 뒤집어엎는……하하."

"재수 없어. 쓸개빠진 놈처럼 웃지 마, 새벽부터."

"하하, 그래그래. 그것도 적이니까, 하하. 내 안 웃지, 안 웃어, 하하."

"에, 못 말리는 사람이야, 이마이, 자넨."

마침내 경천이도 참았던 웃음을 터뜨리고 말았다.

얼마 후 판이 벌어졌다.

감독들이 나타날 때마다 사람들은 우르르 몰려들었다.

"자, 자. 이게 뭣들 하는 짓거리야? 이렇게 하면 어떡해? 줄을 서라구, 줄!"

인부들은 남들보다 조금이라도 먼저 감독 눈에 띄려고 안달이었고, 그러다 보니 자연 질서가 없었다. 앞사람을 밀치는 사람, 떠밀리지 않으려고 두 다리를 버팅기는 사람, 무어라고 큰 소리를 지르는 사람, 벌써 욕을 해대는 사람 등등. 감독의 짜증도 한두 번이었다. 욕을 먹거나 말거나 필사적으로 달려드는 사람들을 이겨낼 재간은 없었다.

"에이, 바보들! 자, 오늘은 다섯 명이다. 목코(목도) 셋, 단방에 (段飛 : 흙을 퍼올리는 인부) 둘. 목코는 1원 70전, 단방에 2원 30전."

"엥? 고것밖에 안 되오?"

"너무 눅소."

"단방에 2원 30전은 첨 들어보는 값이오."

잔뜩 기대를 하고 있던 사람들의 입에서 일제히 불만의 소리가 터져나왔다. 그도 그럴 것이 목도꾼은 이제껏 1원 80전이요, 단방에는 2원 50전을 받아왔기 때문이었다.

"뭐야? 싫어? 싫으면 관둬!"

감독이 그 말과 함께 획 돌아섰다.

그러자 여기저기서 금방 또 아우성이 일어났다.

"나는 하겠소."

"나도 하오."

"좋소."

"그럼 얼른 줄을 서. 자, 이쪽은 목코, 이쪽은 단방에."

감독이 지시를 하자, 사람들이 금방 두 패로 나눠졌다. 불만을 터뜨려보았댔자 손해보는 것은 자기들뿐이라고 생각하는 것이다.

경천이와 이마이도 단방에 줄에 끼었다.

사람들은 한껏 힘센 시늉을 내기 시작했다. 어깨를 뒤로 쪽 젖힌 채 마치 스모(일본씨름) 선수처럼 서 있는 자가 있는가 하면, 새삼 머릿수건을 질끈 동여매는 자도 있었다.

경천이도 턱을 내리붙이고 잔뜩 인상을 썼다.

하지만 감독의 손가락은 경천이를 피해갔다.

"너, 너, 너, 셋. 그리고 단방에는 너, 너."

금방 희비가 엇갈렸다.

"나도 써주오."

"나도 하겠소."

탈락한 사람들이 떼를 썼다.

"안 돼. 오늘은 아부레타(넘쳤다)!"

감독은 뽑힌 사람들만 데리고 훌쩍 사라졌다.

나머지 사람들은 뒤이어 나타난 새 감독에게로 다시 몰려갔다.

"아다리카(얻었나)?"

"아부레카(못 얻었어)?"

몇 사람의 감독이 오고 가고 할 때마다 사람들은 낯익은 동료에게 마치 인사처럼 그렇게 물어보았다. 새벽 요세바에서 가장 많이 들을 수 있는 것이 바로 그 말들이었다.

"아다리카?"

"아부레카?"

경천이와 이마이도 흩어진 채로 그런 말을 주고받으며 몇 차례 돌아다니다가 마침내 어느 감독의 손에 함께 뽑혔다.

그런데 그게 또 문제가 되었다.

이마이가 반가운 나머지,

"어이, 시무. 또 만났네? 하하."

하고 아는 체를 했는데, 눈치빠른 감독이 용케 그 말을 알아들었다.

"응? 시무? 누구야? 센징이 있나?"

결국 경천이가 나서야 했고, 감독은 그 즉시 말했다.

"단방에? 2원이다."

"너무 적소."

"잔말 마라. 싫으면 그만두고……"

그때는 벌써 곳곳에 피워놓았던 모닥불도 거의 사그라들 무렵이었다. 마지막까지 돌아다니다가 "아부레타" 소리를 들은 사람들이 실망한 표정으로 자리를 뜨고 있었다.

"하겠소."

경천이는 게눈으로 이마이를 보면서 대답하고야 말았다.

"미안하네."

"일없네."

"자, 자, 꾸물대지들 말고 빨리 따라와."

감독이 목소리를 높였다.

  사람들은 얼른 그의 뒤를 쫓아갔다.
  경천이는 부르르 몸을 한 번 떨었다. 그때까지 느끼지 못하고 있던
한기가 한꺼번에 옷 속을 파고들었기 때문이었다.
  "자, 우리도 가세."
  이마이가 말했다.
  "그럴까? 무덤 속에 들어가봐?"
  "하하, 그래그래. 죽으러 가는 거지, 죽으러 가는 거야."
  두 사람은 마주 보고 슬쩍 웃음을 나누었다.
  그러면서 그들은 무덤, 곧 지하철 공사장을 향해 발길을 떼었다.

  그때 마침 무슨 생각을 하고 있었는지 몰랐다.
  갑자기 어깻죽지에 심한 일격이 가해졌다.
  "어쿠!"
  경천이는 비명을 내지르며 뒤로 나동그라졌다. 그러는 통에 하마터
면 층대에서 떨어질 뻔했지만, 아슬아슬하게 손을 짚어 가로막대를 잡
을 수 있었다. 눈앞이 캄캄했다.
  "고노 야로!"
  아래쪽에서 욕설이 터져나왔다.
  굿사쿠(굴착공) 사토라는 자였다.
  "눈깔빼기를 엇다 뒀어? 엉?"
  "미, 미안하오."
  경천이는 금방 피가 묻어나는 어깨를 손바닥으로 꾹 누르며 우선 이
렇게 대답했다. 삽날로 찍힌 것이었다.
  "개자식! 정신 똑바로 차리라구! 돼지 같은 센징놈!"
  "뭐요?"
  "응? 이 자식이?"

경천이는 훌쩍 일어섰다.

삽날이 비켜가긴 했으나 상처는 의외로 심했다. 손바닥에 시뻘건 피가 흥건했다. 안 되겠다 싶어 머릿수건을 풀어 대충 둘러맸다.

그러는 사이 사토가 층대로 올라왔다. 어느새 주변에서 일하던 인부들이 몰려들었다.

"뭐야?"

"왜 그래, 사토?"

위쪽에서도 목코들이 버팀목 사이로 얼굴을 디밀며 웅성거렸다.

"이 센징놈이 지랄을 떨잖아."

"뭐야?"

"글쎄 흙을 내 머리에다 퍼부었다구."

"응? 그걸 가만둬?"

경천이는 어이가 없었다.

"실수한 것이오. 일부러 그런 것이 아니었소."

"엉? 이 자식이 어디서 말대꾸야!"

사토가 삽을 치켜들었다. 당장에 또 내리치기라도 할 기세였다. 경천이는 재빨리 두어 걸음 뒤로 물러났다. 세불리를 느꼈기 때문이다.

사토가 더 이상 덤벼들지는 않았다.

어둑어둑한 가운데서도 그의 두 눈은 삵의 그것처럼 번쩍 빛났다.

굿사쿠한테 덤벼봤자 자기만 손해라는 것을 경천이는 잘 알고 있었다. 이 바닥에서는 일당 3원 50전을 받는 고정인부 굿사쿠의 말이 곧 법이었다. 감독이라고 함부로 하지도 못했다. 그만큼 굿사쿠의 위세는 당당한 것이었다. 단방에나 목코 따위가 자칫 덤벼들었다가 몰매를 맞고 캄캄한 바닥 흙 속에 처박힌다 해도 누구 하나 나서줄 이가 없었다. 게다가 경천이 자기는 말마따나 '센징'이 아니던가!

억울하지만, 여러 공사판 중에서도 위계질서가 엄하기로 소문이 난

지하철 공사장에 기어들어온 자기가 잘못이라고 생각하는 수밖에 도리
가 없었다.

경천이는 치밀어오르는 분노를 꾹 참아내며 입을 다물었다.

어느 틈엔가 이마이가 곁에 와 있었다.

"참게, 참아."

이마이는 자기 머리에서 수건을 풀어 경천이의 어깨 상처를 다시 동
여매주었다. 고마웠다. 경천이는 얼굴이 새카맣게 된 이마이를 보고
고개를 끄덕거렸다.

"좋아. 이번만은 특별히 용서한다. 하지만 두 번 다시는 안 봐줘.
또 한 번 지랄을 떨면 그땐 죽여버릴 거야! 이 사토 나리를 건드리면
어떻게 되는지, 똑똑히 보여줄 테다. 알았나?"

"네, 네. 고정하십쇼."

이마이가 대신 대답했다.

이윽고 사토가 내려갔다. 몰려들었던 인부들도 제자리로 돌아갔다.

"어쩐 일이야?"

이마이가 물었다.

"글쎄, 나도 모르겠어. 깜빡 딴 생각을 한 모양이야. 그래서 흙을
좀 흘렸을 테구."

"조심해야지. 가뜩이나 성질 더럽기로 유명한 놈인데……"

"센징 소리만 아니 들었어도……젠장!"

경천이가 침을 내뱉으며 말했다.

"어깬 어때?"

"모르겠어."

"어디 보자구."

이마이가 수건을 슬쩍 들췄다.

"웅? 피는 멎었는데 아무래도 무리 아니겠어?"

"일없어. 그렇다구 그만둘 순 없잖아?"

"나쁜 자식! 같은 일본인이지만 난 저런 놈이 싫어."

"일본인이 아니라도 마찬가지야."

"그렇겠지만……"

이마이가 무엇인가 생각하는 눈빛을 보였다.

경천이는 그런 이마이에게서 다시금 진한 동료애를 느꼈다.

그건 그야말로 국경을 뛰어넘어 가슴속 깊은 곳에서 자연스럽게 우러나는 우정이었다.

주로 부두에서 일을 하다가 요코하마와 그 일이 있고 난 뒤에 곧바로 그 곳을 떴다. 권씨의 권유로 몇 군데 건축 공사장을 돌아다녔는데, 워낙 지원자가 많아 일을 잡는 게 너무 어려웠다. 할 수 없이 찾아든 곳이 바로 이 고이시가와 지하철 공사장이었다. 일이 힘든 만큼 다른 건축판에 비한다면 상대적으로 일감이 많았기 때문이었다. 그러나 무엇보다도 경천이의 마음을 끈 것이 있었다. 듣기로, 지하철 공사장에서는 적색계열의 입김이 강하다고 했던 것이다. 지난 봄에 지하철 대파업이 벌어진 것도 그런 영향 때문이었다. 경천이는 일본에 온 지도 어언 1년 반이 지났는데, 그 동안 뿌리를 내리는 일에만 급급하여 도무지 다른 신경을 쓸 겨를이 없었다. 하지만 마음속에는 늘 허전한 감이 자리했고, 이대로 하루하루 세월만 보낼 수는 없다는 생각이 들기 시작했다.

그래, 이제 일을 할 때다!

한번 그렇게 마음을 먹자, 어떻게든 선을 대고 싶었다.

그렇지만 어떻게?

처음 일본에 올 마음을 먹었을 때에는 재일노동총동맹 쪽을 찾아가면 되겠거니 하고 막연히 생각한 바 있었다. 하지만 정작 일본땅에 발을 딛고 나자, 그런 자기 생각이 얼마나 허술했는지 금방 드러났다.

무작정 사람들을 붙들고 나 아무개오만 가령 누구를 찾소 하고 말할
수 있는 성질의 일이 아니었기 때문이었다. 그래서 일단 어떻게든 먹
고사는 문제부터 해결해 나가면서 차차 기회를 엿보기로 한 것인데,
그러다가 시간이 벌써 이렇게 흐른 것이었다.'

조선인으로서는 버티기 힘들다는 지하철 공사장을 굳이 찾아나선 데
에는 바로 이런 저간의 사정이 숨어 있었다. 그런데 오늘까지도 어떻
게 선을 댈 만한 사람은 코빼기도 보이지 않고 도리어 고약한 굿사쿠
놈을 만나 이렇게 엉뚱한 변을 당하기만 한 것이니……

다만 한 사람, 이마이와 같은 동료를 만난 것만이라도 지금의 경천
이로서는 적지 않은 행운이라고 해야 할 터였다.

"어쨌거나 고맙네."

"응? 뭘, 하하."

"그래, 자네 웃음소릴 들으니 기운이 좀 나네."

"그래? 하하. 내 웃음도 약이 될 때가 있나 보지? 하하."

두 사람은 마주 선 채 웃음을 터뜨렸다.

그때였다.

"누구야?"

어디선가 감독의 목소리가 들려왔다.

"어디서 일은 안하고 히히덕거려?"

두 사람은 얼른 삽을 쥐었다.

잠시 후, 감독이 돌아간 기미가 보이자 이마이가 다시 입을 열었다.

"내 할말이 있네."

"응? 무엇?"

"그게……"

이마이의 목소리가 갑자기 낮아졌다.

경천이는 눈만 껌뻑거리며 이마이를 바라보았다.

"누구를 좀 소개해 주고 싶어."

"응?"

"여기서 길게 말할 순 없고……자네를 꼭 보자구 해."

"나를?"

"응. 아마 만나보면 좋을 거야. 자네도 아는 사람이니까. 이따가 일이 끝나면 나하고 함께 가자구. 자, 그럼……쉬엄쉬엄 해. 어깨도 아픈데 말이야."

이렇게 말을 던진 이마이는 경천이의 대답을 기다리지도 않고 제자리를 찾아 돌아갔다.

경천이는 잠시 멍청하게 서 있었다.

누구를 소개해 준다는 거지?

어느 순간, 퍼뜩 머리 속에 떠오르는 게 있었다.

그러자 경천이의 심장은 빠르게 뛰기 시작했다.

그래, 그럴지도 모른다!

캄캄한 땅속에 돌연 한줄기 환한 빛이 파고드는 느낌이었다.

삽을 쥔 그의 손아귀에도 잔뜩 힘이 들어갔다.

22 패배자

고죠 우편국을 지나 어느새 호고쿠(豊國) 신사 앞에 이르렀을 때 다미야가 혼잣말처럼 중얼거렸다.

"동양 인종의 치욕이라."

무심히, 그저 다미야가 이끄는 대로 걸음을 옮기던 홍규는 저도 모르게 멈춰 섰다.

"무슨……?"

"응? 들었나?"

다미야가 약간 놀라는 표정을 지었다.

"그래, 동양 인종의 치욕이라고……무슨 뜻이지?"

"으응, 그게……내 말은 아니네. 어제 도서관에서 우연히 읽었다네. 《도쿄 아사히》의 사설이었지. 병합 당시의……"

"병합?"

"그래, 일한병합."

다미야가 자못 심각한 표정으로 대답했다.

"그렇다면……그게 동양 인종의 치욕이란 말인가?"

"응? 아, 아니. 허, 홍규, 자네 아직도 순진하네."

"순진해?"

"그렇잖구."

"어째서?"

"자네가 신문을, 아니 이 나라 지식계를 과분하리만큼 높게 평가해 주니 말일세."

"그럼?"

"실상은 정반대겠지."

"뭐?"

"거기 씌어 있기를……한국과 같은 것은, 그래, 일자 일획도 틀리지 않고 옮기는 것일세. 내가 몇 번이고 되풀이해 읽었으니까."

"말해 보게. 자네의 비상한 기억력은 익히 믿고 있는 바일세."

홍규는 말끝에 침을 꿀꺽 삼켰다.

다미야는 그런 홍규를 잠시 가만히 지켜보다가 다시 입을 뗴었다. 그리고 그 입에서 나온 말은 참으로 기가 막힌 것이었다.

"한국과 같은 것은 원래 독립국으로서 존재할 만한 경도(硬度)를 지닌 물체가 못 된다. 그 2천 년의 역사도 대부분은 다른 국가에 붙어서 수종해 온 사적(史蹟)으로서, 일본과 청국의 두 나라를 단단하고 둥근 물체에 비유한다면, 그 두 물체가 접촉하지 않는 틈새에 있으면서 간신히 불완전한 국체를 유지하였을 따름이다. 음……이와 같은 사이비 국가가 폼페(폼페이)의 박물관에 진열되지 않고 일본의 이웃에 존재하였던 것은 국제관계가 밀접하지 못했던 결과로서, 교통무역에 힘쓰지 않았던 동양 인종의 치욕이다. 그래, 정확히 이랬다네."

홍규는 저도 모르게 나지막이 신음을 흘렸다.

"으음……그게 다인가?"

"아니, 더 있네. 마저 들어보게. ……동양 인종의 치욕이다. 이번에——병합을 말하겠지?——한국이 일본에 병합된 것을 보고 더러는 2천 년래의 현안을 해결하였노라고 자랑스러워하는 사람도 있는 듯하지만, 이 한 가지 문제가 2천 년 동안이나 처리되지 않았다니 어지간히 유장한 노릇이라 아니할 수 없다. 또한 2천 년 전부터 일본의 노림을 받아오면서도 그에 대한 방어책을 강구하지 않은 한국인의 무신경은 더한층 놀라운 것이라 말하지 않을 수 없다."

다미야는 거기서 말을 멈췄는데, 홍규는 그 당장 아무런 대꾸도 할 수 없었다.

가슴속에 커다란 파문이 밀어닥쳤다. 처음에는 분노가, 그렇지만 이윽고 지독한 수치심으로 꼴을 바꾼 감정의 파문이……아아, 그렇구나. 2천 년 동안이나 아무런 방어책을 강구하지 않은 채 흘러오다가 결국 이렇게 된 것!

홍규는 차마 다미야의 얼굴을 바라볼 수 없었다. 석등롱(石燈籠) 여덟 개를 양쪽에 거느리고 있는 호고쿠 신사의 웅장한 당문(唐門)에 그저 멍한 눈길을 주었다.

그러는 동안에도, 몇 개의 말마디가 달그락거리며 머리 속을 헤집고 돌아다녔다.

사이비 국가. 폼페의 박물관. 동양 인종의 치욕. 무신경……

다미야도 선뜻 말을 꺼내지 않았다.

신사를 빠져나오던 몇 사람이 당문 앞에서 돌아선 채 절을 했다. 가족인가? 이제 겨우 말을 알아들을 만한 나이의 꼬마도 끼어 있었는데, 그 아이 또한 아주 익숙한 자세로 고개를 수그렸다. 돌아서는 그들의 표정이 무척 밝았다. 하나같이 환한 웃음을 짓고 있었다.

"미창, 이젠 아주 절을 잘하네요?"

"네, 엄마. 나, 잘해."

"하하, 우리 미창이 다 컸어요."

"그러게요. 이젠 아주 훌륭한 사람이 될 거예요."

"네, 엄마. 토요토미 할아버지처럼 말이죠?"

"응? 그래 그래. 하하."

홍규는 저도 모르게 고개를 돌렸다.

아이의 말을 듣고서야 호고쿠 신사가 토요토미 히데요시(豊臣秀吉)와 그의 부인을 제사 지내는 곳이라는 사실을 떠올렸던 것이다.

다미야가 홍규의 소매를 끌며 말했다.

"이왕……저쪽으로 가보세."

다미야는 신사 정문에서 일직선으로 난 길 왼쪽께를 손으로 가리켰다.

"뭐가 있지?"

"모르나?"

"뭘?"

"이총(耳塚)."

"이총?"

"귀무덤 말일세."

홍규로서는 처음 듣는 말이었다.

교토에 온 지도 3년. ——이제 어지간한 데는 다 보았노라 말할 만큼이 되었다. 그리하여 낙중(洛中), 낙북(洛北), 낙서(洛西), 낙남(洛南), 동산(東山), 비예(比叡) 등 교토의 각 지역을 눈감고도 어디에 무엇이 있는지 훤히 꿰고 있다 생각했는데, 귀무덤이란 데가 있다는 말은 처음 들었던 것이다.

홍규는 오늘따라 다미야가 유별나다 싶은 마음이 들었지만, 어쩌면 그 원인은 홍규 자기에게 있을지도 몰랐다. 홍규가 마쯔꼬에 관한 이야기를 털어놓지 않았다면 다미야는 다른 때처럼 자기의 불행한 처지를 넋두리처럼 늘어놓았을 게 틀림없었다.

두 사람은 금방 이총에 이르렀다.

길가였으나 그다지 눈에 띌 만한 장소는 아니었다. 무덤 또한 딱히 특색을 갖추고 있지 못했다. 제법 큼지막한 봉분만 이루어져 있었고, 주변에는 안내판도 없었다.

"이 속에 말 그대로 귀가 묻혀 있는가?"

"글쎄, 그렇다고들 하는데, 어떤 이는 코라고도 하지."

"코?"

"알 수 없지. 파보지 않았으니까."

"코든 귀든, 도대체 누구 건가?"

"자네 조상들."

"뭐?"

홍규는 깜짝 놀라지 않을 수 없었다.

"그래, 조선 사람들 말일세."

"그게 정말인가?"

"그럴걸세."

다미야가 차분한 목소리로 대답했다.

"그 조선 사람들이 누구였지?"

"모르지. 하지만 한 가지는 분명해. 문록(文祿)의 난(임진왜란) 때 우리 일본 병사들이 벤 조선 장수들이라는 사실."

"그, 그렇다면?"

"전리품이지. 수급을 가져올 수 없었으니까 대신 가져온 것일 테구 ……가토 기요마사가 가져왔다는 설이 유력하네."

홍규의 얼굴이 붉게 물들기 시작했다.

다미야는 그런 홍규를 보면서 말을 이었다.

"비록 적의 장수지만 그들의 영혼을 위로하기 위해 이렇게 무덤을 만들었다는 이야기도 있어."

"영혼을 위로해? 그게 도대체……"

"물론 자네의 심정을 아네. 이해하기 어렵겠지."

"생각해 봐. 그게 말이나 되는 이야긴가? 영혼을 위로한다면서 왜 가져왔어? 그냥 그 자리, 그래, 아무튼 조선땅이 아니겠어? 그냥 거기 놔두기라도 했으면 죽은 혼백이라도 고향땅에 머물렀을 게 아냐?"

홍규는 저도 모르게 흥분하고 있었다. 마치 눈앞의 다미야가 이총을 만든 장본인이기라도 한 것처럼.

"할말이 없네. 하지만……관두세. 지금은……"

다미야가 힘 없이 말했다.

그제서야 홍규도 흥분을 가라앉히고자 애썼다.

"미안하네."

"아니, 자네가 흥분하는 건 너무나 당연하지."

"그만두세."

"그래, 그러지."

홍규는 다미야를 바로 보기 어려웠다.

겉으로는 애써 태연함을 꾸며냈지만, 가슴속은 잔뜩 달아오른 풍구와 다르지 않았다.

이상한 날이었다.

마쯔꼬로부터 시작하여 《도쿄 아사히》와 토요토미 히데요시, 그리고 마침내 귀무덤에 이르기까지 다미야와 만난 짧은 시간 동안 줄곧 뼈저린 과거사가 떠나지 않았다. 말하자면 그것은 다만 지나간 시대의 화석으로 남아 있는 게 아니라, 죽은 공명이 산 사마중달의 발목을 휘감았던 것처럼 여전히 지울 수 없는 상흔을 안겨주는 것이었다.

홍규는 말할 수 없는 비감에 젖어들었다.

술이라도 억수로 취해버리면 떨궈낼 수 있을까? 존재한다는 것. 그것도 식민지 조선의 청년으로 존재한다는 것. 도대체 무엇이, 어디서부터 잘못되었던 것일까?

홍규는 자신이 무엇을 어떻게 잘못했는지 알고 싶었다. 하지만 아니었다. 아무리 생각해도 책임은 자신에게 있지 않았다.

그렇다면 누구, 어느 누구에게 책임이 있는가?

일본? 일본의 모든 국민? 아니면 일본의 소수 정한론자들? 군국주의자들? 방관하고 몸을 사린 지식인들? 나약한 그 지식인들?

그렇다. 그들에게는 분명 많은 책임을 지울 수 있다. 가령 관동대진재 때 터무니없는 날조된 유언비어에 의해 수많은 조선 사람들이 살해당할 때, 그들, 이른바 한 나라의 지성을 대표한다는 그들 지식인은 무엇을 했는가? 어떻게 대처했는가?

그들은 물론 야만적 폭력에 대해 거세게 항의했다.

그렇지만 그것은 어디까지나 자기 민족에 국한된 항의였다. 경찰과 군대가 혁명가 가와이 요시다케(河合義虎)를 살해하고 헌병대가 저명한 무정부주의자 오스키 사카에(大杉榮), 이토 노에(伊藤野枝) 부부를 죽였던 일에 대해서는 소리 높여 비난을 퍼부었지만, 그때, 수천 명의 조선인들이 단지 조선인이라는 사실 하나만으로 우물 속에 산 채로 파묻히고 죽창에 창자가 꿰여 개처럼 죽어갈 때, 누구 하나 그 사실을 비난한 자가 있었던가?

시게하라는 말했다.

"요시노 사쿠조(吉野作造)는 달랐네. 그는 진정한 의미의 지식인이었어. 나쁜 것은 소수의 제국주의자들이지, 그들에게 이용당한 대다수 선량한 일본 국민은 다냐. 더욱 나쁜 것은, 그렇지, 분노에 떤 나머지 옥석을 구별하지 않은 채 현실을 일방적으로 재단하는 자세야."

사실, 동경제대 교수 요시노는 조선인 학살을 비난했다.

그리고 엄밀히 따진다면, 그만 그런 것도 아니었다. 중의원의 다부치 도요키치(田淵豊吉)라든지 나가이 류타로(永井柳太郎)와 같은 이들도 진상발표와 조선인 유족에 대한 사죄를 주장하기도 했다.

그렇지만 그런 목소리가 있었다고 해서 무엇이 달라졌는가?

시게하라는 흥분하지 말고 차분히 진실을 꿰뚫어 볼 것을 요구했지만, 바꾸어 생각해 보라.

죄 없는 제 동포 수천 명이 서울 한복판에서 생매장당하고 죽창에 꿰여 죽어갔다면?

그래도 그때 흥분하지 않을 수 있을까?

홍규는 생각을 이어나가기 힘들었다.

아무 데고 주저앉고 싶었는데, 그때 마침 그의 눈에 다미야의 모습이 들어왔다. 다미야는 무덤 앞에 선 채 고개를 수그리고 두 손을 모아 참배를 하고 있었다.

처음, 홍규는 목구멍이 콱 막혀오는 감격을 느꼈다.

그러나 바로 다음 순간, 홍규 스스로 도저히 설명하기 어려운 감정의 변화가 일어났다.

"집어치워!"

홍규는 소리 질렀다.

다미야가 어깨를 움찔하더니 돌아보았다.

"집어치우란 말이야! 더러운 속죄의 제스처는 필요 없어!"

"호, 홍규!"

다미야의 목소리가 몹시 떨렸다. 그의 눈빛에는 참혹한 절망감이 묻어났다.

"다 필요 없어! 모든 게 잘못됐어! 처음부터 끝까지……"

그 목소리가 목구멍을 빠져나왔는지조차 알 수 없었다.

눈앞의 무덤이 엄청난 속도로 커지기 시작했다. 그리고 그 속에서 귀들이 쏟아져나왔다. 시뻘건 피가 공중으로 솟구쳤다. 칼날이 번쩍, 그 빛이 참으로 눈부셨다.

내 귀, 내 귀, 내 귀……

아아!

홍규는 제 몸뚱이가 파도에 휩쓸린 모래탑처럼 한순간에 주저내리는 느낌 속에 빠져들었다.

"홍규!"

다미야가 소리쳤다.

주변을 지나던 몇 사람이 걸음을 멈춘 채 멀뚱하니 그 광경을 지켜보았다.

다미야가 돌아간 뒤에도 홍규는 한참 동안 그대로 누워 있었다.

아무것도 생각하고 싶지 않았다.

다미야를 만나 나누었던 이야기들, 본 광경, 들었던 말──홍규는 제 속에 아직 물감처럼 묻어 있는 그 흔적들을 지워내려고 애를 썼다. 힘들었다. 한 가지를 지우면 다른 한 가지가 그만큼 더 생생하게 드러났다.

그래도 홍규는 주인집 딸 수마꼬가 죽그릇을 들고 왔을 때까지 그런 노력을 포기하지 않았다.

수마꼬는 평소와 다르게 침울한 표정이었다.

"이것 좀 잡수세요."

"고마워. 거기 놔두고 가."

홍규가 누운 채로 말하자, 수마꼬는 대뜸,

"싫어요."

하고 짜증 섞인 목소리로 말했다.

"응? 아니, 지금은 먹고 싶잖아서 그래. 이따 먹을게."

"싫어요. 얼른 일어나서 잡수세요. 내가 볼 테야."

홍규는 그 목소리에 장난기가 섞여 있지 않다는 것을 깨닫고 자리에서 몸을 일으켜 앉았다.

"미안해. 지금은 입맛이 없어서……"

"안 돼요."

"마음은 고맙지만……"

"안 돼요. 요 며칠째 거의 아무것도 드시지 않았잖아요? 그래서 쓰러지신 거래요, 어머니가."

"어머니가?"

"저도 그렇게 생각하구요."

"허, 이거 할 수 없군."

홍규는 수마꼬가 내미는 죽그릇을 받아들었다.

사실, 요 며칠간 홍규는 식욕을 잃다시피 했다. 그리하여 밥은 거의 먹지 않았고, 아침저녁으로 국물만 건성으로 몇 숟갈 뜨는 식으로 식사를 때웠던 것이다.

첫 숟갈을 뜨기가 어려웠지, 그 다음부터는 눈 깜짝할 사이였다.

홍규는 금방 빈 그릇을 물릴 수 있었다.

"그봐요, 얼마나 배가 고팠으면……"

수마꼬가 환한 웃음을 지었다.

"그래, 배가 고프긴 고팠던 모양이야."

"더 갖다 드릴까요?"

"아니, 아니. 됐어, 지금은."

"그럼 곧 저녁을 잡수세요."

"그래, 그러지."

수마꼬는 그제서야 안심한 듯 일어섰다.

얼마 후, 홍규는 자리를 걷고 일어났다.

약간의 현기증이 일었지만, 금방 원기를 되찾을 수 있었다.

책상에는 간밤에 보던 독일어 참고서가 그대로 펼쳐져 있었다. 공부를 하고 싶었다. 아니, 무조건 해야 했다. 동료들은 벌써 코피를 쏟아가며 밤을 새우고 있는데, 홍규 자기는 진학을 포기한 사람처럼 지내지 않았던가.

도무지 책이 잡히지 않았다.

지난밤에도 머리 속을 파고든 어지러운 생각 때문에 접속법 제2식 문제 하나만 겨우 들여다보고는 그만이었다.

물론 마쯔꼬 때문이었다.

며칠 전 편지가 왔는데,

——지난번 만남, 많이 생각해 보았습니다. 더 이상 부담을 주고 싶지 않습니다. 제발 모든 굴레로부터 자유로워지세요. 떠나는 몸, 오직 그것만을 빌겠습니다. 찾지 마세요. 처음부터 존재하지 않았던 것처럼 그렇게 잊으세요. 나도 애쓰겠습니다. 그럼 안녕.

딱 그 몇 줄로 끝이었다.

헤어지자는 통고였다. 그 당장, 무엇인가 한 매듭이 지어지는 것이므로 마음이 홀가분해져야 했다. 하지만 아니었다, 결코! 눈앞이 캄캄해지며 하늘이 무너지는 듯한 느낌뿐이었다. 달려가고 싶었다. 가서 따지고 싶었다.

어떻게 이럴 수 있냐고, 어떻게 이런 식의 결론을 내릴 수 있냐고.

그러나 홍규는 아무것도 하지 못했다. 편지도 쓰지 못했고, 달려갈 생각은 더더욱 실행에 옮기지 못하였다.

마음의 방황은 더욱 심해졌다. 미칠 것만 같았다. 곧 앓아누웠다. 학교도 며칠 빠져야 했다.

홍규는 그때로부터 한치도 나아지지 못한 자신을 느끼고 있었다.

틈만 나면 마쯔꼬의 얼굴이 뇌리를 파고들었다. 그러다가 그것은 금세 방긋 웃는 아기의 얼굴로 바뀌었는데, 어느 순간에는 처참하게도 그 아기가 시뻘겋게 죽은 핏덩이로 바뀌어버렸다.

그런데 어떻게 잊으라는 말인가.

어떻게 모든 굴레로부터 자유로워지란 말인가.

홍규는 저도 몰래 주르르 또 눈물을 흘리고 말았다.

소리치고 싶었다.

제발, 제발 살려달라고!

누군가가 있어 이 고통스러운 마음의 소리를 듣는다면, 제발……

다음 순간, 홍규는 벌떡 자리에서 일어났다.

그래, 안 돼. 이대로는 안 된다.

가자. 가서 모든 것을 분명하게 내 이 두 눈으로 확인하자.

홍규는 실성한 사람처럼 중얼거렸다. 초점 잃은 그의 눈에 무엇인가 환각이 보였다. 그는 그걸 잡으려고 손을 뻗었다.

그의 볼에는 여전히 두 줄기 뜨거운 눈물이 흘러내리고 있었다.

23 의혹의 실마리

"도대체가 우예 할 수가 없다 아이가?"

"그라머 우야겠노? 히히."

김꼴배의 말에 몇 사람의 청년이 웃음기 섞인 목소리로 동의를 표했다.

이야기가 점점 흥미를 더해간다고 느꼈는지, 한쪽 구석에서 화투패를 만지작거리던 치도 슬그머니 자리를 옮겨온다.

오직 윤떡바우만이 벽에 기댄 자세 그대로 눈을 감고 있을 뿐이다.

"바라. 없는 놈이 묵고살 건 없어도 새끼는 잘 맨든다고 그 재미도 없으머 우예 살겠노?"

"글치."

"그래가 하나 생각하기를……크음."

김꼴배는 헛기침을 한 번 해서 목소리를 가다듬은 다음 이야기를 이어나갔다.

"각시한테 이캤는 게라. 밤에 잘 직에 얼굴에다가 바가지를 디베쓰
고 자거라. 그라머 내 찾아가 데불고 나갈끼다, 했것다."

"히히."

능히 짐작하겠다는 듯 여기저기서 웃음을 쏟아냈다.

"과연 그 날 밤이 됐는 게라. 남편은 아이들이 다 잠들었다 싶으이
까네 천처히 손을 뻗었다 아이가? 그래 보이 역시 딱딱한 게 걸리는
게라. 그래가 덥석 손목을 잡고 일어섰는 게라. 그쪽도 되게 달았는지
순순히 따라나서더란 말이다."

"하하."

"그래갖고는 여물간으로 끌고 갔는데, 아니 이게 우예 된 일이고?
그쪽에서 무작정 질질 짜면서 하는 말이, 아부지요, 한 번만 봐주이
소. 담부터는 노지 않고 꼴 마이 베끼요……"

또다시 웃음바다가 되었다.

그 순간,

"치아라!"

하는 고함이 터져나왔다.

"그게 무슨 우스갯소리라꼬 낄낄거리노?"

윤떡바우였다.

그는 몹시 화가 난 듯 벌떡 일어나며 소리친 것이었다.

"떡바우야."

누군가가 놀란 듯 저도 모르게 떡바우의 이름을 혀에 올렸다. 그러
자 움찔했던 청년들이 한마디씩 보태기 시작했다.

"와카노? 농담 아이가?"

"맞다. 니는 농도 모리나? 그냥 재밌으라꼬 한 이야기다."

"그래, 맞다."

윤떡바우는 화를 가라앉히지 못했다.

"듣기 싫다. 우예튼 나는 더 모 있겠다. 느그들끼리 실컷 찧구 까불
아라."

하면서 훌쩍 문을 열고 나가는 게 아닌가.

방 안에 있던 청년들은 잡지도 못하고 멍하니 바라보기만 할 뿐이었
다.

"쳇, 갈 테머 가라 캐라. 누가 잡는다 카드나, 홍."

잠시 후 김팔배가 어색한 침묵을 깨뜨리며 말했다. 그는 이야기를
꺼낸 당사자로서 가슴에 무엇인가 찔리는 구석이 있는 것도 사실이었
으나, 그보다는 흔히 나누는 농담을 농담으로 받아들이지 못하고 느닷
없이 화를 터뜨린 윤떡바우가 더 괘씸했던 것이다.

"그래, 떡바우 점마가 쫌 심했다."

누군가가 김팔배의 편역을 거들었다.

"에이, 술이나 묵자. 기분도 그렇고……팔배야, 니 어무이한테 술
좀 더 받아온나."

"뭐라꼬? 술을 더?"

김팔배가 어이없다는 듯 동무를 바라보았다.

"와, 안 되나?"

"그걸 말이라 카나?"

"술집서 술 돌라 카는데 그게 뭐 잘못됐나?"

"뭐, 우예?"

김팔배의 목소리가 갑자기 높아졌다.

"느그들이 울 어무이한테 맡겨논 술 있나?"

"아따, 살살 얘기해라. 니도 떡바우 닮았나?"

와하하, 청년들이 일제히 웃음을 터뜨렸다.

그러자 김팔배는 얼굴이 붉어지면서 더욱 화를 냈다.

"없다. 돈 내구 사묵아라."

"아따, 누가 공짜로 마신다 카나?"

"외상은 몬 준다."

"에? 지랄도, 드럽아서……"

"머라꼬?"

분위기가 험악해졌다.

다시 누군가가 중간에 껴들어서 서둘러 불을 끄고자 했다.

"참아라, 마. 마카(다들) 제정신이 아인갑다. 윤떡바우도 그렇고 팔배 니도 그렇고……우야겠노. 오늘 술값은 내가 낸다. 그라머 됐나?"

얼마 후 한 청년이 바깥으로 나가더니 술을 받아가지고 돌아왔다. 그때부터 겨우 분위기가 진정되는 기미를 보였다. 김팔배가 제 쪽에서 먼저 사과의 뜻을 담아 말했다.

"떡바우 놈 때문에 내가 마 핑 가뿌린 기라. 미안타."

"알머 됐다. 술이나 마셔라."

"마, 니가 떡바우를 이해해라. 금마 그것 어데 지정신이겠나? 내라도 그 지경이머 미치잖고는 몬 견딜 기라."

"그래. 억수로 재수 없는 놈이다. 떡바우, 금마."

"맞다. 금마가 올해 살이 끼도 디게 낀 게라. 정초부터 실컷 뚜들겨 맞질 않나, 그래가 그 좋은 돈벌이도 몬하게 됐고……"

"옥자는 우예 된 거고?"

처음부터 이야기에 끼어들지 않고 있다가 술 한 잔에 벌써 얼굴이 불쾌해진 청년이 김팔배의 말을 중동에서 뚝 끊으며 말했다.

"옥자?"

"그래."

"물어 머 하노? 뻔한 일 아이가? 그것두 다 따지고 보머 윤떡바우 금마가 돈을 몬 벌게 된 탓에 생긴 일, 아이가."

"그라머 결국 떡바울 때린 덕구, 덕샘이 임마들이 죽일 놈이다."

"가들도 뭔 죄가 있노? 지 누부가 그래 당했는데 가만있을 수 있었
겠나?"

"맞다. 그라머 결국 떡바우네 원수놈은 말수이를 덮친 그놈아다."

"어휴, 말수이 얘긴 와 또 끄내노?"

"그래 말이다. 지 목숨 지가 끊은 사람……"

거기서 이야기가 뚝 끊겼다.

그 일을 당한 뒤로 말순이는 하루를 백 날처럼 길게 보냈다. 며칠에
한 번, 그것도 어쩌다가 빨래를 하러 나오는가 싶을 만큼 바깥출입을
끊고 살더니 여름이 채 가기 전에 기어코 자진을 하고 말았다. 마실
갔던 동무가 컴컴한 골방 문을 열었을 때 말순이는 이미 숨을 거둔 뒤
였다. 말순이의 치마는 새빨간 피에 젖어 막 빨아 입은 하얀 색깔을
거의 찾아볼 수도 없을 정도였다. 축 늘어진 손 옆에는 피 묻은 면도칼
이 떨어져 있었다. 마지막 순간에도 몸 한 번 비틀지 않은 모양으로,
말순이는 잠자듯 눈을 감고 있었는데, 주변에 흥건한 피만 아니라면
누구라도 그렇게 생각했을 터였다.

청년들은 다시 어색해진 분위기를 술로 메웠다.

그렇게 다들 걸쭉한 탁주 한 사발씩을 마시고 났는데, 김팔배가 문
득 생각났다는 듯 말을 꺼냈다.

"참, 동막이 금마한테선 안즉꼬 소식이 없나?"

"동막이?"

동막이는 한동네 서생강쟁이네 맏아들이었다. 어업조합에 다니는
데, 윤떡바우나 김팔배하고는 동갑으로 남달리 붙임성이 좋은데 매사
에 좀 반지빠르다는 평을 듣는 게 흠이라면 흠이었다. 제 매형 덕으로
어업조합에 나가면서부터는 제법 위세도 부리곤 했다.

"그래."

"없다."

"귀신이 곡할 노릇이제."

"글치. 빤히 있던 놈이 어느 날 갑재기 온데간데없이 사라져뿌랬으이……"

"금마, 그게 언제였노?"

"언제는 언제? 바로 그 날이지."

"웅? 떡바우 그 날?"

"글치. 우리랑 함께 술 마시쟎았나, 그 날?"

"맞다."

"그, 그라머 혹시?"

"머?"

방 안에 있던 청년들의 눈이 하나같이 휘둥그레졌다.

"그, 금마가?"

김꼴배가 신음처럼 한마디 내뱉었다. 거기에 선뜻 말을 받고 나서는 청년은 아무도 없었다.

손톱 여물처럼 가느다란 초승달이 구름 사이로 겨우 모습을 드러내는데, 바다는 여전히 먹물 같은 어둠에 잠겨 있었다.

대숲을 빠져나온 바람이 바다 쪽으로 달려갔다.

어디쯤에선가 잔파도가 바위에 부서지면서 가볍게 철썩거렸다. 한 줄기 등대 불빛이 뻗어나가다가 이내 어둠 속에 묻혀버렸다.

밤바람이 차가웠다.

윤떡바우는 아까부터 그 등대 불빛이 잠긴 바다 쪽을 바라보고 있었다.

하지만 머리 속에는 갖가지 어지러운 생각들이 기름 마른 등잔 불꽃처럼 깜빡깜빡 떠오르곤 했다. 그런 생각들이 자신을 어딘가 막다른 벼랑으로 몰고 간다는 느낌이 들었다.

김팔배네 사랑에서도 그렇게 뛰쳐나올 일은 아니었다. 그런 이야기야 동무들이 모이면 늘 하던 것에 지나지 않았다. 예전 같았으면 윤떡바우 저도 남에게 질세라 있는 이야기 없는 이야기 다 늘어놓았을 터였다. 하지만 오늘 그 자리에서는 정말이지 참기 어려웠다. 병이 나은 뒤 모처럼 마을을 간다고 가서 하필이면 그런 이야기를 들었을 때, 그건 농담 삼아 하는 우스개 이야기가 아니라 마치 윤떡바우 제가 온 것을 기다려 가슴속을 후벼놓자고 늘어놓는 것처럼 들렸다.

물론 지나친 생각이었다.

윤떡바우는 자기도 모르게 벌컥 솟구친 화를 어쩌지 못하여 주막을 뛰쳐나왔지만, 한뎃바람을 쐬자마자 금방 후회하고 말았다. 그렇다고 멋쩍게 돌아가기도 뭣해서 윤떡바우로서는 천상 이렇게 바닷가 언덕으로 올 수밖에 없었던 것이다.

어렸을 적에도 자주 찾던 곳이었다.

배가 고파 하늘이 노랗게 보일 때, 여기 와서 벌렁 드러누우면 부드러운 바람이 얼굴을 살살 간질이고 그러다 보면 어느새 졸음이 몰려와 한 끼 배고픔도 잊을 수 있었다. 좀더 커서는 눈앞에 펼쳐지는 망망대해를 바라보면서 배를 타야겠다는 꿈을 간직하게 된 곳도 여기였다. 배를 타고 저 끝없는 바다를 가로질러 일본 땅으로 건너가면 먹을 것 입을 것이 지천으로 널려 있으리라 생각했다. 열세 살 때 그 꿈이 이루어졌다. 먼 친척뻘 되는 동네 구장의 소개로 일본을 오가는 배에 타게 된 것이었다. 하지만 배에서의 생활은 너무나 고되었다. 하루 종일 시커먼 배 밑창 부엌에서 한 발짝 벗어나기가 힘들 정도였다. 오죽했으면 뭍에 있을 때보다도 더 바다를 보지 못한다고들 했을까. 어쨌거나 제 한 몸 굶지는 않았다. 차차 나이가 들면서 어느덧 두어 차례 배를 옮겨 타고 난 뒤부터는 일도 몸에 익고 그만큼 임은도 올랐다. 그리하여 이제는 제법 장남 구실을 할 수 있겠거니 했던 것인데, 그만 그 일이 터지고 만 것이었다.

생각할수록 기가 막혔다.

무엇보다도 뻔히 제 두 눈을 뜨고도 누이동생 옥자가 끌려가는 것을 막지 못했다는 자책감이 시도 때도 없이 가슴을 후벼팠다.

언젠가 봄날, 윤떡바우의 추측대로 옥자를 외가댁에 맡겨두고 동냥을 나간 죽변댁은 장일(張日) 장터 국밥집에서 한 사내를 만났다.

"쯔쯧, 보아하니 비럭질이나 하구 다닐 상은 아닌데, 그래 집에 먹을 게 이렇게 없단 말이오?"

하면서 선심을 쓰는데, 벌써 몇 끼를 굶다시피 한 죽변댁은 앞뒤 가리지 않고 사내가 시켜주는 국밥 한 그릇을 단숨에 비워냈다.

사내는 고맙다고 허리가 땅에 닿도록 인사를 하는 죽변댁에게 물었다.

"그래, 자식은 어떻게 두셨소?"

"머시마아가 둘에 가시나가 너이시더."

"큰딸은 나이가 몇이오?"

"설 시머 열아홉이 되더."

"그 아래는?"

"둘째 여식아는 이제 열여섯이시더."

"그렇소? 마침 잘됐소다그려. 큰딸은 말고 둘째 딸이 적당하오. 기술은 어려서부터 배워야 하니까 말이오. 내가 일본에 자주 왕래하는 사람이오. 대판부에 아주 큰 방적공장이 있소이다. 내가 거기 아는 사람이 있어 심심찮게 조선 사람들을 취직시켜 주곤 하는데, 어떻소? 의향이 있으면 말하시오."

죽변댁은 마음이 동했다.

하지만 처녀애를 낯선 땅에 홀로 보낸다는 생각이 들자 머뭇거리지 않을 수 없었다. 그러자 사내는 여러 가지 좋은 조건을 들먹이기 시작했다.

"일급이 1원 50전이니 한 달이면 못해도 30원 이상씩은 받소. 뿐만인가, 일을 더하면 갖가지 수당이 덧붙지요. 물론 먹고 자는 건 회사에서 다 해주니 걱정할 거 없소이다. 거기 우리 조선 처녀들이 아주 많이 가 있소. 그러니 외롭고 쓸쓸하지도 않을 테고……"

"그, 그렇지만……"

"뭘 망설이시오? 걱정할 것 하나 없소이다. 다만 처음에는 일본까지 가는 뱃삯이 좀 드는데……시모노세키까지 선비가 10원에 거기서 대판까지 또 10원……이것저것 다 하면 아마 30원쯤 들 겁니다."

"그, 그런 돈이 어데 있능교?"

"허, 그러면 곤란한데……"

사내는 얼굴을 찌푸렸다. 그러더니 무언가 생각하는 듯하더니,

"좋소. 내가 전금을 대주리다. 그러면 되겠소?"

"전금이 뭐교?"

"허, 내가 미리 그 돈을 대준다 이 말씀이오. 그냥 대줬으면 좋겠지만 나도 그럴 수는 없고, 나중에 월급에서 받기로 하고 말이오. 어떻소? 의향이 있소? 이거 내가 아주 큰맘 쓰는 거외다. 요즘은 여기저기서 보내달라고 아우성들인데 자리는 한정돼 있고 해서 모른 체하는 게 일이오. 하지만 아주머니가 하도 딱하게 보여 내가 눈 딱 감고 봐주는 거니 알아서 하시오."

결국 죽변댁은 언변 좋은 그 사내에게 허락을 하고 말았다.

"좋소. 그러면 서둘러 데리고 오시오. 내가 바로 떠나야 하오."

그 길로 죽변댁은 외가댁에 들러 옥자를 데리고 나왔다. 그 모든 일이 콩 구워 먹듯 아주 짧은 시간 안에 이루어졌다. 죽변댁은 제 어린 딸이 차마 울지도 못하고 낯선 사내에게 이끌려가는 모습을 보며 가슴이 덜컹 내려앉았다. 귀신에라도 홀린 듯 자신이 벌인 일이 무슨 짓인

지 그제서야 퍼뜩 정신이 돌아왔기 때문이었다.

죽변댁이 신발이 벗겨지는 것도 모른 채 달려갔지만 닻을 걷어올린 배는 벌써 저만큼 부두를 빠져나가고 있었던 것이다.

"안 되니더. 울 아들하고 의논을 해본 담에, 울 아들하고⋯⋯"

죽변댁은 넋이 나가 그렇게만 거듭 되뇌었다.

윤떡바우는 옥자의 일을 생각하자 머리 속에 검불이 잔뜩 껴든 것처럼 어지럽기만 했다.

이제 할 수 있는 일은 없었다.

여동생 옥자는 생판 모르는 사내에게 끌려가서 벌써 몇 달이 지났건만, 살았는지 죽었는지 소식 한 장 없었다. 새삼 어머니를 붙잡고 왜 그랬느냐고, 도대체 무슨 마음에 그랬느냐고 따지고 하는 것도 소용없는 일이었다. 아니, 겨우 안정을 되찾은 어머니를 더 이상 그 문제로 괴롭히면 자칫 무슨 일이 벌어질지도 몰랐다. 윤떡바우로서는 이제 다만 한 가지, 옥자를 데려간 사내가 마음씨 착한 사람이기만을 바랄 따름이었다. 그래서 정말 그 사내 말대로 옥자가 대판의 방적공장에서 일하고 있기만을⋯⋯

그러나⋯⋯

윤떡바우는 새삼 고개를 쳐드는 불길한 생각에 저도 몰래 고개를 젓고 말았다.

차가운 밤이슬이 내려앉았다.

바람은 점점 더 거세어졌다.

저 멀리 캄캄한 바다 쪽으로 한줄기 등대 불빛이 겨우 뻗어나가고 있었다.

그렇게 얼마나 시간이 흘렀을까.

윤떡바우가 마악 궁둥이를 드는데,

"거그 있었나?"

하는 목소리가 들려왔다.

김팔배였다.

저만큼 언덕 아래쪽에서 윤떡바우를 향해 곧장 걸어왔다.

"여그 있을 줄 알았다."

"어떻게 왔노?"

"머, 술자리도 다 끝났고…… 미안타. 내 사과하께."

"응? 아, 아이다. 내가 그만……"

윤떡바우가 당황해서 얼른 말했다.

"짜슥. 그래, 우리 둘 다 조금씩 잘몬했다 치제이. 그라머 됐나?"

"그, 그래."

"하하."

김팔배가 기분 좋게 웃었다.

잠시 후 두 사람은 나란히 서서 어두운 길을 내려왔다. 마을 어귀쯤
에 접어들었을 때였다. 김팔배가 마음속에 담아온 말을 비로소 꺼냈
다.

"니, 동막이 놈 소식 아나?"

"동막이?"

"그래."

"마카 아는 그만큼만 알제. 갑자기 없어졌다는 것……"

"그게 은제였는지 아나?"

"응?"

윤떡바우는 갑자기 동막이 이야기를 꺼내는 김팔배를 이상하다는 듯
바라보았다.

"그게 바로 네가 두들겨맞던 날 아이가? 덕샘이 덕구한테……"

"응?"

"아까 동막이 이야기가 나왔다. 그래가 따져보이까네 바로 그 날 아

이가?"

윤떡바우는 아직도 김팔배의 말뜻을 다 알아차리지 못해 멍하니 서 있을 뿐이었다.

"우리 생각에, 에, 틀릴지도 모리지만, 혹시 금마가 말이다. 음
......"

"뭐?"

그제서야 눈치를 챈 윤떡바우는 깜짝 놀라지 않을 수 없었다.

"아주 아이라고 하지는 몬한다. 마카 생각이 그랬다."

윤떡바우는 저도 모르게 나지막이 신음을 삼켰다. 김팔배가 더는 말을 잇지 않으며 그런 윤떡바우를 가만히 바라보았다.

윤떡바우의 머리 속에 여러 가지 생각이 주마등처럼 빠르게 스치고 지나갔다. 그렇지만 그것들이 어떤 분명한 그림으로 잡히는 것은 아니었다. 다만 한바탕 먼지바람처럼 어지럽게 머리 속을 스치고 지나갈 따름이었다.

이윽고 김팔배가 다시 말을 꺼냈다.

"니 혹시 동막이 금마한테 다황(성냥) 준 적 있나?"

"다황?"

"그래, 일본 다황 말이다. 무슨 빠에서 나눠준 것 같던데?"

"빠?"

윤떡바우의 머리 속에 번개처럼 스치는 게 있었다.

"그, 그래. 우리 배 오키아이가 자랑하길래 내 도라칸 다황이다. 껍디기에 아매 가시나 그림이 그려 있었제? 동막이가 그걸 보구 하도 졸르사킬래 내 줬다 아이가?"

"그래? 그라머 맞다. 금마다."

"뭐?"

김팔배가 단정하듯 말했다. 윤떡바우는 순간 가슴이 벌렁 뛰었다.

당장 무어라고 말을 받을 수도 없었다.

차가운 밤공기가 두 사람을 휘감았다.

바람이 마을 곁을 비껴 방금 두 사람이 내려온 언덕빼기 쪽으로 불어갔다.

얼마 후, 윤떡바우가 말을 꺼냈다.

"어데 갔겠노?"

"응?"

"동막이 말이다."

"동막이? 글쎄……가도 먼 데 간 모양이다. 그러잖으며 어떻게든 연락 한 번 없을라꼬?"

"먼 데라머?"

"모르지. 그 속을 우예 아노?……아까 누구는 만슈에 갔을 끼다 카디마는……하긴, 금가가 와 가끔 만슈 얘길 안하더나? 사내자슥이 큰 뜻 한번 품을라머 그런 넓은 데 가야 한다꼬……"

"만슈?"

윤떡바우는 그 말과 함께 침 한 덩어리를 꿀꺽 삼켰다.

김팔배가 그런 윤떡바우에게 이상하다는 듯 눈길을 던졌다.

24 입당

"씨, 아메 캇데에ㅡ."

서너 살쯤 되어 보이는, 사내인지 계집아이인지도 모르게 생긴 아이가 제 어머니의 등을 치며 칭얼거렸다. 엿을 사내라는 것이었다. 그러자 어머니는,

"없어, 이 새끼야."

하고 획 한마디를 내던진 다음 딴 여자들과 나누던 이야기에 도로 끼어들었다.

"하이고, 그뿐이모 좋게? 귀뚜리만 뛰에도 언제 무너질지 폭삭폭삭하는 헤야(部屋 : 방) 두 헤야라꼬 5원씩이나 받아 처묵지 않나 말이다."

"그래니끼 내가 쏴됐다 아이가?"

"어떻게?"

"흥, 경찰서장이 와두 내사 할말은 당당하게 한다꼬 하구서는, 오

냐, 당신이 돈을 받고 잡으모 집부터 곤쳐내라ㅡ."

"하하, 참말 그랬노?"

"하모. 몬할 건 모 있노?"

"잘했다."

아낙네들이 그런 대화를 나누는 동안에도 아이는 쉬지 않고 투정을 부렸다.

경천이는 입가에 슬핏 웃음을 흘리며 걸음을 뗴었다.

귀뚜라미만 뛰어도 지진이 난 것처럼 집이 들썩거린다는 말은 제가 묵고 있는 시바우라에서도 심심치 않게 들었다. 아마 조선인들이 모여 사는 곳이라면 어디라 할 것 없이 그 말을 하고 살 터였다. 엄청나게 몰려드는 조선인들을 받아들이기 위해 집주인들은 온갖 수단과 방법을 가리지 않았다. 창고 천장을 뜯어 거기에 가로로 판자를 받치고 한 사람이 겨우 들어가 누울 수 있을 만큼의 방을, 그것도 가운데 복도를 중심으로 양쪽으로 적게는 네 개부터 많게는 여덟 개까지 내는 게 보통이었다. 심지어 다다미 한 장 까는 평수에 위아래로 또 판자를 대어 방 두 개씩을 만들기도 했으니, 경천이네 동네에서는 그걸 가리켜 아파트라고들 불렀다. 물론 자조적으로 하는 말이기는 하겠으되, 최근 들어 도쿄에서 선을 보이기 시작한 아파트란 게 좁은 터에 위로만 올려 쌓는 집을 가리킨다면 그것도 크게 틀린 말은 아니지 싶었다.

경천이는 이제 도쿄에서 조선 사람들이 모여 사는 밀집 지역을 거의 다 다녀본 셈이었다.

혼죠와 후카가와는 물론이고, 이른바 '태양이 없는 거리'라고 부르는 고이시가와, 도시마(豊島)의 스이쿠보(水久保), 아라가와(荒川)의 센쥬쵸(千住町), 미카와시마(三河島)와 성동(城東)의 오시마(大島), 미나미스나쵸(南砂町) 등 한눈에도 도쿄의 품위를 떨어뜨리는 곳이면 어김없이 조선인들로 들끓었다. 개중에는 일본인들과 어울려

사는 지역도 없지 않았는데, 가령 다키노가와(瀧野川) 부근의 조선인
밀집 지역이 그런 곳으로 거기에 가면 후쿠시마(福島)나 치바 지방 사
투리도 심심찮게 들을 수 있었다. 그리고 그런 곳에 오는 일본인이라
면 대개 못살게 마련이었다. 그래설까, 그런 곳에서는 시키지 않아도
내선일체가 잘 이루어진다고 우스개말이 돌기도 했다. 가진 것 없는
사람들이 빼앗고 빼앗기고 할 건덕지도 없을 테니까.

골목에서 와아 하는 소리와 함께 소년들이 뛰쳐나왔다.

"이 새끼들, 서지 못해?"

젊은 아낙네가 씩씩거리며 달려나왔다. 산발머리가 벌써 예사 부인
네 같아 보이지는 않았다.

"내빼자!"

네댓 명의 소년은 사방으로 흩어져 달아났다. 그러다가 어느 정도
거리가 벌어졌다 싶자, 하나같이 돌아섰다.

"쿵턱네는 매일같이 쿵턱쿵턱 떡을 친대요."

"쿵떡쿵떡 쿵떡쿵떡."

"이놈 새끼들!"

아낙네는 어느 쪽으로 쫓아가야 할지 몰라 제자리에서 뱅글뱅글 맴
을 돌며 찢어지는 목소리로 욕을 퍼부었다. 반쯤만 분을 칠한 얼굴이
우스꽝스럽기 짝이 없었다. 저고리마저 작아 삿대질을 할 때가다 큼지
막한 젖통이 덜렁덜렁 드러나 보일 정도였다.

한 곳에 모여 서서 이야기를 나누던 아낙네들 중 한 사람이 보다 못
했는지 산발한 아낙네의 편역을 들었다.

"이놈 새끼들! 지랄치지 말고 어서 꺼져!"

그래도 아이들은 계속 약을 올렸다.

"쿵턱네는 매일같이 쿵턱쿵턱……"

그때였다.

산발머리가 돌멩이를 주워들더니 휙 던졌다. 그것이 한 아이한테 날아가 정통으로 이마를 맞혔다.

"에코!"

"흥, 고것 잘코사니다."

산발머리 아낙네가 신이 난 듯 또 한 개 돌멩이를 주워들었다. 그러자 이번에는 아낙네들 중에서 한 사람이 빠져나오며 소리쳤다.

"쿵턱네! 우째 돌을 던져?"

아마 제 아들이 돌을 맞은 모양이었다.

"뭐야?"

산발머리가 몸을 틀었다.

"말로 하지 우째 돌을 던지노? 응?"

"배라먹을 년! 그래 저게 니년 아들이라도 되냐?"

"뭐? 배라먹을 년? 이년!"

이제 싸움은 어른들 쪽으로 옮아갔다.

경천이는 눈 깜짝할 사이에 달라진 사태에 어이가 없었다.

"드런 년!"

"미친년!"

두 아낙네가 한데 엉겨붙었다.

경천이는 그만 돌아서고 말았다.

가슴속에서 비릿한 감정의 덩어리가 움찔거렸다.

잠시 후 경천이는 굴속처럼 캄캄한 좁은 골목 안으로 들어갔다. 판자와 나무 기둥으로 얼키설키 짜맞춘 집들은 자칫 밀기라도 하면 금방이라도 주저앉을 성싶게 허술하기만 했다. 문짝을 제대로 갖춘 집도 드물었다. 처마 위로는 전선이 어지럽게 오갔다.

지나가면 저절로 들여다보이는 집 안에는 일을 나가지 못하는 노인들이 거적을 깔고 아무렇게나 누워 있었다. 더러는 천식 때문인지 심하게 기침을 토해냈다.

이제 곧 본격적인 추위가 닥쳐올 텐데……

경천이는 그들 중 몇은 또 이번 겨울을 넘기지 못할 것이라고 생각했다. 그런 생각을 떠올리자 골목길이 더 길게만 느껴졌다.

다 빠져나오자 환한 햇살이 한꺼번에 쏟아졌다. 앞은 제법 너른 빈터였는데, 얼마 전까지 제당회사의 석탄 하치장이 있던 곳이라 했다. 그 옆으로 개천이 흘러갔다.

경천이는 천변을 따라 얼마간 더 걸어 이제 어느 판잣집 안으로 들어갔다.

팽팽한 침묵이 방 안을 가득 메웠다.

요코하마는 한 자 한 획까지 빠뜨리지 않겠다는 듯 문건을 읽고 또 읽었다. 경천이가 낸 것이었다. 물론 요청받은 대로 또 다른 가명을 사용했다.

김철채(金鐵砦).

철의 성채. 말하자면 혁명을 통해 프롤레타리아트의 굳건한 철의 성채를 쌓겠다는 의지를 담아 지은 가명이었다.

문건은 정평에서 아직 농민동맹의 이름으로 활동하던 시절 전개했던 정기대회에 대한 보고문인데, 일어로 쓴 글의 내용은 다음과 같았다.

──금지를 예상했던 위원회는 각 지부, 반에 동원 활동을 했다. 대회는 예상대로 또 금지되었다. 대회장을 중심으로 남, 북, 중의 3개 부대가 계획적으로 적기를 앞세우고 혁명가를 소리 높여 부르면서 2천 5백 명의 시위대는 세 길로 나뉘어 대회장으로 쇄도했다. 바로 그때 수십 명의 무장경관과 충돌, 이것을 협공하여 우리들의 위력을 발휘했다. 혁명가 소리는 높고 적기는 힘차게 나부끼고 함성은 천지를 진동

했다. 동지 제군! 증오와 원한에 불타는 우리들은 팔짱을 단단하게 끼고 모든 고통을 잊고 7, 8리의 험로를 데모로 돌파하고, 끊임없이 무지무참한 놈들의 폭압과 싸우면서,

1. 대회 금지 절대 반대!
1. 노동자 농민의 언론, 출판, 집회, 결사의 자유!
1. 야만, 횡포한 경찰을 타도하자!
1. 수리조합, 삼림조합을 타도하자!
1. 토지와 주거를 달라!
1. 일본 제국주의 격파!

등의 슬로건을 외치며 최후까지 싸웠다. 우리의 위력을 두려워한 놈들은 도 경찰부, 함흥 영흥의 무장경관, 헌병까지 동원했다. 2백여 명의 동지가 놈들에게 검속되고 구타와 고문을 당했다. 횡포는 나날이 증가하여 계엄령이 내려졌다. 놈들은 농부, 나무꾼, 상인, 거지 등으로 변장하고 모든 장소를 빠짐없이 수색하여 우리의 이동 본부를 찾으려고 안달을 했다. 우리는 놈들의 백색 테러에 아랑곳하지 않고 혁명적 투쟁을 계속하여 그 결과 노인, 소학생까지 조직에 끌어들였다. 그리고 다시 혁명적 동지들에 의하여 대회 성과에 대한 선전, 선동이 광범위하게 전개되었다. 5월에 놈들은 조합 본부, 지부 등 모든 사회단체에까지 일체의 집회 금지를 명하고 간부를 검속하고 고문으로 위협하여 조직 탈퇴의 증서에 강제로 도장을 찍게 했다.

보고문을 작성하는 동안 경천이는 적잖이 흥분했다. 그때의 뜨거웠던 정열이 새삼 가슴에 와 닿았기 때문이었다. 그리고 그건 당연히 떠나온 고향에 대한 그리움을 불러일으켰다. 산과 들, 그리고 금진강과 수천개. ——그러나 무엇보다도 진한 그리움으로 다가온 것은 사람들이었다. 사람들의 얼굴. 까마득히 잊은 듯싶었는데 너무나 또렷하게,

점 하나까지 생생하게 다가오던 얼굴 얼굴들.

명섭이.

맹구.

홍규.

강필이.

그리고 김두흠과 철금이.

아내 끝동예와 아들 혁세, 어머니, 아버지……

그 밖에도 무수한 얼굴이 떠올랐다. 그들 중 더러는 이미 불귀의 객이 되었고, 더러는 경천이 저처럼 고향을 등지거나 아직도 차디찬 감옥에서 신음을 하고 있을 터였다. 전과 다름없이 살아갈 사람도 있을 테고, 또 어떤 이들은 전혀 새로운 생활을 시작하고 있을지도 몰랐다. 그러나 누구 하나 그립지 않은 사람이 없었다.

언제나 다시 볼 수 있을까.

언제나 돌아갈 수 있을까.

아득했다.

그리고 그 아득함이 그리움을 더욱 짙게 만들었다. 하지만 더 중요한 것은 언제가 아니라 어떻게였다. 돌아가되, 어떤 모습으로 돌아갈 것인지……

입이 궁금했지만 주머니 속에 있는 담배를 꺼내 피울 분위기가 아니었다. 요코하마는 너무나 진지했던 것이다.

슬핏, 웃음이 스며나왔다.

세상일이란 게 이렇게도 되는 것일까 싶었기 때문이었다.

사실 지금 생각해도 어처구니가 없기는 마찬가지였다. 동료 이마이가 만나고 싶어한다는 사람이 있다기에 따라 나설 때만 해도 그가 요코하마일 줄은 꿈에도 생각하지 못했다. 정작 찾아가니 기다리고 있는 이는 요코하마, 첫날 보자마자 대판 치고 박고 싸움부터 벌이고 그 뒤로는 한 번도 보지 못했던 요코하마 바로 그자였던 것이다. 요코하마가 웃으면서 손을 내밀었는데, 경천이는 속이 부글부글 끓어올랐다. 이마이에 대한 배신감에 더욱 화가 치밀었다.

"나, 갈 테다."

하지만 그런 경천이의 반응을 익히 예상했던 것인지 요코하마와 이마이는,

"봐라. 정말이다."

하고 입을 맞춘 듯 깔깔거렸다.

사실 이마이와 요코하마는 경천이가 어떻게 나올까 내기를 하려 했는데 둘 다 무척 화를 낼 것이라는 데 의견이 일치해서 내기를 그만두고 말았다는 것이다.

그 날, 경천이는 이야기를 나누는 가운데 요코하마가 전혀 다른 사람처럼 느껴지는 사실에 거듭 놀라지 않을 수 없었다. 알고 보니 요코하마는 조직원을 포섭하기 위해 의도적으로 그런 식의 싸움을 벌이기도 한다는 것이었다.

"내가 뭐 힘이 있나? 하하. 그래도 어떡해? 좋은 사람을 만나려면 무슨 수든 써야지."

"쌈박질 잘하는 사람이 좋은 사람인가?"

"문제는 왜 싸우는가에 달렸겠지."

"그 말은?"

"자네 같은 사람이야말로 내가 찾던 사람이다, 이 말이지."

"어째서?"

"조선 사람다웠으니까."

"응?"

"조센징이라는 말 한마디에 앞뒤 안 살피고 대들었잖은가? 그런 배짱이 없으면 일을 할 수 없지, 안 그런가? 조금 미련한 곰 같아 그게

탈이지만 말이야, 하하."

　요코하마는 경천이의 고향이 정평이라는 것까지 이미 알고 있었다. 그러면서 정평의 농민조합에 대해 물어보는데, 경천이는 기가 막혀 차마 입이 떨어지지 않았다. 그 순간에는 요코하마가 경찰의 프락치나 아닌가 싶은 의심마저 들었기 때문이었다.

　"우리는 과거 몇 년간 조선의 농민운동, 특히 북부지역의 농민운동이 대단히 활발했다는 걸 알고 있어. 물론 심대한 타격을 받았다는 것도⋯⋯솔직히 말하지만, 나는 모종의 조직사업을 하고 있지. 그래서 일본과 조선의 사회운동에 대단히 관심이 많다네."

　경천이는 요코하마에게 차차 마음이 끌렸다. 의심은 어느새 사라지고, 요코하마가 묻는 대로 이런저런 이야기를 들려주었다. 그 뒤, 다시 한 차례 만났다.

　"내 친구 중에 농민 관계 잡지를 내는 이가 있는데, 자네 이야기를 했더니 꼭 좀 글을 받아오라는군. 어때 쓸 수 있겠나? 지난번 내게 들려준 대로만 쓰게. 보고 들은 대로⋯⋯물론 자네 이름을 밝히지는 말게. 가명을 하나 짓게. 두고두고 써먹을 이름으로 말이야."

　그렇게 해서 지금 요코하마에게 건네준 정평 농민동맹 정기대회 보고문을 쓰게 된 것이었다.

　요코하마가 고개를 들었다.

　눈과 눈이 마주쳤다.

　경천이는 괜히 멋쩍어졌으나 눈길을 피하지는 않았다. 요코하마의 표정은 여전히 진지했다. 땅바닥에 뒹굴면서 치고 받을 때의 그 인상은 어디 한 군데 남아 있지 않았다. 그는 말 그대로 전혀 다른 사람, 다른 인간이었다.

　경천이는 속으로 으음, 하고 마른침을 삼켰다.

　잠시 더 그런 침묵이 흘렀다.

이제 요코하마는 안주머니에 손을 집어넣더니 무엇인가를 꺼냈다.

"자, 이걸 읽어보게."

얇은 팜플렛이었다.

아무 생각 없이 받아든 경천이는 깜짝 놀랐다.

"아니?"

겉장에는 '적기'라는 두 글자가 선명하게 박혀 있었다.

"읽어보고 말하세."

으음—.

경천이는 애써 신음을 삼키며 팜플렛을 펼쳤다.

쭉 읽어 내려가던 경천이의 눈길은 어느 한 곳에 멈췄다.

——그러면 여러분! 아직 당에 가입하지 않은 여러분이 어떻게 하면 당에 가입할 수 있는가에 대해 설명하기로 한다. 앞에서도 말한 것처럼 일본공산당의 조직은 완전히 비밀이다. 당원이라고 하더라도, 자신이 당에 가입하고 있다는 것은 알지만, 누가 당에 가입하고 있는지는 모르는 것이다. 그러므로 아무리 혈안이 되어 찾더라도 일본공산당에 입당 신청할 곳을 발견할 수 없다. 그러면 어떻게 공산당에 가입할 수 있는가? 그것은 무엇보다 먼저 여러분 앞에 명백히 제시되고 있는 일본공산당의 정책을 행동으로 실천해 가는 것이다. 우선 행동으로써 당원이라는 것을 입증하는 것이다. 그렇게 한다면 누군가가 여러분을 당에 가입시킬 수속과 방법을 강구해 줄 것이다.

경천이는 눈을 들어 요코하마를 바라보았다.

"그, 그럼……?"

요코하마가 가볍게 고개를 끄덕거렸다.

"자, 자네가?"

요코하마는 대답 대신 다시 고개를 끄덕거릴 뿐이었다. 경천이는 물레방아처럼 심장이 쿵쾅거리는 것을 느꼈다.

눈을 감았다.

평평 굵은 눈발이 쏟아지고 있는데, 저만큼에서 누군가가 다가오고 있었다. 한눈에도 주의자머리가 인상적인 그는 바로 김두흠이었다.

김두흠이 경천이 앞에 와 서며 말했다.

"이제 닥친 것이네."

경천이는 아무 대답도 하지 못했다.

"결정하게. 받아들일 것인가, 아니면 달아날 것인가…… 산다는 건 어차피 이런 결단의 연속 아니겠는가?"

아니겠는가, 아니겠는가……김두흠은 금방 사라졌지만, 경천이는 아편에라도 취한 듯 몽롱한 기분이었다.

그때, 김두흠을 만난 것이 결국 이렇게, 여기까지 오는 길이었구나 하는 생각이 들었다.

요코하마가 입을 열었다.

"결정하게."

"지, 지금?"

"그래. 이 자리에서."

요코하마가 분명하게 말했다.

경천이는 다시 한 번 신음을 흘렸다.

끊어질 것 같은 침묵이 두 사람 사이를 아슬아슬하게 이어주고 있었다. 요코하마가 한 손을 겉옷 속주머니 속으로 집어넣었다. 경천이는 그런 요코하마를 보며 마침내 입술을 떼었다.

"하겠네."

"응? 고, 고맙네. 그리고 축하하네."

요코하마의 목소리가 가볍게 떨렸다.

긴장이 한꺼번에 풀어지는 순간이었다. 경천이는 전에 느껴보지 못한 흥분 속에 휘감겨드는 자신을 느꼈다.

결국……

그리고 곧 벅찬 환희가 가슴속의 그 자리를 파고들었다.

요코하마가 가슴팍에 찔러넣었던 손을 꺼냈다.

"이거……"

그의 손에는 단도 한 자루가 들려 있었다.

경천이는 소스라치게 놀랐다. 신음조차 내흘릴 수 없었다.

"만일 자네가 거절했다면, 물론 그럴 리야 없었겠지만, 이걸로 자네를 찌르려고 했네."

경천이는 뒷골이 빳빳하게 당겨지는 느낌 속에 요코하마가 꺼내 보이는 단도에서 눈길을 떼지 못했다.

"미안하네. 하지만 이해해야 하네. 이게 지금 우리의 처지니까 말일세."

경천이는 저도 모르게 고개를 끄덕거렸다.

요코하마가 단도를 도로 집어넣고 나서 손을 내밀었다. 환하게 웃는 그의 얼굴에는 또 다른 인간이 숨어 있었다.

경천이는 그런 요코하마의 손을 잡았다.

뜨거운 전류가 손바닥으로, 손목으로, 그리하여 마침내 심장까지 한꺼번에 휩쓸어버릴 듯 전달되어 왔다.

1932년 11월 7일.

경천이는 평생 이 날을 잊을 수 없으리라 생각하며 다시 한 번 손아귀에 힘을 주었다.

풀빛 소설선-74
국경 4
1995년 10월 9일 초판 1쇄 발행

지 은 이 - 김남일
펴 낸 이 - 홍 석
펴 낸 곳 - 풀 빛
주   소 - 서울시 서대문구 북아현3동 176-87 능안빌딩 3층
            영업부/363-6972 편집부/362-8900 FAX/393-3858
출판등록 1979년 3월 6일 제8-24호